Plus jamais

MEGAN NOLAN

Plus jamais

Traduit de l'anglais (Irlande)
par Madeleine Nasalik

ÉDITIONS DE L'OLIVIER

L'édition originale de cet ouvrage
a paru chez Jonathan Cape en 2021,
sous le titre : *Acts of Desperation.*

ISBN : 978.2.8236.1939.3

Pour Sue, ma mère, et Jim, mon père

Et as-tu reçu ce que
tu voulais de cette vie, malgré cela ?
Oui.
Et que voulais-tu ?
Me dire bien-aimé, me sentir
bien-aimé sur la Terre.

Raymond Carver, « Dernier fragment »

Une enfant de dix-sept ans internée en clinique psychiatrique m'a dit qu'elle était terrifiée parce qu'elle avait en elle la bombe atomique.

R.D. Laing, *Le Moi divisé*

Avril 2012
Dublin

1

La première fois que j'ai posé les yeux sur lui, j'ai éprouvé une terrible pitié.

Je balayais la galerie d'un regard panoramique, j'avais soif et je cherchais le bar, et tout a commencé à cet instant.

Il se tenait à côté d'une sculpture grotesque. Un machin rose qui évoquait vaguement une oreille humaine en pleine mutation.

Lui discutait et, dans le feu de la conversation, montrait la sculpture avec de grands moulinets des bras. C'est là que je me suis rendu compte que je l'avais déjà croisé.

Je m'étais retrouvée assise face à lui une fois, à la bibliothèque Rathmines, et ce qui m'avait frappée, ce jour-là comme ce soir, c'était sa beauté : de ma vie je n'avais vu d'homme aussi beau. Nous avions échangé un long regard.

À l'époque je fréquentais quelqu'un d'autre et jamais, même durant mes périodes de célibat, je n'avais abordé d'inconnu, pas de cette manière-là. Après coup j'avais repensé à lui et j'étais arrivée à la conclusion qu'il était sans doute de passage. Ce n'était pas l'allure, ni le physique, d'une personne qui résidait à Dublin ni où que ce soit en Irlande, j'en étais convaincue. J'avais du mal à croire qu'un homme tellement gâté par la nature évolue parmi nous.

Et voilà qu'il se tenait à trois mètres de moi à peine et, une nouvelle fois, je l'ai étreint du regard.

Ciaran avait ce blond duveteux du poupon qui vient de quitter le stade du nourrisson, un blond qui tirait sur le châtain.

De grands yeux gris, un nez aquilin et une bouche de chérubin, à l'ourlé parfait, qui imprimait une marque nette comme au fer rouge. Cette bouche était d'un rose extravagant et un peu crispée, agacée, aurait-on dit, ou au bord de l'éclat de rire. Très grand, il se tenait mal, sa posture suggérant qu'il avait subi une poussée de croissance à un jeune âge et tout fait pour le dissimuler.

Ses mains élégantes étaient disproportionnées par rapport au reste du corps, même lorsqu'on prenait en compte l'envergure des membres auxquels elles étaient attachées. Son ossature donnait par j'ignore quel miracle une impression de fragilité. Ses traits étaient eux aussi agréables à l'œil, mais c'était d'abord la structure de son visage qui prenait de court. L'angle auquel saillaient ses pommettes, injectant de la cruauté dans son regard, ses longs doigts qui s'agrippaient au vide quand il parlait, comme s'il décorait l'air autour de lui.

Ciaran ne se résumait pas à sa beauté hors du commun, non, il émanait de lui, de son corps, un calme extrême. Une sérénité qui sous-tendait chacun de ses gestes, chacun de ses regards, chacun de ses rires. Il ne réclamait rien de son environnement.

Dans ce genre d'endroit, où l'on se retrouve au contact d'œuvres d'art, où votre interlocuteur cherche constamment un commissaire d'exposition par-dessus votre épaule, il offrait un spectacle singulier. Même s'il ne paraissait pas heureux outre mesure, il semblait pleinement accompli, cela sautait aux yeux, comme s'il contenait en lui-même son propre univers.

2

Est-il possible d'aimer une personne sans la connaître, via l'image qu'on a d'elle ?

Comment décrire ce qui m'est arrivé sans recourir au mot « amour » ?

J'étais là, dans cette galerie, en proie à une attirance sexuelle (dont j'avais conscience, confusément, à la façon d'un bruit de fond) qui s'accompagnait d'un sentiment que je qualifierais, faute de mieux, de pitié tragique et préoccupante.

Loin de moi l'intention de me présenter comme supérieure à lui. Tout le temps ou presque que durerait notre couple, je reconnaîtrais en Ciaran sa suprématie en toutes choses, les points essentiels aussi bien que les superficiels.

Quand j'évoque la pitié, j'essaie de dire qu'au premier regard que j'ai posé sur lui j'ai été gagnée par une tendresse profonde à l'égard de sa condition : de son humanité. À cet instant l'affection et le chagrin que j'éprouve au fond de moi pour mes contemporains se sont exacerbés avant d'atteindre un degré tel que je me suis sentie suffoquer.

Même maintenant, même avec le recul, il éveille toujours cette émotion en moi.

Ciaran n'était pas le premier beau mec avec qui je couchais, ni le premier pour lequel j'ai nourri une obsession, mais c'est le premier que j'ai vénéré. De son corps j'allais faire un autel, déposer à ses pieds ma propre chair palpitante et me consacrer entièrement à la sienne. Un objet de plaisir total, de beauté totale.

Il ne m'a pas échappé, croyez-moi, que je le déshumanise, que je le chosifie. Il ne m'a pas échappé que moi, une femme, j'emploie ces mots-là pour parler du corps masculin. Qu'est-ce que j'en sais, du corps masculin – d'ailleurs, y en a-t-il un seul qui mériterait un surplus d'éloges, un seul qui en aurait besoin ?

Que doit-on éprouver quand on est une personne à la fois belle et invisible chaque fois qu'on choisit de l'être ? Quand on est un bel homme ?

3

Nos regards se sont croisés, Ciaran a esquissé un sourire puis écarquillé les yeux – il se remémorait notre rencontre précédente, du moins l'espérais-je. J'ai foncé droit sur lui et il a arrêté de parler avant de se tourner vers moi.

« Ah, c'est toi, m'a-t-il dit, comme si nous nous étions donné rendez-vous.

– En chair et en os », ai-je répondu bêtement, et j'ai rougi de honte lorsque j'ai entendu ma voix, qui donnait l'impression d'appartenir à une autre. Un accent irlandais à couper au couteau, un timbre saturé d'une jovialité affectée. Ciaran avait, lui, un accent que je n'arrivais pas à situer.

« Tu t'appelles comment ? ai-je demandé.

– Ciaran, a-t-il répondu, puis il a ajouté, comme s'il avait lu dans mes pensées : Même s'il n'y a que mon père qui est irlandais – je viens du Danemark. »

Alors j'ai plongé mes yeux dans les siens et ma honte a été étouffée par le plaisir que j'ai senti circuler entre lui et moi.

Nous avons échangé un sourire timide.

« Qu'est-ce que tu penses de l'expo ? » a-t-il voulu savoir.

J'ai tâché d'être aussi incisive et nonchalante que possible dans ma réponse :

« Oh, eh bien, ce n'est qu'un amoncellement d'objets entre quatre murs, pas vrai ? Ça ne représente pas grand-chose pour moi. Ce qui m'intéresse, c'est le bar. »

Il n'a pas saisi la perche, qui offrait un prétexte pour quitter la galerie et nous rendre dans un lieu où je me sentirais plus à l'aise.

« Tu ne penses pas que c'est notre boulot d'essayer de comprendre : pourquoi ces objets, précisément, entre ces murs ? » a-t-il rétorqué.

J'ai passé sa question au crible, afin d'y détecter une éventuelle moquerie, mais il me donnait l'impression de l'avoir posée de bonne foi.

« J'avoue qu'avec l'art, je ne me sens jamais en terrain connu. Il y a d'autres domaines où j'ai un certain bagage qui me sert de socle pour en discuter. Là, je pourrais dire absolument n'importe quoi. Je n'ai aucun cadre de référence. »

Il m'a adressé un nouveau sourire. J'ai distingué alors quelque chose de sexuel, clairement, une exultation malveillante, ou pas loin, au fond de ses yeux.

« C'est justement ce qui me plaît le plus dans l'art, a-t-il dit.

– On va prendre un verre au buffet ?

– Je ne reste pas, et ils ont été dévalisés de toute façon – tiens, prends le mien. »

Il m'a donné sa bière, à laquelle il avait à peine touché, et il a ramassé son sac à dos.

« Ça te tenterait qu'on aille se promener ensemble demain ? » a-t-il lancé.

Prenant mon regard hébété pour un oui, il a noté son numéro de téléphone sur une serviette qu'il m'a tendue.

« Bien », a-t-il lâché, et il est parti.

4

À l'époque j'habitais un meublé en rez-de-chaussée dans le quartier de Ranelagh, je laissais la fenêtre ouverte la nuit pour pouvoir l'escalader et rentrer chez moi quand il m'arrivait de perdre mes clefs, et cela m'arrivait souvent. Le soir de mon emménagement, je me suis assise sur mon lit après avoir défait les cartons et j'ai promené mon regard sur des babioles d'un autre temps, tout un bric-à-brac. Des dessins et des petits mots laissés par des ex et des amis, des cartes postales, des photos, des figurines en porcelaine, des cendriers sans âge. J'avais besoin de ces bricoles, je leur trouvais une place dès que je déménageais, mais une fois installée seule elles m'ont paru ridicules. Elles me faisaient penser à des accessoires utilisés dans une pièce de théâtre affligeante de nullité, qui essayaient de faire jaillir une personnalité du vide sidéral.

Durant cette période un dédoublement s'est opéré en moi, atteignant des sommets d'absurdité inédits.

Il y avait d'un côté ma vie publique, celle où j'avais un travail, où je sortais danser et boire des coups, où je débordais d'humour et d'énergie ; une vie où je reluquais des types dans les bars et où il m'arrivait de finir la nuit avec l'un d'eux ; une vie où je racontais à qui voulait l'entendre que j'adorais être célibataire, et on me croyait parce qu'on me voyait heureuse.

Heureuse, je l'étais réellement lorsque j'en donnais l'illusion. Je suis incapable de maquiller mes émotions, simplement elles sont dépourvues de cohérence, elles varient d'une heure sur l'autre.

À l'opposé, il y avait la vie passée entre les murs de mon appartement, où je m'infligeais toutes sortes de tortures dans l'espoir d'accéder à la soumission et à l'inertie. Solitude et épanouissement n'allaient pas de pair pour moi et, comme je savais que cela trahissait ma faiblesse, je me contraignais à endurer cette solitude aussi longtemps que j'arrivais à tenir avant de craquer, même si je pensais parfois que j'allais sombrer dans la folie.

En compagnie d'autres personnes, j'avais la sensation de m'accomplir. C'est pour cette raison que je voulais tomber amoureuse. Quand on s'éprend de quelqu'un, il n'est pas nécessaire de se trouver en présence, physiquement, minute après minute, de l'être aimé pour atteindre cette plénitude. L'amour par nature alimente et accorde de la valeur à ces moments sans intérêt qu'autrement on gâcherait à tâcher de faire figure humaine, à tourner en rond dans un meublé de merde, à tuer le temps jusqu'à 19 heures, l'heure de déboucher une bouteille.

Tomber amoureux, cela vous donne accès à une sorte

de grâce. Un ami m'a raconté un jour qu'il s'imagine que son père, ou alors Dieu, garde constamment l'œil sur lui pendant qu'il travaille, ce qui l'empêche de bayer aux corneilles. Tomber amoureux fonctionne pour moi selon le même principe, il s'agit d'un bouclier, d'un objectif qu'on vise et qui dépasse tous les autres, une promesse qui engage en dehors de notre propre personne.

Le soir où j'ai rencontré Ciaran, je me suis mis la mine du siècle. Les cuites, je les rangeais dans deux catégories. Il y avait d'abord la cuite en solo, résultant du désir non pas de finir soûle mais de chasser le cafard. Un processus lent, un verre de vin toutes les demi-heures, peut-être, rien d'excessif, jamais moins d'une bouteille néanmoins, et caractérisé par des séances d'autoflagellation qui me faisaient monter les larmes et viraient parfois à la violence.

La seconde catégorie, qui tenait beaucoup plus de la démesure, se distinguait par une bonne humeur débridée, à deux doigts de l'hystérie collective ; alors je dépensais à tour de bras un argent que je n'avais pas parce que – ces soirs-là encore plus que d'habitude – le temps au-delà du présent n'avait pas la moindre réalité, et le présent nous dictait ses besoins impérieux.

Sur le moment les excès de ces soirées ne me plombaient pas, quoi de plus naturel quand on est jeune et qu'on n'a aucune responsabilité, aucun ancrage. Nous les sentions arriver à dix kilomètres, un vent facétieux balayait la salle à l'instant où nous attaquions le premier verre. Nous buvions, jouissant par anticipation, goulûment, du relâchement et de la folie qui iraient crescendo. À l'époque certaines choses se faisaient désirer, des choses que, selon toute logique, nous aurions déjà dû posséder.

Il m'arrivait au cours de ces soirées de lier connaissance avec des gens au profil différent du mien, nés avec une cuillère d'argent dans la bouche et qui occupaient des appartements payés sans ciller par papa-maman alors que nous autres recevions pour notre anniversaire des bracelets à breloques et des bons-cadeaux à utiliser en librairie. L'un d'eux, un dénommé Rogers, un type pas très grand au physique nerveux, qu'on aurait cru sorti de *Retour à Brideshead* avec sa grande houppe blonde qui frémissait à la verticale de son visage de porcelaine, avait lâché ses études à peu près à la même période que moi. En retombant par hasard sur lui quelques mois plus tard, je lui ai demandé où il en était. Quelle stupéfaction d'apprendre qu'il occupait un poste intermédiaire dans une grosse boîte de com, vu qu'il avait dix-neuf ans, comme moi, et aucun diplôme en poche. Moi, j'enchaînais encore les petits boulots de vendeuse et de serveuse payés au lance-pierre.

Lorsque je lui ai demandé, innocemment, comment il avait décroché un job pareil, il avait agrémenté sa réponse d'un clin d'œil : « Le nom de Rogers pèse lourd dans cette ville ! » La formule, répugnante en soi, a pris une tournure carrément comique lorsqu'une connaissance commune m'a révélé que la boîte de com en question appartenait en réalité à ses parents. *Le nom de Rogers pèse lourd dans la famille Rogers*, me suis-je dit à part moi, pleine d'une rancœur que je remâchais chaque fois que mon chemin recroisait le sien.

J'avais l'alcool joyeux, comme la plupart de mes amis, ce par quoi je veux dire que j'aimais boire, que je tenais bien l'alcool et ne l'avais pas mauvais.

Les gueules de bois me gâchaient la vie. Pas un matin sans nausées dont l'intensité variait d'un jour sur l'autre, doublées d'une migraine carabinée peut-être deux fois par semaine. Les lendemains de beuverie particulièrement pénibles, je restais recroquevillée au fond de mon lit et je faisais défiler le contenu de mon téléphone sans plaisir ni but précis, me réfugiant dans la répétition du geste, et je ratais ainsi des journées entières. Vers 16 heures je risquais un coup d'œil sur le soleil à travers le rideau et j'estimais plus prudent de ne pas sortir avant la tombée de la nuit. Paralysée par l'angoisse.

Un jour j'ai répondu à un test qui permettait d'évaluer sa dépendance à l'alcool. La dernière question figurait dans la partie qui se proposait d'identifier les « ivrognes incurables à l'article de la mort » : « Vous réveillez-vous souvent en proie à une terreur épouvantable après une soirée trop arrosée ? » Et sur le moment j'ai pensé : *Terreur épouvantable, pile les mots que j'aurais employés.*

Une terreur épouvantable. Cela traduisait bien cette peur primale, pour ainsi dire, qui s'emparait de moi au réveil. Elle me rappelait certains films, ces portraits de femmes âgées qui vacillaient au bord de la démence, veuves, ayant tout oublié de l'endroit où elles vivaient ; une détresse et une confusion absolues mais dérisoires. Pas un jour sans que je me réveille en proie à une terreur épouvantable.

À l'apogée de son ivrognerie, William Faulkner était parti à New York rendre visite à des amis et voir quelques pièces de théâtre. Au bout de dix jours de beuveries, il s'est volatilisé. Un de ses amis a fait un crochet par son hôtel pour prendre de ses nouvelles, il a cogné à la porte, hurlé son nom et, en désespoir de cause, exigé que les employés lui ouvrent. Déboulant dans la chambre, ils ont trouvé Faulkner gémissant, inconscient ou tout comme, affalé sur le sol de la salle de bains.

Dans l'air flottait une odeur fétide et inhabituelle. Les fenêtres étaient restées grandes ouvertes alors qu'il faisait un froid de canard. Au cours de la nuit, Faulkner s'était levé pour aller vomir et, s'effondrant contre un radiateur, il avait perdu connaissance. Sonné, il n'avait pas senti le tuyau lui griller gentiment le dos durant de longues heures. Le temps qu'on le découvre gisant par terre, il s'était brûlé au troisième degré.

L'hôpital avait appelé son médecin personnel, le Dr Joe, qui lui avait demandé :

« Pourquoi vous faites ça ? »

La légende prétend que Faulkner avait rétorqué, le menton levé dans une attitude de défi :

« Parce que j'aime bien ! »

Bennett, son éditeur, s'était lui aussi rendu au chevet de l'écrivain.

« Bill, a-t-il commencé – et je l'imagine la tête baissée,

étudiant ses mains et hochant doucement la tête, incapable de regarder son ami dans les yeux –, qu'est-ce qui t'a pris ? Pendant tes vacances ? »

Là-dessus Faulkner s'était braqué, il s'était redressé de toute sa hauteur dans le lit.

« Bennett, c'étaient mes vacances, après tout. »

Pourquoi vous faites ça ? Parce que j'aime bien.

Autrement dit : ce n'est pas que j'y prenne plaisir, mais c'est le choix que je fais.

> *Vraiment ce que je fais je ne le comprends pas : car je ne fais pas ce que je veux, mais je fais ce que je hais. Malheureux homme que je suis ! Qui me délivrera de ce corps qui me voue à la mort ?*
>
> Romains, 7:15-25

Le soir où j'ai rencontré Ciaran j'ai bu jusqu'à en vomir et des vaisseaux sanguins ont éclaté au niveau de mes paupières, que j'ai tracés d'un index délicat à la surface du miroir, consciente qu'ils marquaient le début de quelque chose.

5

Des événements objectivement pires que ce que j'allais vivre avec Ciaran s'étaient produits à mon entrée dans l'âge adulte, les cases sordides que coche la femme blessée. Je ne peux pas lever trop tôt le voile dessus parce que leur simple évocation suffit à déclencher l'indifférence du lecteur éclairé. La souffrance féminine n'a pas grande valeur et elle est exploitée par des spécimens malhonnêtes qui la déprécient dans leur quête effrénée d'attention – et quémander l'attention d'autrui, c'est sans doute le péché le plus capital que commet notre sexe.

La souffrance que j'avais endurée avant de rencontrer Ciaran, je l'avais subie comme une enfant. Je ne dis pas que c'était une souffrance anodine, au contraire, et je ne dis pas non plus qu'elle échappait à ma compréhension, car je la comprenais. Avant Ciaran, je considérais encore la souffrance comme porteuse de sens. Je me figurais que même les plus inexplicables tragédies recelaient un dessein qu'il me restait à découvrir.

Dans mon esprit je rangeais d'un côté les gens chanceux et de l'autre ceux qui avaient la poisse, et moi j'appartenais à la première catégorie. Même au fond du trou, j'en restais convaincue. Mon désarroi semblait s'expliquer par une certaine lucidité, j'avais conscience que je n'étais pas digne de ce que je voyais comme ma bonne étoile.

Je ne fonctionnais pas au premier degré, et je n'étais pas non plus portée sur la religion, pas au point de dire « Rien n'arrive par hasard » ou « Dieu ne nous inflige que ce que nous sommes capables de supporter », mais au fond c'était le sentiment que j'avais. Le sentiment que chaque vie humaine renferme un récit et un destin. Le sentiment que la malchance, quel que soit son degré, finirait infailliblement par nous guider vers notre propre conclusion, taillée sur mesure et inévitable.

Dans ma réflexion, le moindre de mes actes me conduirait à l'endroit qui m'était assigné et cet endroit, mentalement, c'était être amoureuse.

À l'amour, la grande consolation, il ne faudrait qu'une seule impulsion pour incendier les champs de ma vie sans rien laisser dans son sillage. Je l'envisageais comme une force qui nous mettait tous sur un pied d'égalité, dont la seule présence me purgerait et me hisserait à sa hauteur. La religion avait été éliminée de ma vie depuis l'enfance et j'avais cultivé à sa place une grande foi en l'amour.

Oh, vous pouvez garder vos moqueries, parce que je suis une femme qui vous parle à cœur ouvert. J'entends ce que je dis.

6

Le matin je lui ai envoyé un texto et nous nous sommes donné rendez-vous à 14 heures devant le muséum d'Histoire naturelle. Je me suis douchée sous un jet quasi bouillant et j'ai craché du sang au fond du lavabo quand je me suis lavé les dents. Je tenais une bonne gueule de bois, sans être vraiment malade, et je me trouvais dans cette zone exquise qui précède le retour à la sobriété complète. Il y avait de quoi se réjouir. Ce n'est pas une partie de plaisir de traverser la vie le crâne pris dans un étau, mais sobre non plus. Le cerveau en vrac, la léthargie, tout cela peut aider à voir le bout d'une journée en faisant abstraction de pas mal de choses ; accaparé comme on l'est par toute une gamme de douleurs, la gorge sèche, nos autres soucis sont relégués à l'arrière-plan.

Je n'avais rien avalé depuis midi la veille et je me suis sentie fébrile tandis que je marchais dans la rue. J'ai essayé de me rappeler les traits de son visage et je me suis rendu compte que mes sentiments étaient si extrêmes qu'ils m'en empêchaient. J'étais en mesure de ressusciter des éléments pris isolément mais, au moment de les assembler, ils formaient une masse en suspension, brouillonne et fragmentée. J'ai éclaté d'un rire nerveux et secoué la tête, attendrie par mes propres réactions. Je m'aime quand je suis amoureuse. Je trouve mes sentiments d'une humanité fascinante et, pour une fois, je comprends la façon dont je fonctionne.

À mon arrivée il déambulait sur la pelouse, étudiant les arbustes taillés en silhouettes d'animaux. Je me suis approchée et j'ai posé la main sur son coude, dont j'ai senti la chaleur à travers les mailles de son vieux gilet élimé, couleur rouille. Un détail que j'avais relevé lors du vernissage, aussi – ses vêtements au tombé élégant semblaient à deux doigts de se désagréger. Ils n'étaient pas simplement en loques pour suivre la dernière tendance, ils donnaient réellement l'impression d'avoir atteint un stade où ils n'allaient plus pouvoir remplir très longtemps leur fonction. C'était une vertu que je respectais d'instinct : la débrouillardise. L'une des qualités que mon père, de son propre aveu, admire le plus au monde, par conséquent une qualité que je recherche.

Nous nous sommes salués en nous donnant l'accolade et j'ai senti sa maigreur sous les couches moelleuses et râpées qu'il portait. Une énergie légèrement différente de la veille émanait de lui. Toujours ce calme extrême, même si une certaine tension s'affichait sur ses traits. Je me suis demandé s'il était nerveux. Ma nervosité à moi s'expliquait surtout par le fait que nous étions sobres. Avant ce jour mes idylles avaient toutes démarré alors que j'étais soûle, le plus souvent de façon fortuite.

L'endroit était mal choisi pour un premier rendez-vous. Nous devions nous déplacer, fixer notre attention ailleurs que sur nous-mêmes. Entre deux silences nous émettions des commentaires sur les objets exposés. Nous avons discuté assez pour échanger les informations essentielles à voix basse. J'ai appris qu'il s'était installé à titre permanent à Dublin un an plus tôt, afin de se rapprocher de son père qui, malade, s'était rétabli depuis. Il venait de la banlieue de Copenhague, où il avait travaillé comme critique d'art. Ici il s'était attelé à la rédaction d'essais mais il gagnait sa vie en signant des articles et des comptes-rendus pour un magazine.

Les silences me plongeaient dans une angoisse intolérable et je craignais d'être prise à tout moment d'un fou rire. Le lieu ne m'aidait pas : c'était un vieux bâtiment, beau et sombre, mal entretenu, où les vitrines offraient parfois un spectacle hilarant alors que ce n'était pas l'effet recherché. Je m'y rendais parfois avec mes amis les lendemains de beuverie et nous nous esclaffions sans retenue devant les animaux empaillés des siècles plus tôt par une main incompétente. Mais Ciaran déambulait là, au milieu des objets exposés, sérieux comme un pape, et je me sentais bête de les trouver drôles.

Je l'ai regardé aussi longtemps que possible sans me faire repérer pendant qu'il inspectait les papillons. Je voulais être plus près de lui. Je me suis rapprochée, je l'ai attrapé par son coude élimé et j'ai demandé s'il avait envie d'aller manger un morceau.

Dehors, après avoir descendu l'escalier dans ce silence

qui n'en finissait pas, il s'est tourné vers moi pour déclarer : « Eh bien. C'était affligeant, ce musée. » Ça m'a fait rire de le voir aussi solennel, et il a ri avec moi.

Nous avons passé ensemble le reste de la journée et nous nous sommes raconté nos vies. Il m'a parlé de sa ville d'origine et m'a confié qu'il l'avait quittée sans la moindre tristesse. Je lui ai dit que j'avais lâché la fac, j'ai listé les petits boulots que j'enchaînais depuis. J'ai dit que j'écrivais, moi aussi, avec cette attitude que j'adoptais chaque fois que je faisais cette annonce : les yeux pieusement baissés, comme une sainte, regardant ailleurs, appréhendant les questions qu'on allait peut-être me poser, tout en espérant qu'on m'en pose. Avec la grande majorité des hommes je m'inquiétais pour rien. Ciaran n'a pas dérogé à cette règle. Il a hoché vivement la tête et il est passé à un autre sujet.

Le soir nous nous sommes baladés le long des quais et il est parti travailler dans son atelier. Il m'a embrassée puis il m'a tenu la tête entre les mains pour étudier mon visage avec un contentement mêlé de tendresse, et il a déclaré que nous allions nous revoir sous peu.

Alors que nous nous éloignions, lui dans sa direction, moi dans la mienne, j'ai jeté un regard par-dessus mon épaule et il a fait de même, alors je me suis senti pousser des ailes. Nous nous sommes mis à rire, je me suis retournée et j'ai piqué un sprint – portée par cette sensation puissante. J'ai couru, couru, euphorique, frappée de stupeur, en rejouant le film de son baiser, et je me suis dit que c'était la seule personne au monde que j'aurais envie d'embrasser à partir de ce moment.

Rétrospectivement, ce qui m'apparaît le plus paradoxal, c'est que rien n'était venu troubler cette journée passée en sa compagnie. Nous avions des affinités, je le trouvais charmant et vice versa, nous éprouvions une attirance mutuelle et indéniable, mais il n'y avait pas eu de révélation durant nos échanges. Cet instant que j'avais partagé avec tant d'autres avant lui, l'instant où l'on sent les pièces s'assembler, le rythme s'installer, cet instant n'avait pas eu lieu.

Je pense que même alors, prise par l'exaltation des débuts, galopant le long des quais dans le soleil couchant de cette soirée d'avril, j'en avais conscience. S'il avait de l'humour, ce qu'il pensait de moi, quels livres nous avions lus l'un et l'autre, tout cela, je m'en foutais.

Je me suis éprise de lui dès le départ et personne, ni lui ni un autre, n'aurait pu changer la donne.

7

Avant Ciaran j'ai essayé d'autres hommes, pour voir s'ils m'allaient. J'essayais beaucoup de choses à l'époque. Je me situais dans un âge intermédiaire. Je n'étais plus l'adolescente qui répondait au modèle j'ai-à-peine-l'âge-mais-je-l'ai-déjà-fait, exerçant une véritable emprise sur les hommes. Pas plus que je n'étais, beaucoup s'en faut, une adulte en pleine maîtrise de ses moyens, susceptible d'attirer un compagnon parce qu'elle est une femme autonome.

On me jugeait sympathique, séduisante mais pas du tout intimidante. J'étais d'un tempérament enjoué, de bonne composition, parfois un peu langue de vipère quoique jamais méchamment. J'avais l'apparence d'une femme, je baisais comme une femme, mais je buvais, je me droguais et je parlais comme un mec. Je pouvais ramener chez moi un grand échalas mollasson qui faisait le DJ et, le lendemain matin, nous nous retrouvions à traîner ensemble dans les rues sans que l'ambiance soit plombée par l'allusion maladroite à une idylle naissante ou à une obligation quelconque.

Une fourrure de carnaval sur le dos, nous pouvions commander un café ou une bière trop matinale en prenant des mines de conspirateurs, puis nous repartions chacun de son côté, et je recroisais le type le soir même en boîte, au bras de l'une de ces filles qui étaient à ses yeux de vraies filles, des créatures grandes et sveltes, étudiantes en art et mannequins à mi-temps. Je crois que je désirais plus que tout au monde exister pour de vrai, à leur image, mais je ne savais pas par quel moyen y parvenir, sinon en me mettant la tête à l'envers avec eux. J'avais de la valeur mais la valeur dont j'étais pourvue ne présentait aucun intérêt à mes yeux, et j'ignorais comment la troquer contre une autre.

Ma vie de fêtarde a marqué le pas. J'ai couché avec trop de mecs déjà pris, vomi dans trop de salons. De fille fun et sympa, je suis devenue la fille qui touche le fond, et au bout d'un moment je me suis dit que j'avais passé l'âge.

J'ai pris l'habitude de limiter mes fréquentations à des hommes beaucoup plus vieux que moi. Comme j'étais très paumée, ce n'était pas compliqué de débouler dans leur vie. Que je sois réellement sublime, exceptionnelle, captivante, avec eux cela entrait moins en ligne de compte. À l'échelle de l'univers j'étais toujours très jeune, plus assez cependant pour faire tourner les têtes quand je sortais en boîte. Si je les fascinais, c'était en vertu de ma jeunesse, monument qui représentait tout ce à quoi ils pensaient ne plus avoir accès.

Peu avant de rencontrer Ciaran, j'ai fait la connaissance d'un homme de ce genre à la soirée de lancement d'un livre. Un American, éditeur dans une petite maison de poésie indépendante. Il portait un pull sans manches et des drôles de lunettes à monture épaisse, il parlait d'une voix claironnante, tonitruante, sans la moindre considération pour les autres, et c'est cette voix qui a attiré mon attention. Au lieu d'écouter les discours soporifiques il avait discuté avec un ami du début à la fin et il faisait tellement peu de cas de son environnement, j'ai trouvé cela du plus haut comique. Son ami chuchotait et tâchait de le faire baisser d'un ton, mais il n'a pas compris le message et il a continué à faire retentir son accent californien, monocorde et traînant. Nos regards se sont croisés, il m'a adressé un grand sourire et nous avons passé le reste de la soirée à boire ensemble.

Il est aussi assez fascinant de voir que des hommes au physique quelconque sont fermement convaincus, et ils n'ont pas tort, qu'ils n'ont qu'à claquer des doigts pour obtenir ce qui leur fait envie. Moi qui évaluais toujours avec une précision scientifique la beauté subjective des hommes sur lesquels j'avais des vues, j'évitais scrupuleusement ceux qui me dépassaient de cent coudées. Alors que ces individus, cette engeance qui infligeait sa tapageuse présence au monde, d'un sans-gêne assumé, n'avaient qu'à tendre le bras pour attraper ces jolies babioles chatoyantes qui passaient à leur portée. Ils ne se souciaient pas de rendre la transaction équitable, ils s'avançaient simplement vers ce qui leur avait tapé dans l'œil, un sourire timide aux lèvres, armés de la conviction que tout leur était dû, une notion qui m'était si étrangère et si enviable que j'arrivais à leur trouver un certain charme.

« J'ai comme qui dirait une copine, m'a-t-il soufflé dans la bouche après m'avoir plaquée contre un mur.

– D'accord », ai-je répondu, puis j'ai levé les yeux au plafond et je me suis remise à l'embrasser.

La première fois qu'il m'a emmenée chez lui quelques semaines plus tard, j'ai immédiatement perdu l'ascendant que je pensais exercer. Il était riche. Il vivait dans un immense appartement avec deux chambres situé sur Merrion Square, tout en étoffes veloutées, déclinant un camaïeu de beiges. Une femelle corgi qui répondait au nom de Petit Pois nous a observés depuis le canapé en clignant des yeux, ensommeillée. Ma jeunesse et ma beauté, j'y trouvais parfois largement mon compte, j'avais l'impression de posséder un pouvoir qui avait du poids dans le monde réel, mais à chaque fois l'argent venait tout gâcher.

Il m'a conduite dans la chambre à coucher, où j'ai manifesté une inhibition qui ne me ressemblait pas. Ce logement somptueux m'oppressait, ma lingerie bon marché achetée en grande surface m'a paru vulgaire. Il a fini par me déshabiller et m'a allongée sur le lit, nue, puis il s'est mis à genoux au-dessus de moi et il a enlevé mes mains, avec une patience infinie, chaque fois que je voulais cacher mon entrecuisse. Il a persévéré jusqu'à ce que j'abandonne et je suis restée étendue là, immobile, offerte à son regard. Il avait l'air au septième ciel, il me mangeait des yeux. M'explorant d'une main, il a déposé un baiser délicat sur mon front.

« Ça fait tellement longtemps que j'en ai envie. Depuis la seconde où je t'ai vue.

– Moi aussi », ai-je répondu, mais je lui servais des bobards. Je ne voulais pas coucher avec lui. Ce que je voulais en réalité, c'était ne jamais coucher avec lui, continuer à discuter, trouver ses messages au réveil, le laisser me divertir et inversement. Je voulais que nos chastes rendez-vous autour d'un café se prolongent, qu'il n'y ait pas d'épilogue à ces moments-là, et ce qui allait advenir, la relation sexuelle, c'était l'épilogue, aucun doute là-dessus.

Ce n'était pas désagréable, dans une certaine mesure, parce qu'il avait atteint le pic de l'excitation et je tirais un certain plaisir à le mettre dans cet état, mais il suffisait qu'il se lance dans quelque chose de nouveau pour que la tristesse me submerge. À chaque fois, nous arrivions à un épilogue. À la fin, toutes les possibilités ayant été épuisées, il s'est endormi et je me suis agrippée à son ventre moelleux, dont la consistance me rassurait – un petit bidon paternel, à mille lieues du physique famélique des jeunes mecs branchouilles –, et j'ai pleuré.

Le matin je me suis réveillée la première et je suis allée me servir de l'eau à la cuisine. J'ai erré à travers l'appartement et remarqué des détails que l'alcool m'avait empêchée de voir la veille. Dans une pièce il y avait des livres du sol au plafond, qui vous dominaient de leur stabilité réconfortante. Des fauteuils, chacun dans son coin, où deux personnes pouvaient s'asseoir et lire toute la journée enveloppées d'un silence serein avant de renouer le soir venu, à l'heure de se retrouver. J'ai caressé Petit Pois qui s'est mise à haleter, au comble de la joie, et j'ai regardé par la fenêtre en m'imaginant promener la chienne sur Merrion Square chaque matin et chaque soir, une habitude qui confine au rituel, une vie réglée comme du papier à musique.

Je suis retournée dans la chambre, et là, j'ai repéré des escarpins, un flacon de parfum et une crème de la marque Avène près du lit, du côté où j'avais dormi. *Sa copine*, ai-je songé, *pourrait avoir l'âge de ma mère*. C'était une vie concrète, une vie réelle, dans laquelle j'avais déboulé, en trimballant ma fange intime. Jamais je ne m'étais sentie si dissemblable d'un être humain, jamais si fragile, simplement conçue pour remplir une fonction puis être mise au rebut. Il m'a appelé un taxi pour que je rentre chez moi, j'ai su qu'il ne me donnerait plus signe de vie et c'est bien ce qui s'est passé.

8

À l'époque je bossais comme serveuse dans un resto branché qui ne proposait que des burgers et, à force de cavaler partout et de m'envoyer des rails de coke aux toilettes quand j'enchaînais deux services, j'étais une vraie boule de nerfs. Je vivais avec mon amie Lisa dans une maison qu'on avait surnommée Le Chalet à cause de son surprenant plafond lambrissé, qui manquait de hauteur et donnait l'impression de lentement nous engloutir. Lisa, je l'avais rencontrée lors de ma toute première semaine à Dublin, pendant une cauchemardesque soirée d'intégration, alors que nous rôdions l'une et l'autre à l'écart, la boule au ventre, et quand nos regards se sont croisés ç'a été un soulagement épouvantable. Elle venait d'une ville que les Dublinois arrogants, qui traitaient de bouseuse, de consanguine et de rustaude toute personne extérieure à leur banlieue bourgeoise aux relents provinciaux, considéraient comme encore plus minable et paumée que la mienne.

D'emblée nous sommes devenues très proches et le sommes restées même après que j'avais abandonné les études sur un coup de tête. Lorsqu'elle me disait qu'elle voulait sortir danser, étonnamment, elle employait « danser » au sens littéral, pas par euphémisme à la place de « se bourrer la gueule ». Même si je buvais beaucoup plus qu'elle, elle ne me complexait jamais par rapport à ça, et elle ne donnait pas non plus l'impression de s'arrêter à ces choses-là. Elle était curieuse de tout, sociable, et rarement sans compagnie. Aucune part d'elle n'aspirait à l'anonymat ou au cadre intime de la solitude. J'admirais cela en elle, cette aisance, cet altruisme qui lui étaient propres, connaissant les différentes textures de ce besoin dévorant d'avoir sans cesse quelqu'un à mes côtés, un besoin obsédant et explosif quand il n'était pas comblé.

Nous nous sommes mises en colocation quand elle a décroché son diplôme et nous travaillions à plein temps comme serveuses, un plein-temps que nos patrons réajustaient au gré de leurs caprices. Nos jours de repos, nous les passions emmitouflées dans un plaid avec une polaire sur notre affreux canapé décharné, à écouter la radio, griffonner dans un carnet ou envoyer des mails et « faire des recherches », recherches qui consistaient pour ma part à consulter sur Wikipédia les biographies d'obscurs tueurs en série et noter les détails les plus frappants : « Alors qu'il retenait sa victime en otage, il lui a donné *L'Île au trésor* à lire et ils ont regardé ensemble le film *Hook*. » Ou encore : « À l'adolescence, le tueur ne parvenait à l'orgasme qu'en découpant des trous dans des photographies qui montraient des femmes. »

Nous buvions du thé corsé en laissant le sachet dans la tasse, nous fumions des roulées à la chaîne et parfois, la journée derrière nous, nous faisions des mots croisés. Nous nous concoctions des festins à partir de fayots en conserve et de légumes verts fanés auxquels nous ajoutions des tonnes d'ail, des tomates en dés et des anchois. Un œuf pour la touche finale, toujours ou presque, puis nous laissions à mijoter et nous éteignions la cuisinière en sauçant la casserole avec des restes de pain que l'une ou l'autre avait rapportés du restaurant où elle travaillait. Même si mon agitation contrastait avec le calme de Lisa, même si je piaffais dans l'attente de la suite, notre union domestique m'apportait de la sérénité. J'admirais la façon qu'elle avait de transformer n'importe quel endroit en cocon – quelques jours après notre emménagement, même les WC effroyablement humides avaient des cadres aux murs et des bibelots, on s'y sentait chez soi.

Lisa était une personne si saine qu'il m'arrivait de ne pas savoir comment réagir face à elle, hormis en levant les yeux au ciel, comme si ses pique-niques et ses dîners sans alcool avec ses fleurs comestibles, son poisson qu'elle mettait entier à cuire au four et les aventures qui lui étaient arrivées à bord d'un train étaient des insultes qui me visaient personnellement. À vrai dire, j'aurais voulu que tout cela me fasse envie, j'aurais adoré vivre ce genre de vie. Ou adoré donner l'apparence de vivre ce genre de vie, plutôt. Tout ce qu'accomplissait Lisa par plaisir personnel, un plaisir authentique, faisait à mes yeux excellente impression, mais ne me donnait pas envie en soi. Je croyais qu'une vie semblable à la sienne – propre, douillette, honorable – me permettrait d'obtenir ce que je convoitais réellement, en lien avec ce que je pouvais tirer des autres, l'attention qu'ils m'accordaient, leur désir, leur curiosité, au plus haut degré.

Parfois je méditais sur Lisa et sur les gens de son espèce – des gens qui ne perdaient jamais le contrôle, qui n'étaient jamais dans l'excès, jamais debout après 1 heure du matin – et j'éprouvais ce qui ressemblait à du dédain. J'accordais de la valeur à ce que je considérais comme ma nature affranchie, ma spontanéité, la faculté que j'avais de me laisser emporter par la pulsion sexuelle la plus primaire à l'instant où elle me chantait à l'oreille. Et si la façon dont je menais mon existence contenait une certaine vérité qui effrayait ces individus plus prudents, plus timorés ? Il ne m'a jamais effleuré l'esprit que Lisa concrétisait peut-être exactement ses désirs, que sa propre vie, elle la voulait calme et bienveillante. Cela ne m'a jamais effleuré l'esprit parce que je ne comprenais pas qu'on puisse consommer de l'alcool et ne pas éprouver le désir de continuer à boire. Je ne comprenais pas que certaines personnes n'aient pas ce désir en elles.

Certains soirs Lisa s'asseyait sur le canapé et ouvrait une bouteille de rouge qu'elle avait fauchée à son restaurant, ou moi au mien, elle avalait une petite gorgée, puis une vraie goulée, elle soupirait d'aise, reposait son verre et le vidait en une heure ou deux tout en lisant ou en s'affairant dans la cuisine. Savourer le premier verre de vin, c'était un concept qui m'était totalement étranger, moi qui faisais cul sec avec une grimace furtive, l'alcool ajoutant une aigreur infecte à ma gueule de bois permanente, avant que le deuxième verre fasse effet.

Pour fêter mes vingt et un ans j'ai organisé une soirée à la maison. Lisa a embauché Hen, sa nouvelle copine, pour me préparer un gâteau. J'ai écouté leur conversation survoltée, celle de l'amour naissant, résonner à l'étage du dessous pendant que je me faisais belle dans ma chambre, et elles ont roucoulé quand elles m'ont vue descendre l'escalier en colimaçon du Chalet dans ma robe rouge qui balayait le plancher.

En plus de boire avec modération, Lisa avait accompli un autre exploit tout aussi inconcevable : elle était restée célibataire – célibataire pour de bon, pas célibataire-je-m'envoie-en-l'air-quand-même – jusqu'à ce qu'elle trouve chaussure à son pied. Depuis que je la connaissais elle avait à peine échangé un baiser et je me demandais comment elle se débrouillait pour ne pas se morfondre ni souffrir de la solitude, mais je savais également qu'il valait mieux vivre ainsi. À force de se ménager, on finissait par décrocher une grande histoire d'amour, celle que l'on méritait.

C'est ce qui a eu lieu pour Lisa, elle s'est construit sa vie, une vie heureuse et aboutie. Ensuite Hen a débarqué, et voilà. Elles s'aimaient, d'un amour qui n'avait rien de tortueux ni d'humiliant. Tout s'est déroulé comme elles l'avaient prévu l'une et l'autre et il ne faisait aucun doute dans mon esprit que cela ne m'arriverait jamais, pas de cette façon, car je ne pouvais passer une seule journée, encore moins plusieurs années, sans chercher autour de moi une personne vers qui projeter mes sentiments.

Je me souviens qu'on m'a fait beaucoup de compliments sur le côté spectaculaire de ma robe, on m'a demandé de tourner sur moi-même pour qu'elle se déploie autour de moi dans un nuage rouge, et je me suis sentie belle et drôle. Je me souviens qu'à un moment tout le monde est sorti avec l'idée de se retrouver dans un bar, et je me suis pris le bec avec un voisin alors qu'on attendait les autres sur le trottoir en s'en grillant une. Je me souviens du bras de Lisa contre le mien alors que j'insultais le type, dressée sur mes ergots dans ma tenue d'anniversaire. Ensuite c'est le trou noir jusqu'au lendemain après-midi, où j'ai émergé dans le lit de Lisa et pas dans le mien, sans comprendre comment j'avais atterri là.

J'ai descendu l'escalier d'un pas prudent, incapable de voir en 3D, et j'ai découvert Lisa qui débarrassait des cartons de pizza et des canettes débordant de cendres.

« Argh, il s'est passé quoi hier soir ? ai-je demandé, sur un ton que j'espérais désinvolte, un rire dans la voix, les intestins contractés par la peur. Qu'est-ce que je faisais dans ton lit ?

– Tu as mis du sang partout dans le tien cette nuit et tu es partie faire un tour, alors j'ai nettoyé et je t'ai mise chez moi. »

En plein ménage, elle évitait soigneusement mon regard.

« Merde, désolée, Lisa. J'ai dû retirer mon tampon quand j'étais bourrée, j'imagine. Sérieux, je ne sais pas où me mettre.

– Tu t'es enfermée avec Peter », a-t-elle ajouté, les sourcils froncés, mécontente que cela me soit arrivé et qu'elle soit obligée de me l'apprendre.

Peter était le mec par intermittence d'une excellente amie commune, une fille adorable qui s'appelait Greta et qui ne se doutait pas qu'il se tapait tout ce qui bougeait, ce qui lui valait la compassion hautaine des autres.

Je n'ai pas su quoi répondre, alors j'ai lâché un rire strident et j'ai répété : « Merde ! » Comme si ce que Lisa venait de me révéler n'était qu'une source d'embarras ordinaire, comparable à un verre qu'on aurait renversé. Elle a fini par poser les yeux sur moi et c'est sa préoccupation anxieuse qui m'a démolie à cet instant, cette inquiétude perturbée, gommant le dédain provoqué par ce que j'avais fait. Soudain j'ai compris que Lisa, et Lisa seule, était capable de me voir telle que j'étais réellement. Elle seule savait les gisements de misère morale qui existaient au fond de moi et qui jamais ne cesseraient de déborder, souillant tout ce qui entrerait en contact avec, et malgré cela elle ne me haïssait pas, elle me prenait en pitié. Cette prise de conscience, effroyable et instantanée, m'a traversée de part en part et j'ai eu un mouvement de recul, j'ai pivoté sur mes talons et me suis carapatée à l'étage, et je n'ai plus bougé jusqu'à ce que j'entende Lisa fermer la porte d'entrée derrière elle.

Peu de temps après cette soirée, Lisa m'a annoncé qu'elle partait s'installer à Berlin avec Hen. Pour une part, j'ai éprouvé du soulagement. Je ne pouvais plus supporter de vivre sous le même toit après le regard qu'elle m'avait lancé ce matin-là, pas plus que je ne pouvais supporter qu'elle m'abandonne. Je ne voulais pas d'elle à mes côtés, pour la simple raison qu'elle était la seule à me connaître vraiment, mais pour cette même raison je n'aurais pas non plus la force de me remettre de son absence.

Les mois qui ont précédé son départ, je me suis démenée pour être une amie fidèle et dévouée. J'essayais de lui dire, sans le formuler ouvertement, que j'avais besoin d'elle, qu'elle seule, parmi tout ce dont j'avais besoin, m'était bénéfique, et que son départ ne ferait qu'exacerber tout cela. Elle m'a promis de ne pas laisser notre amitié prendre l'eau malgré la distance, et elle a plus ou moins tenu parole.

9

Après ce premier rendez-vous nous nous sommes revus, Ciaran et moi, plusieurs fois par semaine. La plupart du temps je finissais mon service à une heure tardive et je me rendais chez lui tantôt à pied, tantôt en taxi, pour y passer la nuit. Il habitait un appartement au rez-de-chaussée, dans le quartier de Kilmainham, à un jet de pierre de l'ancienne prison. Mes horaires ne le dérangeaient pas. Il dormait mal et il sombrait dans un sommeil agité entre 4 et 8 heures du matin. Quand j'arrivais je collais encore un peu, je sentais le graillon. Il me faisait couler un bain et je restais dedans un bon moment, à l'écouter fredonner tandis qu'il préparait du thé ou un chocolat chaud, avec des biscuits rassis servis sur une soucoupe.

Il ne buvait pas beaucoup et la nourriture était le cadet de ses soucis. Tout petit il avait perdu l'odorat et, en grande partie, le goût suite à un accident de voiture, il n'avalait rien en dehors de ce qui lui servait de carburant – du muesli insipide dont il avait des stocks énormes, des pois chiches en conserve, du riz blanc. Je vidais la baignoire, il me passait un T-shirt et un de ses vieux caleçons longs en tissu gaufré, tout doux et criblé de trous. Même si je le rejoignais souvent chez lui, je n'y apportais pas mes affaires, jamais. J'aimais le contact de ses vêtements avec ma peau, le parfum de son savon, celui de la marque Pears.

Ensuite nous allions nous asseoir sur le canapé pour une séance de câlins, nous nous touchions avec des gestes lents en nous racontant notre journée à voix basse. Ces soirs-là nous étions si prévenants l'un envers l'autre. À rire tout bas, complaisamment, à nos petites observations. Nos caresses se faisaient d'une main délicate, précautionneuse, comme s'il avait peur de casser la nouveauté que je représentais pour lui, et vice versa.

La première fois que nous avons couché ensemble, ça m'a rendue si heureuse que j'ai cru en devenir folle, convaincue que notre relation prenait le bon cap. Sa bouche était auréolée d'une odeur parfaite que j'arrivais presque à percevoir avec la langue – ce qui composait cet arôme indéfinissable, je le savais, se retrouvait dans les éléments chimiques qui aimantaient nos deux corps.

(Quelques semaines plus tard, au restaurant où je travaillais, l'un des chefs cuisiniers a préparé de l'essence de truffe. Il me l'a mise sous le nez en disant : « Renifle-moi ça ! » J'ai agité le flacon et instantanément j'ai songé : *Ça, c'est Ciaran.*)

Nous passions un grand nombre de nos soirées à écouter des disques. Comme il aimait Bob Dylan et Hank Williams, je les appréciais aussi. Il nous arrivait de louer des films et de les regarder dans son lit. Il était si grand que je pouvais m'asseoir sur ses genoux sans le gêner. Nous avions une préférence marquée pour les navets de série B des années 1950, que lui en particulier trouvait hilarants. J'étais toujours curieuse de découvrir ce qui allait l'amuser ou le divertir. Il était d'un sérieux que rien ou presque n'entamait.

Au début j'ai comparé ce trait de caractère à la gravité d'un bambin qui explore son environnement ; innocente, voire admirable, une impulsion essentielle déclenchée par un afflux d'informations. C'était peut-être dû au fait qu'il venait d'arriver à Dublin. À mesure que le temps passait, j'ai commencé à voir le revers de cet aspect de sa personnalité.

Une très large variété de sujets le plongeait dans la rage, plus souvent encore dans le dégoût. Des événements qui me semblaient banals, les contrariétés du quotidien, lui échappaient complètement. Quand nous nous promenions le dimanche à Merrion Square ou au Phoenix Park, les gamins dans la rue lui envoyaient parfois des insultes à la figure, à cause de ses lunettes ou de son allure dépenaillée. Alors la fureur l'embrasait. « Pourquoi ils sont comme ça ? » me demandait-il en jetant un coup d'œil par-dessus son épaule, comme s'il cherchait la bagarre. J'essayais de l'éloigner aussi doucement que j'en étais capable, pleine de sollicitude, diplomate.

Il n'était pas rare que nos conversations dans son appartement dégénèrent en diatribes d'une demi-heure, déclenchées par un clochard qui avait trouvé moyen de le vexer ou un artiste croisé par hasard qui s'était montré grossier à son encontre. Il finissait par quitter le canapé et se rouler frénétiquement une cigarette, puis il arpentait la pièce, sa clope aux lèvres, tout en revisitant ce qu'il percevait comme un affront. Sa colère était toujours jugulée, assez pour ne déclencher en moi aucune alarme, et je reconnais qu'il y avait quelque chose de stimulant à le voir ainsi évacuer ses griefs, un sentiment d'attachement et de solidarité.

Je compatissais à ses malheurs avec emphase, j'attrapais sa manche en lambeaux tandis qu'il marchait de long en large et je l'attirais sur le canapé, vers moi.

« Mon pauvre chéri », chantonnais-je, et, appuyant sa tête contre ma poitrine, je lui mangeais le visage de baisers et j'arrêtais seulement quand je lui avais arraché un rire.

10

Fin mai j'ai proposé à Ciaran de m'accompagner à une lecture organisée dans une galerie d'art par des amis à moi. Il en avait déjà rencontré certains, en passant, ou il les avait croisés à l'occasion d'un vernissage. C'était la première fois que nous nous rendions ensemble à une soirée, que nous nous comportions comme un couple en public. Dans mon esprit nous passions déjà tellement de temps ensemble que nous formions, techniquement, un couple, même si ce n'était pas officiel.

Le visage fermé, Ciaran a été d'une humeur de chien d'entrée de jeu. Il ne voulait pas venir mais nous avions déjà prévu de nous voir ce soir-là et il n'avait pas de bonne raison pour annuler. Il s'est muré dans le silence au lieu de prendre part aux conversations, le regard ailleurs, comme perturbé par une présence que lui seul percevait.

J'ai surpris les œillades que s'échangeaient quelques personnes à qui son comportement étrange n'avait pas échappé. Je l'avais déjà vu mutique en société mais grossier à ce point, jamais. J'ai voulu compenser en parlant plus fort et plus vite. J'ai pris sa main dans la mienne, non sans douceur, et lorsque la discussion s'est portée sur une revue à laquelle il lui arrivait de collaborer, je me suis tournée vers lui et je lui ai posé une question. Il m'a répondu d'un infime hochement de tête, affectant toujours cet air absent, il m'a lâchée et il a fourré sa main dans sa poche.

Alors que les lectures s'enchaînaient, une expression de dédain si exagérée qu'elle frisait le ridicule s'est peinte sur ses traits. J'ai gardé les yeux braqués devant moi, priant pour être la seule à l'avoir remarquée. À la fin j'ai attrapé Ciaran par la manche et je l'ai entraîné dehors avant que quelqu'un ne cherche à nouer une conversation.

« Qu'est-ce que tu fous ? a-t-il lâché en se dérobant à mon contact.

– Pourquoi tu te comportes aussi mal ? »

J'étais au bord des larmes, et cela me contrariait. Je m'étais fait une joie de me rendre à cette soirée en sa compagnie, de le présenter à des gens, d'être vue au bras de mon mec, aussi canon qu'intéressant.

« Bien pourrie, cette lecture. »

Il a secoué la tête et cherché du tabac en tâtonnant à l'intérieur de sa besace. D'un regard furtif, il a réalisé que j'étais à deux doigts de craquer. Il a vu les larmes et capté mon attention, le menton projeté vers l'avant et la bouche en cul-de-poule, affichant une mimique de dégoût caricaturale que j'allais finir par connaître par cœur, et haïr de toutes mes forces.

« Tu t'attendais à quoi ! Bien sûr que c'est une lecture de merde. C'est comme ça que ça se passe, on soutient ses amis en faisant acte de présence et on dit qu'on les a trouvés bons même s'ils ont été à chier.

– Ces gens-là ne sont pas mes amis. Ce n'est pas parce que toi et moi on baise ensemble que ça fait d'eux mes amis. »

Je n'ai pas su quoi répondre. « Baiser ensemble » réduisait en termes brutaux ce qui se passait entre nous et c'était dit avec un unique objectif : me faire du mal. La tête baissée j'ai éclaté en sanglots, consciente que des personnes que je connaissais m'observaient en chuchotant depuis le perron de la galerie.

« Quoi ? Tu voulais que je dise quoi ? Que je suis en train de tomber amoureux de toi ? Tu te fais des films.

– Non », ai-je répondu, et sentant que l'énergie de suivre le programme de la soirée m'avait quittée, j'ai tourné les talons et je suis rentrée chez moi à pied.

11

C'était la première fois qu'il manifestait une froideur pareille à mon égard, et pourtant j'avais déjà été témoin de cette froideur avant.

Un soir dans sa cuisine nous discutions de l'artiste contemporain Chris Burden, dont j'avais entendu parler pour la performance où il avait demandé à un ami de lui tirer une balle dans le bras, et qu'il avait filmé toute la scène. Les yeux de Ciaran se sont illuminés et il m'a conseillé de me renseigner sur *TV Hijack*. Attrapant son téléphone, il m'a montré un cliché représentant, sur fond bleu vif, un homme qui se tenait debout derrière une femme assise sur une chaise, la main appuyée sur sa gorge. La femme donnait l'impression de vouloir lui échapper.

Ciaran s'est lancé dans une grande explication. Cette photo était l'une des œuvres de jeunesse de Burden, qui résultait de l'intérêt qu'il nourrissait envers la télévision, notoirement illustré par son œuvre ultérieure, *TV Ads*. Voici la genèse de *Hijack* : une critique d'art appelée Phyllis Lutjeans avait invité Burden à se produire dans le cadre d'une émission culturelle qu'elle présentait sur une chaîne de télé locale. Burden lui avait soumis plusieurs propositions, rejetées soit par la chaîne, soit par Lutjeans en personne, et il avait accepté de répondre à ses questions. À la seule condition que l'interview soit diffusée en direct.

Lutjeans a démarré l'émission en demandant à l'artiste de parler de certaines de ses idées, celles qui avaient été écartées. À ce moment, Burden s'est planté derrière elle, il lui a collé un couteau sous la gorge et il a menacé de la tuer si la diffusion était interrompue. Ensuite il a entrepris de décrire par le menu ce qu'il s'était proposé d'infliger à Phyllis Lutjeans sur le plateau, en la forçant à accomplir des obscénités en direct.

Lutjeans ignorait tout des projets de Burden. Son angoisse et son humiliation étaient réelles.

J'ai écouté Ciaran parler, les yeux fixés sur le cliché, gagnée par un malaise grandissant.

« Elle n'était au courant de rien ? Il lui a mis un couteau sous la gorge, comme ça ?

– C'est hors sujet. De toute façon, elle ne s'en est pas formalisée. Elle l'a dit plus tard. »

J'ai lu des articles sur le sujet après coup et j'ai trouvé des interviews dans lesquelles Lutjeans confirmait qu'elle n'était pas complice de Burden, qu'elle avait été effrayée et choquée, mais elle prenait sa défense – c'était le style de l'artiste, tout simplement.

J'ai repensé à tout cela, à l'alternative qui s'était offerte à elle. J'ai imaginé Lutjeans au moment où Burden la lâche, elle se retourne pour lui faire face, scrutant son visage, la seconde où il a fallu prendre une décision, pleurer et lui hurler dessus, ou lui adresser un clin d'œil.

Vous, que choisiriez-vous ? Soit vous accédez à la célébrité parce que vous avez servi d'accessoire vociférant dans l'œuvre d'un homme illustre, victime sacrifiée sur l'autel de l'art, soit vous opinez en applaudissant. Vous avez été beau joueur, vous pouvez vous asseoir à la table des grands. Alors, allez-y : marrez-vous un bon coup.

2019, Athènes

Évaluer son propre statut de victime, cela fait partie intégrante de l'identité féminine. L'exploiter ou le désavouer, l'abhorrer ou l'adorer, simultanément. Être une victime, cela tape sur les nerfs de toutes les parties impliquées. Cela me tape sur les nerfs de me présenter à travers le prisme d'expériences reléguées au rang de dispositifs narratifs dans les soap operas et les magazines people.

Est-ce pour cette raison que j'ai tellement honte de parler de certains événements, ou d'estimer qu'ils présentent un intérêt ? Cela participe de l'horreur qu'on ressent à endurer une souffrance comme en endurent tant de femmes. Ce qu'on vit, elles sont si nombreuses à le vivre qu'il devient impossible de trouver un angle original pour en rendre compte.

Si je veux dire quelque chose de ma douleur, j'entends ma voix intégrer le chœur des Femmes Martyrisées, je ne la reconnais plus, j'en suis dépossédée.

Je ne peux pas me faire comprendre de tous, et je n'en

ai pas forcément envie. Pourquoi réduire mon expérience à l'échelle personnelle, quel intérêt ? Est-il judicieux d'aborder ici le sujet du viol ?

Cela me rendrait furieuse qu'on me donne corps de cette façon, contre mon gré. Ce n'est pas un hasard si l'on ne vit pas tout le temps recluse dans sa propre peau, et cet événement m'a replongée à l'intérieur de ma prison de chair un sacré bout de temps, jusqu'à ce que je parvienne à m'évader.

Son côté pratique me déprimait, son prosaïsme exacerbé. Mon corps n'était ni sublime, ni prodigieux, ni vivant, il remplissait une fonction, tout bonnement. Aucune tristesse dans ce constat, aucune surprise, plutôt de la lassitude. Je me suis regardée, informe, disgracieuse, brutalisée, et j'ai songé : *Alors quoi* ?

Ce n'est pas l'acte sexuel non désiré qui a ranimé les braises de ma colère, mais plutôt le rappel ô combien fastidieux que les hommes peuvent souvent agir comme bon leur semble, que certains ne s'en privent pas. Il est archaïque de décrire le viol comme du sexe (cela suggère que le viol relève plus de l'agression que de la sexualité ; qui dit qu'il ne peut pas être lié aux deux à la fois ? Et parfois à l'un plus qu'à l'autre ?), mais moi, je n'ai pas perçu de grande différence avec un rapport sexuel consenti. Sur un plan purement physique ce n'était pas pire que le pire de mes mauvais coups, toutes ces fois où j'avais réalisé que j'aurais préféré m'arrêter là, maintenant, tout de suite, mais où j'avais continué par politesse, simulant le plaisir pour finir plus vite.

Ce serait tellement plus simple de tracer une ligne par

terre et mettre « viol » d'un côté, « sexe » de l'autre. Il m'est arrivé souvent, trop souvent, d'écarter les jambes sans en éprouver la moindre envie. Je n'ai protesté qu'à une occasion, une seule, et j'ai eu le dessous.

Je ne sens pas d'entente s'établir entre moi et ces femmes à qui on a infligé les mêmes blessures, pas de solidarité qui relierait nos expériences à la façon d'un fil. La sensibilité inhérente de la personne violée (moi), sa mollesse présumée, sa malléabilité me rebutent – l'aspect femelle de tout cela me rebute.

Ai-je honte de moi, honte de penser cela ? Bien sûr ; jusqu'à un certain point ; un peu.

12

Plusieurs jours se sont écoulés et Ciaran m'a appelée pour m'annoncer qu'il passait me voir. Convaincue qu'il venait rompre j'ai attendu, prostrée, qu'il frappe à la porte. Il est arrivé les yeux embués, et doux comme un agneau.

Nous sommes restés assis côte à côte, sans nous toucher, un bon moment. J'étais au bord de l'implosion, je brûlais de lui dire que je m'étais comportée comme une idiote, qu'il fallait qu'il oublie cette soirée, est-ce qu'on pourrait reprendre à zéro, tout simplement ? Est-ce qu'il voulait bien – s'il te plaît s'il te plaît s'il te plaît ?

Me devançant, il a pris la parole. Il a, comme chaque fois qu'il abordait des questions personnelles, donné l'impression de fournir un énorme effort et refusé de lever la tête, mais il est péniblement arrivé au bout du discours qu'il avait préparé.

Il me présentait des excuses.

Il m'a expliqué avoir été traumatisé par ce que Freja, son ex, lui avait fait vivre. Elle l'avait trompé, pas avec un seul homme, mais avec une ribambelle de mecs, pas de façon épisodique, mais en continu, du début à la fin de leur relation, sur plusieurs années. C'était son tout premier amour et, à partir du moment où il avait découvert ses trahisons, ils s'étaient engagés dans une longue phase ponctuée de disputes féroces suivies de retrouvailles éplorées, de hurlements nocturnes qui se concluaient par des virées en boîte, des soûleries et des coucheries sans lendemain motivées par la vengeance.

Ils étaient liés si inextricablement que Ciaran ne pensait pas réussir à se détacher d'elle un jour. C'est lorsqu'il avait pris la décision de s'installer en Irlande, pour être aux côtés de son père malade, qu'il avait réalisé que cela lui offrait l'occasion d'opérer une rupture nette.

« Il faut que tu comprennes, j'ai vécu les meilleurs moments de ma vie avec Freja. Elle n'est pas mauvaise, au fond. »

J'ai plissé les yeux.

« Ce qu'elle m'a fait, c'était terrible, a-t-il ajouté, mais elle a agi comme ça parce qu'elle était malheureuse, en réalité. Elle en a souffert, elle aussi. Je la hais, mais je l'aime en même temps. Tu comprends ? »

Mon cerveau turbinait pour traiter, assimiler et trier ces informations. Il s'excusait : bien. Il me livrait son passé : bien. Il l'aimait : pas bien.

« Oui, ai-je répondu, affectant une certaine maturité.

– J'en ai tellement bavé que, depuis, j'évite de trop m'attacher à une femme. Ça m'a épuisé. Je ne veux plus souffrir, ni faire souffrir quelqu'un d'autre. Mais je veux tenter le coup. Je ne veux pas te faire de mal », a-t-il conclu, et j'ai le souvenir d'avoir tout à coup pensé à cet instant, cela a tinté sous mon crâne aussi clairement qu'une cloche, que j'étais incapable de lui causer une quelconque souffrance. J'ai le souvenir d'un tumulte au creux de ma poitrine. Je me suis promis de parvenir à gagner sa confiance. À rebâtir ce qu'elle avait détruit.

Il a appuyé son front brûlant sur le mien, nous avons fermé les yeux et, à cet instant, nous étions ensemble.

Novembre 2012

1

J'ai séparé la vie que je menais avec Ciaran de celle que je menais avec mes amis. Il m'accompagnait encore à des soirées, ponctuellement, des gros événements qui n'exigeaient pas de rester trop longtemps ni de discuter avec d'autres. Même s'il se montrait rarement aussi grossier que le soir de la lecture, celui de notre première dispute, il ne savait pas faire semblant de s'amuser.

Au bout du compte il m'a paru plus facile de lâcher du lest et de voir mes amis de mon côté. L'antipathie qu'ils éprouvaient à son égard et inversement jetait parfois un froid, mais ça n'allait jamais plus loin. De toute façon, je préférais profiter seule de la compagnie de Ciaran.

Il lui arrivait moins souvent de manifester sa mauvaise humeur, ou de s'énerver. Lorsqu'il se plaignait, il se moquait de lui-même dans la foulée et il reconnaissait volontiers qu'il avait un comportement de vieillard atrabilaire. Comme les températures s'étaient rafraîchies, il portait un vieux caban qui tombait en loques et des mitaines assorties à une écharpe à carreaux trop fine pour servir à quoi que ce soit. Nous ne nous sommes pas chamaillés une seule fois à cette période, du moins je n'en garde pas le souvenir. J'avançais dans notre relation avec une détermination maximale. Au fil des semaines je gagnais en assurance, en aisance ; le passage du temps donnait de la légitimité à notre couple et le début de chaque mois était accueilli avec un regain de joie.

Nous nous sommes rencontrés en avril, me disais-je, nous voici en novembre. Deux saisons entières passées ensemble, et nous progressions d'un bon pas vers la suivante.

2

2 heures du matin, un week-end. Nous venions de nous envoyer en l'air, j'étais allée chercher de l'eau à la cuisine et je me remettais au lit quand il m'a demandé :

« Combien de partenaires sexuels tu as eus avant moi ?

– Pourquoi ? » Prononcé d'une voix grave, neutre.

« J'en parlais avec quelqu'un au boulot récemment, on a eu une conversation intéressante sur le sujet. Simple curiosité. »

J'ai pensé à Freja, qui l'avait trompé à de multiples reprises. J'ai calculé rapidement dans ma tête : le nombre de mecs que j'avais mentionnés devant lui, les autres noms auxquels j'avais pu faire allusion qui m'auraient échappé, le contenu d'un mensonge qui tiendrait la route.

« Neuf », ai-je hasardé.

Il s'est redressé et s'est tourné vers moi, comme s'il s'attendait à cette réponse.

« Tu vois, a-t-il lancé, moi aussi j'ai couché avec neuf personnes, et tu es plus jeune que moi de pas mal d'années.

Tous ceux que je connais ont eu plus de partenaires que moi. Qu'est-ce qui leur passe par la tête, aux gens ? Ils se tapent le premier venu ? »

J'étais incapable de dire combien de partenaires j'avais eus. Une trentaine à l'époque, peut-être plus. Après être partie de chez moi j'avais laissé l'alcool effacer des blocs entiers de ma vie et je n'avais ni la faculté ni la volonté de me remémorer les moindres détails du passé.

Ce n'est pas le mensonge en soi qui m'a désarçonnée, mais la vitesse à laquelle il a franchi mes lèvres.

3

Durant cette période j'ai freiné ma consommation d'alcool et je ne levais franchement le coude que les soirs où je sortais avec des amis. Les gens ivres constituaient un répulsif pour Ciaran et il prétendait qu'il n'aimait pas boire à l'excès mais le week-end, sur le trottoir devant le Stag's Head, deux ou trois pintes suffisaient à le rendre pompette.

J'aimais quand il était ivre. J'aimais quand nous étions ivres tous les deux. Il n'avait pas l'alcool joyeux dans le même sens que moi, qui titubais sans vraiment changer de personnalité – il avait l'alcool irrésistible. Son sérieux s'évaporait, il devenait extraverti et hilarant. Les yeux vitreux, voilés par la tendresse, il se faisait aussi affectueux qu'un enfant et ça virait au n'importe quoi, il m'attrapait, il me faisait tournoyer, il me reposait par terre et me couvrait de baisers. Heureux, ce qui ne lui durait pas longtemps lorsqu'il était sobre. Une joie artificielle, bien entendu, mais d'un accès si facile et si régulier, comment me jeter la pierre si j'y croyais ?

Le samedi soir je pouvais suggérer qu'on regarde un film

d'horreur et qu'on écoute des disques jusqu'au petit matin en sirotant des Russes blancs. Encore mieux – parfois, lorsque nous n'étions que tous les deux, il se lâchait et buvait jusqu'à ce qu'il ait son compte et nous dansions dans le salon, riant à gorge déployée.

Je le plaquais contre le canapé, je le chatouillais et j'appliquais ma bouche sur cette zone sensationnelle entre le nombril et la boucle de ceinture, alors il se contorsionnait en hurlant. Nous tombions par terre, tactiles et étourdis. Et c'est par terre que nous baisions ces soirs-là, sur le vieux tapis, les joues rouges et hors d'haleine. Le matin je prenais peur quand je découvrais des meurtrissures furieusement empourprées sur mes genoux ou dans mon dos, et je souriais au moment où je réalisais que c'était causé par le tapis.

L'incident lié aux poèmes qu'il dédiait à Freja s'est produit au début d'une soirée qui devait finir de cette façon.

Nous étions sortis boire dans un bar pas loin de chez lui, une sorte de tripot revisité avec une enseigne au néon et de la sciure au sol. Assis au comptoir sur des tabourets pivotants, nous nous faisions face, la main de l'un collée sur la jambe de l'autre, se baladant le long de son cou ou effleurant ses lèvres, toujours à toucher quelque chose.

Nous discutions de ce qu'écrivait Ciaran. Il se trouvait à présent dans une situation financière qui lui permettait de bloquer un jour supplémentaire par semaine pour se concentrer sur ses projets personnels. Jamais je n'avais eu le privilège de lire quoi que ce soit de sa composition, en dehors des critiques et des articles universitaires, auxquels je ne comprenais strictement rien. Il me parlait d'une série de poèmes qu'il avait démarrée. Je l'écoutais en opinant lorsqu'un détail a traversé le voile de l'ivresse.

« ... et ce chapitre va inclure les poèmes que j'ai composés sur Freja... »

Ce prénom n'avait fait que de rares apparitions depuis la conversation que nous avions eue au sujet de son ex six mois plus tôt. Je ne m'en plaignais pas. Je m'étais mis en tête, je me l'étais martelé, que Ciaran et moi allions filer le parfait amour, au point que j'avais évacué Freja.

« Quels poèmes ? » ai-je demandé, le cœur accélérant dans ma cage thoracique.

Il a avalé une gorgée de bière.

« Je t'en ai parlé, forcément. Non ? Je me suis attelé à l'écriture d'une série sur elle et sur notre couple, en particulier le commencement, quand on vivait ensemble à Oslo. »

J'ai hoché la tête au ralenti, absorbant ce qu'il venait de me dire, évaluant la situation, mesurant l'étendue du problème aussi rapidement que j'en étais capable.

N'en fais pas une montagne, ai-je songé. Par pragmatisme, me mettant déjà en mode panique, tâchant de recouvrer mon sang-froid.

(Les autres, que sont-ils censés tolérer de ma part ? Quelle part de mes besoins étais-je en droit d'exiger d'eux, dans les limites du raisonnable ?)

(Rien, rien, rien.)

Je suis allée aux toilettes où, postée devant le lavabo, j'ai versé des larmes amères, spontanément, sans réfléchir. C'était puéril de réagir ainsi, j'en avais conscience, mais je souffrais qu'il m'ait rappelé, avec une telle désinvolture, que ce à quoi je tenais était soumis aux caprices des autres.

Je suis retournée m'asseoir sur mon tabouret, j'ai caressé son visage, serré son genou, simulé du mieux possible le bonheur. Il affichait une expression timide, mais aussi un grand sourire abruti. J'ai pensé, et j'ai senti le dégoût s'insinuer dans mon esprit, qu'il aurait gardé le silence si l'alcool ne lui avait pas délié la langue. Il avait beau prendre de haut les soûlards qui ne savaient pas se tenir, il ne valait pas mieux.

« Tu n'es pas fâchée, si ?

– Non, bien sûr que non. Seulement surprise.

– Bien, tant mieux. »

Toujours ce sourire béat, ambigu, plaqué sur la figure, en évitant de me regarder.

« Parce que franchement, a-t-il ajouté, je les trouve pas mal du tout, ces poèmes. Freja a été impressionnée. »

Mes traits se sont décomposés, ce qui s'était déjà produit quelques instants plus tôt dans l'intimité des toilettes.

« Tu lui as envoyé tes poèmes ? Tu as envoyé à Freja des poèmes que tu as composés pour elle ?

– Pour lui demander son avis, oui. Et j'ai pensé que ça lui ferait plaisir. On est amis, tu sais, rien de plus. »

J'ai braqué les yeux sur lui, incrédule, frappée de stupeur. Je n'ai pas pleuré, pas vraiment, mais un effondrement s'est produit en moi, je l'ai senti et cela a dû se voir sur mon visage.

Jusqu'à cet instant j'ignorais que je pratiquais un numéro d'équilibriste, que je verrouillais mes émotions depuis plusieurs mois. J'éprouvais dans ma chair la sensation d'être restée très longtemps en apnée et je comprenais enfin que je ne pouvais pas continuer ainsi éternellement.

Cette sensation, c'était le naufrage de la superstition et de la pensée magique – le fiasco intégral de la prière.

4

Quand j'étais petite, mon chat s'est fait écraser par une voiture qui roulait trop vite et qui ne s'est pas arrêtée, et il a passé la nuit dans la cabane de jardin, posé au sol, en attendant qu'on l'enterre.

La maisonnée endormie, je suis sortie à pas de loup dans l'obscurité humide et moussue, et j'ai ôté la couverture qui le dissimulait. Ensuite j'ai posé la main sur ce ventre roux que je connaissais si bien, et inutile de dire que rien ne cadrait avec la normalité : il était froid là où il aurait dû y avoir de la chaleur, rigide comme du carton neuf là où il aurait dû être mou sous mon contact.

Consciente que rien n'était normal j'ai enfin intégré qu'il était mort, et je ne l'ai pas cru. J'ai continué à passer la main dessus, je l'ai caressé tout en marchandant avec Dieu. En pensant : *Si je reste ici toute la nuit* ; en pensant que peut-être, si je flattais ce ventre de cadavre abominable mille fois, pas une de plus, pas une de moins, en pensant : *S'il te plaît, s'il te plaît, Dieu, redonne-le-moi, rends-le-moi, je ne vais pas arrêter de demander.*

5

Depuis des mois ma vie se résumait à négocier avec Ciaran. Je lui faisais l'offrande de chacune de ces journées où j'étais une petite amie digne de ce nom, facile à vivre, conciliante, à la manière d'un rituel. Mon corps s'imaginait que cette persévérance avait un sens. Et soudain il était devenu évident que mes intentions ne déboucheraient sur rien, que je ne pouvais le contraindre à m'aimer d'un coup de baguette magique, pas plus que je n'étais capable de ramener un animal à la vie.

Lorsque j'ai posé les yeux sur lui, remise de mon écroulement intérieur, il s'était durci.

« Oh, je t'en prie, m'a-t-il dit. Ne fais pas la gamine. »

Il s'est levé, les pieds de son tabouret ont raclé le plancher, et il m'a laissée plantée là.

De ma bouche a jailli, automatiquement :

« Attends. »

J'aimerais revisiter ce souvenir et me remettre d'aplomb, poser une main fraîche et rassurante sur ma propre main et me convaincre de ne pas brusquer les choses. Commander un autre verre, me calmer, rentrer chez moi. Sauf que mon corps fonctionnait de façon mécanique, récupérer mes affaires sous le comptoir avec des gestes précipités, filer dehors et traverser les voies du tramway en regardant à droite puis à gauche. Je l'ai vu descendre la rue et longer à pas pressés le National Museum. Il progressait d'une démarche égale, à le voir ainsi jamais on n'aurait pu croire qu'il était soûl, alors qu'il paraissait éméché quelques instants plus tôt. Je lui ai couru après en criant tout bas « attends, attends », je l'ai rattrapé et je l'ai saisi par l'épaule.

Il s'est dégagé avec une violence telle que j'ai trébuché, puis je me suis remise à pleurer et je l'ai imploré, sans relâche.

Ciaran était rebuté par les larmes. S'il ressentait déjà du dégoût envers moi au cours de ces disputes, me voir pleurer l'exacerbait. Ses prunelles s'étrécissaient, le peu de chaleur ou de compassion qu'exprimaient ses yeux s'effaçait. Il se détournait, refusant de s'infliger ce spectacle.

Son dégoût se justifiait-il ? Mes pleurs étaient-ils un trompe-l'œil, un stratagème pour invoquer sa pitié ? Si tel était le cas, c'était à la fois inconscient de ma part, et inopportun. Jamais cela n'a éveillé sa sympathie ni déclenché de geste venant du cœur, et pourtant je m'acharnais. À l'inverse de ce que je souhaitais au fond de moi. Une sensation qui me paraissait impossible à réprimer, comme un haut-le-cœur, et lui inspirer de la répulsion m'exhortait à pleurer encore plus fort.

À mon avis il haïssait par-dessus tout qu'on perde le contrôle.

Il y a un certain paradoxe à voir un adulte verser des larmes, des vraies. La personne qui pleure se rapproche de l'enfant, mais elle abdique, et l'abdication est un concept étranger à l'enfance (l'adulte considérant l'étendue de son expérience comme une malédiction tout en restant marqué par ce qui n'existe plus, ses chagrins d'antan et leur pureté inébranlable).

Une partie de moi avait déjà décidé de déposer ma vie à ses pieds et de le laisser prendre à sa charge le fardeau que je représentais. J'avais aussi très peur de lui et du comportement qu'il avait à mon égard, à tel point que je me trouvais incapable d'assumer cette décision, pour moi-même ou face à lui.

Dans ces moments-là, alors que j'étais mise de manière imprévue en présence de mon propre besoin, ma réaction consistait à nier – nier jusqu'à l'hystérie – son existence. D'où ces démonstrations éplorées, « pardon », « s'il te plaît », le désir de lui faire immédiatement oublier que j'avais pu nourrir des exigences vis-à-vis de lui.

Dans ces moments – car il y en aurait beaucoup, des moments semblables à celui-ci, ils se compteraient par centaines, ils s'étaleraient sur des mois, des années, à me mettre à plat ventre – je le suppliais de voir à quel point j'étais en réalité insignifiante.

Toujours recroquevillée, toujours tapie, je déclarais que je n'étais rien, que cela me comblait de n'être rien s'il trouvait ce rien à sa convenance. Si c'était le néant qui lui agréait le mieux, alors je serais un néant, et sans me faire prier. Parfaitement vide et inerte, à condition qu'il me veuille vide et inerte, ou bruyante pour remplir ses silences. Débordante d'énergie et de vitalité quand il s'ennuyait et, dès qu'il se serait lassé de cette version, aussi banale et pratique qu'une fourchette.

L'amour, je ne lui en réclamais pas. Je ne voulais pas qu'il dirige son regard vers moi et qu'il me voie ; car il n'y avait rien dont j'aurais pu dire, avec certitude, qu'il s'agissait de moi. J'étais prise de panique quand mon besoin se faisait jour, car on ne pouvait nier sa réalité.

Ce besoin était une part de moi humaine et authentique, or je ne pouvais rien ressentir d'autre en moi qui soit humain ou authentique, par conséquent il se rapprochait d'une hérésie, d'une aberration.

Ciaran est rentré chez lui à pied sans me dissuader expressément de le suivre. Il a fait comme si je n'existais pas, ce que j'ai trouvé tolérable, voire appréciable, sur le moment, car cela me permettait de montrer que je pouvais me faire sage et discrète. Lorsque nous sommes arrivés à son appartement il s'est arrêté devant la porte, puis il s'est tourné vers moi.

« Tu peux entrer, et tu peux rester, mais je ne veux pas qu'on en reparle, ni ce soir ni jamais. Freja et moi, on est adultes. On est plus âgés que toi. On a une relation compliquée, mais ça ne te concerne pas et ça n'a aucun impact sur toi. Compris ? »

J'ai hoché la tête avec ferveur. Je n'ai pas dit un mot de toute la soirée, je me suis brossé les dents et déshabillée en silence. Je l'ai laissé me tourner le dos dans le lit, je m'y attendais, et je n'ai pas émis la moindre protestation.

Je me suis réveillée au point du jour. Le ciel était d'un gris lumineux et stérile. Noël approchait à grands pas.

J'ai regardé Ciaran, qui reposait les sourcils froncés. Il paraissait si jeune quand il dormait, sa maigreur sautait encore plus aux yeux dans le vieux T-shirt étriqué qui lui servait de pyjama. La chaleur moite qui irradiait de lui rappelait un bambin transpirant de fièvre. Il est encore très facile pour moi de nourrir des sentiments quand je repense à lui ainsi. J'ignore pourquoi, mais il m'apparaissait préhistorique, embryonnaire, un animal pas encore décidé à entrer dans l'existence, dont il n'y a pas lieu d'être déçu.

Je me suis glissée prudemment hors du lit, l'estomac noué par la nausée et l'appréhension. Je suis allée dans la pièce qui donnait sur la rue et j'ai regardé par la fenêtre en m'étirant, les bras tendus vers le plafond.

J'ai jeté un coup d'œil autour de moi et l'idée m'est venue de me préparer un bol de muesli quand j'ai aperçu, posé sur la table, le téléphone de Ciaran. Je n'ai pas réfléchi très longtemps. Ciaran dormait à poings fermés ; s'il se levait, je l'entendrais forcément ; son téléphone se déverrouillait sans code.

J'avais conscience de m'aventurer dans un territoire inexploré, dont je ne reviendrais pas. Je m'apprêtais à les violer, lui et sa vie privée, alors que je venais d'essayer de démontrer, moyennant ma soumission, que cela n'entrait pas dans mes plans.

J'ai ouvert sa messagerie. Presque tous les mails avaient Freja soit en destinataire, soit en expéditeur. Je les ai fait défiler. Ils avaient communiqué à un rythme quasi quotidien pendant des mois, depuis notre toute première rencontre.

Le mail le plus récent datait de la veille, un peu avant que Ciaran me retrouve au bar. Je l'ai ouvert et parcouru en diagonale, sans oser prendre le temps de le lire intégralement. Un roman, plusieurs milliers de mots. Dans les premiers paragraphes elle réagissait aux poèmes qu'il avait envoyés puis elle passait à un autre sujet, moi.

« … Maintenant que j'ai lu ta poésie, à mon tour de te demander une faveur. J'essaie de te parler de nous, tu m'interromps pour me parler d'elle. Nous savons toi et moi que tu te sers d'elle pour t'en prendre à moi, me rendre jalouse. Inutile. Tu as réussi. Je suis jalouse. Malheureuse. En colère. Je pense tout le temps à vous deux, je tue le temps au bureau en cherchant des photos d'elle sur Internet, à tâcher d'imaginer ce que tu lui trouves.

« Elle est mignonne, c'est certain, mais un peu potelée à ton goût, non ? Ce qui te plaisait chez moi, c'est que je sois grande et fine, rien à voir avec elle. J'ai trouvé, hein ? C'est parce qu'elle est l'inverse de moi ? Je t'ai laissé un si mauvais souvenir, que tu sois condamné à chercher mon antithèse ? Cela ne te fait pas bizarre, après toutes ces années, de coucher avec elle et pas avec moi ?

« Est-ce que les gens te disent que vous formez un beau couple, comme ils nous le disaient à nous ? Si nous étions bien assortis, c'est parce que nous nous complétions. Tu te rappelles notre premier soir dans le nouvel appart à Oslo quand nous avions rapporté toutes nos affaires et défait les cartons ? Nous nous sommes assis sur le perron pour boire un whisky et nous avons regardé autour de nous, notre nouveau chez-nous, une vieille dame est passée et elle est tombée en arrêt. Elle nous a regardés et elle a dit : “Ma foi, vous êtes le plus beau couple que j’aie vu de ma vie” ; ça nous a fait rire et elle a ajouté : “Occupez-vous bien l’un de l’autre”, avant de s’éloigner. Même de loin elle a vu à quel point nous étions amoureux, il aurait fallu être aveugle pour ne pas le voir.

« Lorsque nous nous sommes rencontrés, nous étions toi et moi perdus, au fond du trou. Cela explique en partie pourquoi nous nous aimons. Je l’ai vu en toi d’emblée. Il y avait chez chacun une cassure que seul l’autre était capable de réparer, ce qui nous destinait l’un à l’autre. À cette époque je me réveillais chaque matin et je te surprenais en train de m’observer, de me caresser les cheveux, comme si tu voulais te convaincre de ma réalité. Ce qui existe entre nous, tu ne peux ni l’effacer ni le nier.

« Rappelle-toi ces jours où nous allions nous promener dans la région de Nordmarka, des heures durant, jusqu’à ne plus pouvoir mettre un pied devant l’autre, nous rentrions chez nous et nous prenions un bain ensemble. Tu me lisais tes poèmes ou nous discutions de mes lectures à la fac, et nous nous séchions l’un l’autre avant de nous assoupir sur le canapé devant la cheminée.

« Tu veux vraiment me faire croire que ce que nous avons vécu, tu le vis avec elle ? Je te connais. Je sais ce que tu as au-dedans de toi, je sais aussi que tu ne montres pas grand-chose à l’extérieur.

« Si seulement tu voulais bien nous donner une seconde chance, je saurais te le prouver. Par ailleurs je n'ai rien fait avec ces types, à part baiser. Cela ne signifiait rien. Ce que toi, tu fais en ce moment, je ne l'ai jamais fait. Jamais je n'ai joué au couple rangé avec un autre, jamais de dîner aux chandelles, aucune de ces conneries-là.

« Tu es parti à cause de ton père, mais il va mieux. Tu ne le vois jamais, tu le dis toi-même. Reviens. Ou c'est moi qui vais te rejoindre – l'un ou l'autre, peu importe. Où que tu sois, j'irai.

« Je n'ai pas de vie sans toi. Quand je rentre du boulot, j'enfile ton vieux pull et j'enfouis mon visage dedans, espérant capter ton parfum ou ce qu'il en reste. Je me revois embrasser ta clavicule, ton torse, tes paupières. Je ferme les yeux et j'imagine la sensation que j'éprouverais si tu revenais, si nous disparaissions ensemble.

« Tu me connais, Ciaran. Je n'ai personne de fixe. Avant toi il n'y a eu que des mecs de passage. Tu es le seul que j'ai aimé, et cela fait une éternité que je t'aime à présent. Sept ans. Rien à voir avec les autres petites histoires. Je ne vais pas tourner la page et passer au suivant. Il n'y a que toi.

« Et il n'y aura jamais que toi. »

Espèce de salope détraquée, espèce de salope détraquée, ai-je songé. Une jalousie horrifiée courait dans mes veines, comme du poison. *Salope détraquée, salope détraquée.*

J'étais écœurée par sa familiarité excessive, par ces câlineries tire-larmes, par ces accents mélodramatiques, mais surtout par le portrait complaisant qu'elle faisait du couple qu'ils avaient formé. La lecture des poèmes en prenant un bain, cette façon de tomber en extase devant leur duo idéal, la certitude partagée qu'ils étaient plus torturés que le monde entier.

J'ai entendu bouger dans la chambre, j'ai quitté la messagerie en quelques clics et éteint le téléphone. J'ai rempli un verre au robinet et regagné la chambre. Je me suis glissée dans le lit à côté de Ciaran, le menton sur son épaule, l'étreignant par-derrière. Le bras tendu, il m'a rapprochée de lui.

2019, Athènes

Être amoureux, sensation qui s'apparente beaucoup à l'espoir ; un espoir limpide, un distillat qu'il est impossible d'obtenir seul.

L'une des émotions qui m'attristent le plus, c'est celle qui accompagne la certitude que l'originalité n'existe pas en ce bas monde, qu'on a épuisé tous les dialogues possibles. Lorsqu'elle m'étreint, je me réveille quand l'après-midi décline déjà avec le déplaisir profond de découvrir qu'aucune métamorphose ne s'est produite durant mon sommeil. Je me réveille à cette heure-là parce que je ne peux supporter d'avoir les yeux ouverts, mais je ne supporte pas non plus de chercher le sommeil. Rester couchée dans le noir et cogiter, ne serait-ce qu'un instant, m'apparaît comme une perspective effroyable, alors je bois jusqu'à tomber comme une masse, ou je fixe l'écran du téléviseur jusqu'à ce que mes paupières se mettent à papilloter.

Si je pars en voyage dans l'idée de chasser cette sensation, les villes finissent par se mélanger. C'est de l'argent jeté par les fenêtres. Je me morfonds sur une piazza en solo, avec un plat de pâtes sans la moindre saveur à douze euros, trop de vin, et un mec lourd qui essaie toujours de m'aborder.

Lorsque je rentre chez moi, à Waterford, pour me remobiliser et me remettre en phase avec moi-même, avec mon passé, j'ai l'impression que les gens passent leur temps à mourir et je me dispute avec mes parents parce que je ne suis pas très chaude pour faire la causette avec eux. Pas envie qu'on me bassine avec la maladie d'untel et le drame d'un autre, et je suis estomaquée par cette faculté qu'ils ont à s'enquiller enterrement sur enterrement. Moi, j'ai l'impression de n'arriver à rien, hormis manger, dormir et me traîner du matin au soir, et recommencer le lendemain – il s'agit d'un constat, basé sur des faits. Les antidépresseurs vont et viennent, avec une incidence limitée sur ma réaction par rapport à la vie dans son ensemble, à la création divine, à l'humanité, réaction qui se résume souvent à : et alors ?

Ensuite, chaque fois que je tombe amoureuse, tous les compteurs sont remis à zéro, y compris les miens. Mon corps, mon cerveau, le regard que je porte sur les choses, jusqu'aux plus simples. Et le mieux, c'est que ça marche à chaque coup. Si j'échoue, ça marche tout aussi bien la fois suivante.

Regarder par la vitre dans les transports en commun me procure une stimulation intolérable, les champs de colza me font monter les larmes aux yeux, le littoral déchiqueté me coupe le souffle. Mon mental, que je trouvais auparavant si gris, si stagnant, m'évoque soudain celui d'un nourrisson qui absorberait un afflux d'informations, en effervescence. Le nouvel objet de mes attentions ne se contente pas d'apporter de l'intérêt à une vie terne et déprimante, il la met sens dessus dessous. Ces après-midi qu'en temps normal je passerais recroquevillée dans mon lit, en solitaire, à fuir les rayons vagabonds du soleil qui traversent le rideau, je les consacre désormais à nourrir les canards et lire des poèmes au bord du canal. Une métamorphose qui confine à la magie.

Quand on tombe amoureux, quand la vie repart sur des bases inédites, on sait d'instinct qu'on doit prendre un soin jaloux de cet univers neuf et vulnérable qui se construit à deux. Il y a une architecture à mettre en place, des plans de barrages, de ponts et d'hôtels de ville à dessiner. La fragilité de ce qui est accompli, dont les enjeux sont énormes, déclenche souvent un émoi particulier, des larmes d'effroi ou de plaisir exquis. Au moindre faux mouvement la structure tout entière risque de crouler avant même d'être achevée. Il arrive souvent que, au début de leur relation, les couples disparaissent des radars pendant plusieurs mois, pas seulement parce qu'ils brûlent de désir l'un pour l'autre, mais aussi parce qu'ils sont en phase de construction.

6

Les premières semaines de notre vie à deux, les soirs où nous allions au cinéma, j'aurais préféré qu'on projette un film qui le montrerait lui, quand bien même il était assis là, à côté de moi, et me tenait la main. J'aurais voulu un écran large au point de ne voir que lui, je m'en souviens encore. Les sens saturés, aucune brèche pour que l'extérieur s'y introduise. Je savais que je me lançais dans l'entreprise la plus importante et la plus ardue de ma vie. J'avais la sensation de me tenir au bord d'un projet grandiose, mon chef-d'œuvre. Je comptais bâtir une grange, immense et solide, de couleur rouge, qui traverserait les siècles. Une splendide cathédrale dorée. La huitième merveille du monde.

Mon cerveau s'est révélé incapable d'intégrer le mail de Freja dans le cadre de mon projet, si bien que je n'ai pas réussi à l'assimiler entièrement. L'idée qu'à peine construit notre univers tourne court m'était inconcevable. Je n'avais aucun mal à fuir la réalité parce qu'il me suffisait d'être à ses côtés, physiquement, pour que les soucis refluent, les potentielles intrusions reléguées au rang de fantasmes ridicules.

J'ai fait l'amour avec lui ce matin-là et mis ma fébrilité en sourdine. La sensation de ses doigts, longs et puissants, qui me serraient délicatement la gorge. L'odeur autour de sa bouche, cette suavité, suspendue au-dessus de la mienne. Je me suis arc-boutée et, collée contre lui, j'ai essayé de m'emplir de son haleine. J'ai levé une main et je l'ai tenu par le menton, pour le forcer à me regarder droit dans les yeux alors qu'il s'activait, et cela a consacré chaque seconde qui s'égrenait.

Plus jeune, je considérais que faire la fête avait une portée spéciale, en un sens – que ma façon de faire la bringue comportait un aspect transcendant, dans une certaine mesure, par rapport aux autres –, et, dans la même logique, coucher avec Ciaran me paraissait avoir un certain poids. À chaque fois j'avais l'impression d'aboutir à une conclusion, et cette conclusion déboucherait sur une leçon essentielle, à condition pour nous de l'atteindre.

7

Le baromètre est resté au beau fixe les semaines qui ont suivi, une amélioration notable, à croire que nous avions crevé un abcès. J'ai repensé au mail, focalisant mon dégoût et ma colère sur celle qui l'avait envoyé, uniquement sur elle, jamais sur lui.

Je ne m'étais toujours pas remise de l'architecture aboutie de l'univers qu'elle décrivait dans ce mail. L'intimité du ton qu'elle employait en s'adressant à lui, ces détails que j'aurais encore ignorés si je ne les avais pas découverts à la lecture.

J'ai tâché de visualiser le pull qu'elle avait gardé, le perron sur lequel ils s'étaient assis, la vue depuis leur porte d'entrée. Cela me troublait, comme il est toujours troublant de réaliser que des personnes dotées de leur propre conscience, de leur perspective, évoluent autour de soi.

Le sentiment qu'elle avait sa perception de Ciaran, longuement aiguisée, qui précédait la mienne de plusieurs années, m'était abominable, mais il contenait aussi une puissante charge érotique, de par son étrangeté même. Pour la première fois j'ai tapé son nom dans Google pour voir à quoi elle ressemblait. La nuit, parfois, quand le sommeil me fuyait, mon imagination me les montrait en plein coït.

Ciaran était plus doux avec moi, plus prévenant. Il me faisait des petits cadeaux, m'offrait des fleurs, m'invitait au restaurant.

Ces égards avaient à mes yeux une portée particulière, étant donné qu'il était d'une radinerie peu commune. Il ne gagnait pas beaucoup mais moi non plus, et aucune de mes connaissances ne roulait sur l'or. S'il me manquait la monnaie pour un café il m'avançait la somme mais il exigeait systématiquement que je le rembourse plus tard. Je trouvais son insistance aussi bizarre que gênante.

Il n'y avait pas qu'avec moi qu'il agissait ainsi. Je l'avais vu demander à des amis qu'ils le régalent en retour d'une tournée passée, dont aucun n'avait gardé le souvenir. Lorsqu'ils affichaient une mine éberluée, il leur décrivait la scène en n'omettant aucun détail :

« Tu as oublié, Harry, c'était au comptoir du Duke, juste après l'avant-dernière soirée de l'Irish Museum of Modern Art ? Une semaine avant que tu touches ton salaire, alors je t'ai payé une bière. »

Et, face à une avarice aussi décomplexée, tous s'esclaffaient, les yeux au ciel. Quant à moi je riais, mais jaune, j'avais envie de disparaître six pieds sous terre, parce que j'étais sa copine. Je craignais vaguement que ce trait de caractère leur suggère d'autres penchants, qu'ils se sentent gênés pour moi.

Un soir, alors que nous étions allés manger japonais après un vernissage dans Talbot Street, nous étions tout un groupe, il avait failli faire pleurer une fille. Stagiaire dans une galerie du centre-ville, elle arrivait de Cracovie, venait de s'installer à Dublin, et de toute évidence elle était tombée sous le charme de Ciaran. Plus jeune que moi, dans les dix-neuf ans, avec une chevelure propre et lustrée, de grands yeux pleins de sollicitude. Elle l'avait dévoré du regard toute la soirée.

C'était monnaie courante. D'ordinaire cela ne me dérangeait pas parce qu'il ne se rendait compte de rien. C'était pour moi une expérience paradoxale de fréquenter un homme doté d'un tel pouvoir d'attraction. En société j'étais tiraillée entre un plaisir immature d'un côté et, de l'autre, la terreur que les gens soient pris de perplexité face au décalage que nous présentions.

À la fin du dîner, Ciaran a réglé l'addition et calculé la part que chacun lui devait. Il manquait quelques euros à la stagiaire.

« Ça fait quinze, répétait-il. Tu en as pour quinze euros, avec la bière.

– Je m'excuse, je… je… »

Il était parti d'un grand rire, comme s'il n'en croyait pas ses oreilles.

« Je ne pige pas pourquoi tu commanderais pour quinze euros de bouffe et de bière si tu ne les as pas. »

Nos voisins de table s'étaient retournés pour l'observer.

« C'est bon, je gère », avait dit le responsable de la galerie où travaillait la fille, et il s'était penché par-dessus la table pour lancer un billet et couler un regard de biais à Ciaran.

Il m'a invitée à dîner la veille de mon départ pour les fêtes de Noël. Nous sommes allés dans un restaurant français, nous avons pris un steak saignant que nous avons arrosé avec un vin rouge qui n'était pas donné. Il a été courtois vis-à-vis du serveur et a passé commande pour nous deux d'une façon telle que je me suis sentie minuscule, effacée et heureuse. Nous avons discuté des expositions ratées que nous étions allés voir, nous sommes moqués des artistes et de leur carriérisme affligeant, du style qu'ils se donnaient avec leur pitoyable casquette de routier et ce jogging branché qui ne cadrait pas avec leur apparence.

Le vin avait taché ses lèvres et il m'a paru incroyablement sensuel, grand ouvert et vivant, sans qu'à aucun moment son quant-à-soi ou son agacement coutumiers viennent casser l'ambiance. Au moment de partir, j'ai repoussé ma chaise et il s'est posté derrière moi pour m'aider à enfiler mon manteau, il s'est jeté sur moi et il m'a embrassée. Je me suis dit que le restaurant tout entier nous verrait ainsi, tels que nous étions réellement, tels que cet instant nous aurait immortalisés – jeunes, beaux et intéressants, à l'orée d'une vie à deux. Des yeux j'ai balayé la salle, les autres couples – et j'avais raison, les regards étaient vraiment braqués sur nous.

Deux femmes d'âge mûr nous ont adressé un sourire complaisant au moment où nous sommes passés à côté d'elles. La moitié féminine d'un couple tiré à quatre épingles, aux vêtements coûteux, nous a fixés, une expression indéfinissable peinte sur les traits. J'avais les joues rouges et le tournis tellement j'étais fière. Nous formions une réalité tangible et nos problèmes ne pesaient pas lourd, simple conséquence de notre appétit de vivre.

Ciaran m'a accompagnée jusqu'à Eden Quay, le terminus de mon car, et nous sommes restés plantés dans l'ombre projetée par les bâtiments qui se dressaient sur cette berge de la Liffey. Il a pris mes mains dans les siennes, embrassé et réchauffé de son haleine mes oreilles. À l'instant où le car a marqué l'arrêt, il a sorti de sa besace un petit écrin bleu pâle qu'il m'a tendu.

« Ton cadeau, a-t-il déclaré avant de se pencher vers moi, de frotter sa joue veloutée contre la mienne à la manière d'un chat et de déposer un baiser sur mon front. Je t'aime. »

Un calme profond m'a submergée, la confirmation que je n'avais pas perdu la raison. Nous avons échangé un regard, puis un autre baiser, amusés par notre mine solennelle, et une dernière étreinte.

Je suis montée à bord et j'ai trouvé une place à l'écart. Je voulais faire le voyage seule, cataloguer l'ensemble des émotions qui me traversaient à cet instant, les examiner l'une après l'autre à la loupe. Je n'ai pas pu m'empêcher d'ouvrir l'écrin. À l'intérieur, j'ai trouvé un petit papier plié en deux sur lequel il était écrit :

Joyeux Noël. Tu es une femme magnifique et je t'aime.

En dessous, une délicate broche ancienne, en ambre. La pierre blottie au creux de ma paume, j'ai fermé les yeux de toutes mes forces. Le bijou donnait l'impression d'émettre de la chaleur, de palpiter, comme doué d'une vie propre. Je l'avais encore dans la main lorsque nous sommes arrivés à Waterford trois heures plus tard et, à l'approche des lumières de ma ville d'origine, je me suis mise à pleurer, ce qui m'arrivait chaque fois qu'elles apparaissaient à l'horizon.

2019, Athènes

La semaine dernière, j'attendais mon train dans un café avec un livre et un espresso. Le ciel était parfaitement dégagé, le soleil venait de se coucher et rien n'annonçait l'orage qui s'est abattu. Les serveurs ont déplacé tous les clients en terrasse sous un store immense pour les mettre à l'abri. Je regardais les éléments se déchaîner en compagnie d'une femme d'affaires qui devait avoir une cinquantaine d'années et de deux messieurs âgés qui ne battaient pas un cil. La femme d'affaires avait sur les lèvres un rouge très rouge, et elle ne cessait d'y porter la main, terrorisée dès qu'un éclair zébrait le ciel. Je les observais, elle et l'orage, avec une certaine indifférence, quand un jeune couple a débarqué avec un bébé dans une poussette.

Ils étaient très beaux, trempés jusqu'aux os et hilares. La femme hurlait de rire, pliée en deux, la main sur le ventre, et son mari a posé la sienne sur son épaule et lui a massé le dos avec des gestes affectueux. Ils nous ont tous observés à tour de rôle, la mine réjouie. Regardez, semblaient dire leurs sourires incrédules, regardez ce qui tombe ! Regardez comme on est mouillés ! Ils ont pris place à une table et installé le bébé sur leurs genoux, et même là il leur arrivait encore d'éclater d'un rire qui leur secouait les épaules.

En les regardant j'ai été envahie d'un profond sentiment de solitude tandis que me revenait en mémoire (pas distinctement, à travers un voile) ce qu'ils éprouvaient ; cette phase où l'amour donne de la valeur aux expériences banales. Se taper un fou rire parce qu'on s'est fait saucer au lieu de râler parce qu'on a vécu une galère en chemin. Après coup, alors qu'ils étaient assis là à manger des sandwichs et à boire du café, leur bonheur offrait un spectacle extraordinaire. J'avais oublié que l'amour possédait ce pouvoir. Je suis passée de la jalousie à la joie, puis une angoisse est montée en moi. Un sandwich et une tasse de café sous la pluie, je ne voyais pas comment introduire de la magie là-dedans toute seule.

Cela m'a rappelé ces matins où Ciaran me réveillait et voulait savoir ce que nous avions au programme ce jour-là. Je proposais : « Mmmh, je ne sais pas, aller au ciné dans la soirée, ou une expo. » Ce à quoi il répondait : « Ou alors acheter des pommes et aller se promener. »

Et c'est devenu une activité à part entière, je me réjouissais à la perspective de quitter le lit avec cet objectif en tête. Nous nous rendions au centre-ville à pied, nous allions à ce café situé dans George's Street, celui qui fait aussi épicerie fine, et nous vidions deux ou trois verres d'eau du robinet sous l'œil agacé du serveur au comptoir. Puis nous allions acheter (voire chaparder, si c'était le frisson de l'illégalité que nous recherchions) deux pommes. La sélection nous occupait de longues minutes, nous comparions les fruits, mettant dans la balance leur taille et leur goût. Ensuite nous déambulions quatre ou cinq heures au hasard des rues, nous devisions ensemble en regardant autour de nous. Il arrivait que nous fassions un détour par une galerie, ou une friperie, ou nous nous arrêtions prendre un café quelque part en chemin, mais ce n'était pas le but de la balade.

Le but, c'était d'acheter des pommes et d'aller le nez au vent, rien d'autre, voilà tout l'intérêt. Et cela suffisait amplement.

Noël 2012
Waterford

1

Le car a atteint sa destination à 3 heures du matin, dans ces eaux-là, et il me restait quelques kilomètres à parcourir avant d'arriver chez ma mère.

Elle vivait dans la banlieue de Waterford, à Ballinakill Downs, depuis qu'elle s'était séparée de mon père, quand j'étais encore une petite fille. Elle s'était mise en ménage avec Stíofán, son second mari – instituteur et *gaelgóir* –, huit ans plus tard, l'année de mes quatorze ans. Maman avait porté le prénom de Keelin avant d'épouser Stíofán et, une fois devenue sa femme, elle avait abandonné la version anglicisée de son prénom pour la remplacer par la version gaélique, « Caoilfhaoinn », et elle montrait les dents lorsqu'on le prononçait comme avant.

Un observateur impartial aurait jugé que maman était sortie gagnante de cette bataille qu'est le divorce, un remariage avec un solide gaillard, les sorties en kayak et les virées le week-end, mais à part moi je trouvais papa plus heureux. Je craignais qu'il se sente seul mais il était homme à s'accommoder de peu, il se contentait de fréquentations épisodiques, de livres, d'un lopin de terre. Tout cela, il l'avait à disposition dans son petit village à quelques kilomètres de Waterford, où il travaillait dans une bibliothèque miteuse et retrouvait ses trois amis, toujours les mêmes, plusieurs fois par semaine pour boire des coups le soir.

Maman souffrait d'une tendance au catastrophisme, un état d'esprit qui m'apparaissait aberrant et futile à l'âge qu'elle avait, et elle s'astreignait à un régime rigoureux avec la frénésie et l'optimisme d'une adolescente.

« Comment se porte Stephen ? lui demandait mon père chaque fois qu'elle me déposait, car c'est chez lui que je passais la plupart de mes week-ends, et il me lançait un clin d'œil.

– C'est Stíofán, tu le sais très bien, *Tomás* », rétorquait-elle, parce que depuis toujours le prénom de mon père se prononçait et s'orthographiait Thomas.

D'ordinaire, quand j'arrivais à cette heure-là, j'appelais un taxi, trop feignante et trop angoissée pour me rendre à pied chez ma mère, mais sur le coup rien ne m'a semblé plus merveilleux que de marcher jusqu'à Ballinakill. En chemin j'ai écouté des chansons qui me rappelaient Ciaran, gagnée par une sérénité contemplative que je n'avais pas éprouvée depuis l'adolescence. À mon arrivée j'ai trouvé maman endormie sur le canapé devant une série policière qui passait à la télé.

Elle a ouvert un œil.

« Bonjour, mon enfant.

– Bonjour, ma mère », ai-je répondu, et je suis allée lui serrer la main avant de monter me coucher.

J'ai dormi douze heures d'affilée, ce qui m'arrivait fréquemment quand je revenais à la maison, à croire que j'avais passé l'année livrée à moi-même et que j'avais besoin de me remettre de mes efforts. À mon réveil, nous n'étions que le 19 décembre mais l'ambiance de Noël régnait déjà dans ma chambre. J'ai sorti de mon sac la broche en ambre que j'ai tenue au creux de ma main, absorbant sa chaleur.

J'ai passé ce jour-là et celui d'après assise dans le salon, à lire d'épais romans très cons – le genre de lecture que je m'interdis en temps normal –, j'ai participé à l'emballage des cadeaux, j'ai cuisiné. J'ai bu du vin avec ma mère, échangé des ragots sur les gens que nous connaissions et regardé des émissions à deux balles. Le soir du 21 j'ai téléphoné à Ciaran, qui ne m'avait pas donné signe de vie depuis mon départ. Cela ne m'inquiétait pas outre mesure – il ne savait pas se servir de son portable et il avait rarement du crédit, à moins que je lui en achète. Je l'ai appelé trois fois, il n'a jamais décroché. J'étais éméchée et impatiente de discuter avec lui, mais aucune alarme ne s'est déclenchée. J'ai rechargé son compte en ligne, je lui ai envoyé un texto pour lui demander de me rappeler dès qu'il aurait un moment, il me manquait, je l'aimais. Cela m'a réconfortée de taper ce message.

Le 23 je suis sortie boire un verre avec deux vieilles copines. En chemin j'ai aperçu mon reflet dans une vitrine, j'ai dû m'arrêter et me retenir à un poteau. Répugnante, j'étais. Énorme. Quand je pousserais la porte du pub, je deviendrais le sujet de toutes les conversations, les gens allaient braquer leurs yeux sur moi et se mettre à chuchoter, qu'est-ce que j'étais devenue grosse et moche en prenant de l'âge.

J'ai senti mon ventre tendre l'élastique de ma culotte et un bourrelet s'en échapper, à la fois moi et détaché de moi, quelque chose qui tenait du monstre. Je n'étais pas uniquement définie par mes courbes, ce qui semblait être une évidence partout ailleurs. Pourtant, quand je retournais à Waterford, cela se réduisait comme par le passé à un attribut qui déterminait mon caractère, un échec qui n'appartenait qu'à moi. Chaque fois que j'y remettais les pieds cet endroit me rappelait qu'au moins ici, au moins chez moi, au moins là où ces choses-là comptaient, je serais toujours une anomalie. Une version informe de mon moi authentique, un brouillon qui représentait approximativement un être humain.

2019, Athènes

Je n'ai jamais compris comment on peut aimer son corps ou, au contraire, comment on peut l'avoir en horreur. J'ai toujours été profondément perturbée par le mien, cette partie de moi en proie à de constantes variations, ingérable, instable, pour ainsi dire déconnectée de ma personne, qui ne me concerne pas vraiment.

Comment accepter, apprécier, haïr ou même rester neutre devant quelque chose qui s'obstine à muter ? Comment nourrir des sentiments cohérents vis-à-vis d'un corps en constante évolution ? Dois-je au contraire m'avouer vaincue, reconnaître qu'il est nécessaire de le dissocier – avec sa croissance hideuse et obstinée, sa régression, son épanouissement et son étiolement – de moi-même, de moi ?

C'est impossible, paraît-il. Des hommes, ce sont en majorité des hommes, m'assènent cela. Ils ont étudié des philosophes que je n'ai pas lus et ce qu'ils expriment dans leur langage ronflant ressemble en tout point aux aphorismes boursouflés inspirés du développement personnel dont les femmes sont friandes et qui suscitent leurs ricanements. Ce qu'ils disent : Tu es ton corps. Il n'y a aucun clivage. Quand ton corps change, c'est toi qui changes. Tu n'assistes pas en spectatrice aux caprices de ton corps, tu en es l'architecte.

Les gens redoutent que les adolescents aient des relations sexuelles mais personne ne juge bon d'accorder de temps en temps une pensée à la souffrance que cela représente d'avoir un corps pubère, en particulier pour les filles, à quel point c'est fastidieux, douloureux, punitif, ni de se souvenir que ce sera peut-être la première fois que la fille en question prendra conscience qu'elle peut tirer du plaisir de ce corps. Que les millions de zones sensibles à la douleur peuvent devenir érogènes. Que les larmes qui couleront ne seront pas toujours des larmes de chagrin.

À cet âge mon corps me dégoûtait mais, en même temps, j'apprenais à l'aimer – l'aimer à l'excès. Je l'avais en horreur et, parallèlement, il faisait l'objet d'une vénération obscène, parce que je savais quel pouvoir il avait sur moi et sur les autres. Face au miroir, je ravalais un cri de détresse, je voulais le briser et me servir des éclats de verre pour me mutiler. Et, l'instant suivant, je tombais à genoux et je fixais sur mon corps un regard éperdu, en adoration, effleurant de mes mains les douces bosselures de mes côtes, adoptant la perspective d'un garçon. Allongée sur le dos dans mon lit je me prenais en photo et je m'estimais chanceuse de voir ce que je voyais, une chance qui n'était pas donnée à n'importe qui.

Je n'ai aucune trêve à instaurer avec mon corps ; si nous

convenons d'une trêve, je sais qu'elle sera tôt ou tard violée par un nouvel ennemi. Quel intérêt, dans ce cas ?

Quand je reviens chez ma mère, je me livre à une fureur débridée. Soudain submergée par toutes mes incarnations passées, par toutes les tentatives ratées qui visaient à me transformer en un certain type d'individu. Je retrouve mes vieux pèse-personnes, mes vieilles photos, la peau de mon visage tendue par la faim, cette flamme, cette folie au fond des yeux, d'une beauté ineffable, que nul ne pourrait nier.

Et à la maison, il y a ma mère. En sa présence l'aversion que je nourris envers moi-même décuple. Il y a les habituels griefs dont je fais mentalement l'inventaire, ceux qu'il me serait possible de débiter face à un psy, des remarques lâchées avec désinvolture lors de mes années d'enfance. Son propre corps était depuis toujours, pour une raison quelconque, la cible de sa colère, avec un paroxysme atteint à l'époque où elle était jeune et célibataire, et sans doute poussée à la folie par les pleurnicheries d'une fillette et par le flou sur son avenir, en se demandant s'il y avait quelque chose de bien à en attendre.

Elle me disait cela sans la moindre cruauté, sans fiel, elle le formulait sur le ton de la conversation, ce même ton badin qu'elle employait le reste du temps, mais je n'ai rien oublié, ce qui n'est guère étonnant. Quelle injustice – j'imagine que j'ai effacé des centaines, des milliers d'autres commentaires qui affirmaient qu'il n'y avait rien à corriger chez moi. C'est plus que probable. Malgré tout je n'en garde aucun souvenir, ces moments-là n'existent pas pour moi.

Voici les moments qui ont pris leur place : j'avais onze ans, ma mère venait me chercher en voiture après l'école et, sur le trajet, nous faisions un crochet par la supérette pour m'acheter un goûter, un sachet de chips ou une barre de céréales. Cet après-midi-là j'avais décidé de devenir maigre et vertueuse comme les autres filles de ma classe, sveltes et saines, qui mangeaient des galettes de riz et portaient des chaussettes ne laissant pas de trace d'élastique sur les mollets.

« Qu'est-ce qui te ferait envie ? m'a demandé ma mère.

– Rien. À partir d'aujourd'hui je vais mâcher du chewing-gum après l'école.

– C'est bien », a-t-elle répondu, et je me rappelle avoir ressenti au plus profond de moi une angoisse attristée à l'idée qu'elle ait pu me détester dès le départ parce que j'avais toujours pris un goûter, et qu'elle attendait que j'abandonne cette habitude.

À présent, quand je retourne chez ma mère, je suis empruntée, sur la défensive. Cela m'ennuie qu'elle arrive à voir si j'ai pris du poids, et combien. Cela m'ennuie d'avoir à écouter quel aliment elle a ajouté ou éliminé de ses menus, ce qu'elle fait à la salle de sport. Cela m'ennuie d'avoir l'impression qu'elle me lance un défi, ou qu'elle m'invite à mettre la barre plus haut qu'elle. Cela m'ennuie de n'avoir jamais trouvé de réaction appropriée, de ne rien manger par bravade, ou au contraire de me jeter sur la nourriture, pour lui montrer que j'ai dépassé ce stade, dépassé ses inquiétudes mesquines, que je suis pur esprit, et non chair, que je l'ai coiffée au poteau. Je ne porte plus les vêtements que je porte au quotidien, des tenues fun et coquettes, et je m'engonce dans des sweats amples et ternes.

Même si ma mère n'avait jamais émis le moindre commentaire sur son corps ou sur le mien, cela ne m'empêcherait pas d'éprouver les mêmes sentiments, la même fureur suffocante sous ce toit que nous partagions, cette proximité que nous avions, elle et moi. Je suis issue d'elle, elle a fabriqué cette chose, ce corps avec lequel j'entretiens une relation d'amour-haine. Je lui en veux de l'avoir conçu ; je me vomis d'en avoir fait si mauvais usage. D'un côté j'ai envie de lui hurler à la figure : Comment oses-tu ? ; de l'autre : Je t'aime tellement ! Pardon.

2

Le matin du 24, Ciaran n'avait toujours pas rappelé et j'ai commencé à angoisser. J'ai tenté de me rassurer – peut-être avait-il égaré son téléphone. Dans ce cas, pourquoi l'appareil fonctionnait-il toujours ? Peut-être était-il débordé, tout bêtement. Au point de ne pas daigner m'envoyer un texto en quatre jours ? C'était la première fois qu'un silence aussi long s'installait entre nous. J'ai commencé à m'inquiéter pour de bon – il n'avait aucun ami proche qui aurait pu faire un crochet par l'appartement pour s'assurer que tout allait bien, il avait prévu de ne voir personne avant le jour de Noël. Il refusait de passer les fêtes avec son père à Wicklow, sous prétexte que leur animosité habituelle virait à la guerre ouverte à chaque visite, que même si l'eau avait coulé sous les ponts il y avait des haines recuites, enracinées dans les Noëls de son enfance. À la place il sortait dîner avec des amis et allait voir son père en janvier, une fois désamorcée la violence de ses émotions.

Et s'il s'était produit un accident ? Il aurait pu faire une chute à vélo, ou glisser en sortant de la douche et se cogner la tête, ou alors… vraiment, tout était possible.

Quelques heures avant de sortir me promener avec mon père, j'ai appelé la boîte où travaillait Ciaran. Je savais que je ne le trouverais pas là : ses congés avaient démarré la veille. C'est son chef, Michael, que j'avais déjà croisé à des vernissages, qui a décroché.

« Bonjour, Michael, ai-je dit d'une voix que j'espérais nonchalante, excuse-moi de te déranger – je me demandais si Ciaran est venu au bureau hier. J'ai cassé mon téléphone et, comme je ne connais pas son numéro par cœur, je n'ai pas réussi à le joindre.

– Joyeux Noël ! Petite veinarde, tu t'es mise au vert depuis le début de la semaine, c'est ça ? J'ai quasiment bouclé ma journée mais à part moi il n'y a personne dans les bureaux qui peut se charger de la maquette de janvier… enfin bref ! Oui, Ciaran, il est parti à midi, par là, je lui ai dit de rentrer. Il s'agitait tellement qu'il n'arrivait à rien, à part me taper sur les nerfs, ha. J'ai son portable quelque part ; je peux te le donner, si c'est utile ?

– Ah ! me suis-je entendue répondre avec un rire forcé. Ce serait super. »

Michael m'a donné le numéro, je l'ai répété comme si je le notais sur un bout de papier, comme si je ne le connaissais pas déjà par cœur.

J'ai passé le reste de la matinée à harceler Ciaran de coups de fil, à la fois consciente qu'il ne décrocherait pas et incapable de me retenir. La certitude désespérée qu'une catastrophe s'était produite avait atteint son pic, sauf que cette catastrophe ne consistait plus en un crâne fendu ou une trachée obstruée. C'était une énigme à résoudre. Chaque cellule de mon corps hurlait, l'implorant de répondre à mes appels. Ma concentration se limitait au très court terme. Je ne pouvais penser à rien en dehors de sa voix qui me disait bonjour. Le reste, l'après, serait réglé en temps voulu.

Mon père est venu me chercher à l'heure du déjeuner, nous sommes allés boire un café et faire notre promenade. J'ai pris sur moi pour paraître détendue et heureuse. J'ai répondu aux questions qu'il me posait sur Ciaran en termes aussi clairs et francs que possible. Il me connaissait trop bien pour ne pas se rendre compte que je mentais sur certains points et, comme j'ai refusé d'en dire plus, il s'est renfrogné, inquiet, contrarié.

J'aurais voulu me délester de ce fardeau mais je ne parvenais pas à mettre de mots sur ce qui m'arrivait car mettre des mots sur ces choses-là les aurait rendues concrètes. Pour l'instant, elles s'étaient accomplies dans ma tête, pas dans la réalité, pas non plus sous le regard d'une tierce personne, et tant que cela restait en l'état j'étais en mesure de le refouler. Cette pulsion qui nous agrippe quand on a à la main une enveloppe contenant un bilan sanguin, retarder cet instant où l'on sera malgré soi dans le secret d'une tragique nouvelle.

Je savais également que, si j'entreprenais de décrire, même à grands traits, ce que je vivais avec Ciaran et la teneur de notre relation, mon père en serait bouleversé. Mon fossé intérieur était si large que deux états pouvaient coexister :

1. J'avais conscience que le couple que je formais avec Ciaran était inhabituel, bancal et asymétrique, qu'exposer sa réalité provoquerait l'incompréhension et l'émoi chez les gens qui m'aimaient.
2. J'en avais conscience, mais je ne l'admettais pas.

Autrement dit, j'étais capable d'entendre qu'un tableau honnête de la situation, fondé sur des événements concrets, pouvait susciter de l'inquiétude, mais cela ne me perturbait pas pour autant. Le souci, c'est que les autres n'avaient pas les outils pour concevoir que la réalité objective ne reflétait pas la vérité contenue en son sein.

Je ne pouvais cacher à mon père ce que j'arrivais à cacher aux autres. Lorsque je dissimulais ou passais sous silence des détails essentiels, j'affichais par la suite un comportement anormal. D'ordinaire j'étais motivée par le souci de le préserver quand il s'agissait d'un problème sur lequel il n'avait aucune prise, par conséquent je ne voyais pas l'intérêt de l'accabler davantage.

J'avais vécu la même situation à l'adolescence. Mes épisodes dépressifs n'avaient ni source ni résolution, donc je n'ai pas obtenu de réponse réelle à la question : « Qu'est-ce qui cloche ? » Ma relation avec Ciaran s'imprégnait du même fatalisme. C'était ainsi, point. J'étais amoureuse de lui, voilà tout, et les problèmes associés à cet état devaient simplement être tolérés. Aucun intérêt à les décrire.

Dissimuler certaines informations à papa m'a fait toucher

du doigt la distance qui nous séparait, ce n'était sans doute pas un gouffre comme chez la plupart des gens, mais elle existait bel et bien et rien ne pourrait la combler.

Parfois cette distance qui se creuse avec les autres m'apportait paix et réconfort. J'emporterais dans la tombe des informations sur mon compte qui resteraient ignorées du reste du monde. Certaines expériences, je serais seule à les vivre et jamais elles ne pourraient être reproduites, jamais évoquées. Et parfois, comme ce jour-là, la distance générait une tristesse telle qu'on ne pouvait s'en accommoder.

Dans la voiture, alors que mon père me reconduisait chez moi, afin de passer le temps nous avons discuté de son frère aîné qui avait très tôt quitté le domicile familial, et je lui ai demandé si ses parents y avaient trouvé à redire.

« Pareil que moi, j'imagine, quand tu es partie de la maison, m'a-t-il répondu. Égoïstement j'aurais préféré que tu restes mais ce n'est pas ce que je souhaiterais dans ton intérêt à toi. Ce qui me prend parfois aux tripes, comme maintenant, puisqu'on a la chance de passer pas mal de temps ensemble cette année, plus d'une journée, c'est quand je me dis que l'occasion ne se reproduira plus si souvent.

– Comment ça, plus si souvent ? ai-je demandé.

– Eh bien, si tu comptes le nombre de fois où je pourrai profiter de toi, vraiment profiter, sur plus d'une journée… ce nombre est limité. Très limité, même. »

Il conduisait, les sourcils légèrement froncés, les yeux fixés sur le soleil d'hiver derrière le pare-brise, et ce qu'il disait ne semblait pas l'affliger, son ton était resté neutre.

J'ai regardé par la vitre. Ses paroles, et la lucidité dont il faisait preuve, m'avaient remplie de tristesse, mais également de honte face à l'obstination sordide avec laquelle je gâchais ma courte existence. J'occupais un siège dans une voiture aux côtés d'une personne qui tenait à moi plus qu'à la vie, et pourtant je dirigeais toutes mes pensées vers Ciaran. Ma vie intérieure s'était à ce point étiolée que je quémandais des marques d'amour à un homme qui n'avait pas envie de m'en donner.

3

Le matin de Noël je me suis réveillée à 7 heures et je lui ai envoyé un texto :

Joyeux Noël. Je t'aime beaucoup. S'il te plaît, appelle-moi.

Les doigts sur les touches je me suis agacée toute seule, jugeant ce « beaucoup » criard et manipulateur.

J'ai pris le petit déjeuner nerveuse, j'ai échangé les cadeaux avec maman et Stíofán, puis papa est venu me chercher en voiture. Nous avons rejoint ma grand-mère et mes oncles à l'église où nous nous rendions sans faillir à Noël. À notre arrivée nous les avons cherchés du regard mais la messe allait démarrer et nous nous sommes faufilés dans la rangée la plus proche. Devant nous une femme âgée pleurait en silence, le visage enfoui dans les mains, son fils adulte assis à côté d'elle, le bras fermement enroulé autour de l'épaule de sa mère. *Son mari a dû mourir*, ai-je pensé tout en me l'imaginant, *c'est leur premier Noël sans lui.*

Alors j'ai craqué, moi aussi – être témoin du chagrin de cette femme, là, en compagnie de mon père, dans cette église où j'avais prié du temps où j'allais à l'école, ça commençait à faire beaucoup. J'ai pleuré une bonne demi-heure et je me suis effondrée lorsque j'ai entendu mon père reprendre, d'une voix forte et discordante, « Douce nuit, sainte nuit ».

Je lui ai présenté des excuses après coup, mais il comprenait. Lui aussi souffre.

Nous sommes allés faire notre traditionnelle balade au cimetière pour nous rendre sur la tombe de mon grand-père paternel et celle de ma grand-mère maternelle. Dans la voiture chacun a fui le regard de l'autre et parlé d'une voix pleine de trémolos. À l'instant où nous nous sommes garés devant la maison il a posé la main sur mon poignet et m'a dit : « Ça va aller », et ça m'a causé de la peine qu'il soit devenu père parce que ça impliquait que son bonheur était perpétuellement lié à celui de son enfant, moi. Ça m'a causé de la peine parce que j'étais incapable d'accéder à la joie, à l'équilibre, à la sérénité, parce que lui-même n'atteindrait jamais cette paix, une paix qu'il méritait et qu'il avait attendue, plus que n'importe qui.

Cela me faisait souffrir de le voir m'aimer autant, avoir à ma place des rêves que jamais je n'accomplirais et, regardons les choses en face, dont jamais je ne me montrerais digne. J'avais envers lui une dette énorme qu'il me serait impossible d'éponger. J'aurais souhaité trouver un moyen de lui ouvrir les yeux là-dessus, afin qu'il puisse tirer un trait sur moi. Je l'ai embrassé sur la joue et j'ai répondu : « Je sais, papa.

Je t'aime, je t'appelle quand je suis à Dublin », et j'ai quitté précipitamment la voiture, de peur que nous nous fassions du mal une fois encore.

Le reste de la journée a été moins éprouvant. J'ai bu du vin sur le canapé, j'ai lu et j'ai souri en écoutant mes tantes taquiner ma mère pendant qu'elle préparait à dîner et je me suis sentie heureuse entre les quatre murs de cette maison, j'aurais aimé rester à l'intérieur et ne plus en bouger, aimé faire table rase des autres aspects de ma vie et rendre caduque la notion de progrès. Nous avons mangé, joué à des jeux de société, éclusé quelques verres, fumé, regardé des films et, à la fin de la soirée, je suis allée sur le canapé, je me suis pelotonnée contre ma mère et j'ai pleuré, pleuré, et elle m'a caressé les cheveux sans essayer de me tirer les vers du nez. Le lendemain matin je suis partie avant que les autres se réveillent et j'ai pris le car qui m'a ramenée à Dublin.

4

La ville était encore calme, pas âme qui vive dans les rues, lorsque nous sommes arrivés un peu après 9 heures. Je suis rentrée chez moi à pied, traversant à pas comptés le pont O'Connell pour éviter de glisser sur une plaque de verglas. Puis j'ai remonté Grafton Street, où les soldes attiraient déjà la foule, je me suis arrêtée prendre un café en haut de la rue et j'ai longé Stephen's Green, où je me promenais souvent avec Ciaran après le travail. Je repoussais le moment où j'allais introduire la clef dans la serrure, me livrer à l'inconnu et laisser s'accomplir ce qui devait me tomber dessus.

J'étais généralement dans cet état d'esprit les soirs où je ne voyais pas Ciaran. Je commençais ma promenade et je sentais une appréhension m'envahir, fulgurante, à la pensée des pas qu'il me restait à faire, aux coins de rue familiers où il me faudrait tourner, au rien, au vide, qui m'attendrait au moment de pousser la porte de mon appartement. Je m'arrêtais en chemin dans un pub, j'achetais un magazine, je fumais nerveusement, je descendais deux verres de vin rouge et je me triturais les mains jusqu'à ce que je m'oblige à partir.

J'ai suivi la même stratégie, mais cela n'a pas servi à grand-chose. J'ai mis une heure et demie pour couvrir une distance qui me demandait en temps normal quarante minutes, portant mes pas dans la mauvaise direction, lambinant devant les vitrines. J'ai ouvert ma porte et je me suis assise sur mon lit, où j'ai déballé le peu d'affaires que j'avais. J'ai sorti le petit papier : *Tu es une femme magnifique et je t'aime.* Mon anxiété est montée en flèche. Comment aurait-il pu écrire ces mots si… il ne peut pas avoir écrit cela et ensuite…

J'ai mis le papier de côté, j'ai sorti mon téléphone et je lui ai envoyé un texto pour lui dire que j'étais rentrée, que je comptais faire un saut chez lui. Sa réponse a été instantanée :

Ne bouge pas j'arrive d'ici une heure.

Cramponnée à mon portable, j'ai senti le soulagement déferler.

Il y avait une explication, forcément. Il était possible que son père soit malade – qu'il loge chez Ciaran en ce moment, pour ce que j'en savais.

J'ai fait couler du café, fumé une cigarette et pianoté sur la table de la cuisine, les yeux collés au petit mot. Je me suis caressé les mains, dans l'idée de me calmer, tâchant de ne pas les mordre ni de me mutiler.

Il a frappé à la porte une heure plus tard, à la minute près. Je l'ai trouvé métamorphosé. La dureté qui s'imprimait sur ses traits pendant nos disputes était devenue permanente, elle l'habitait totalement.

« Entre.

– Non.

– Quoi ? »

Et déjà je me désagrégeais, sentant l'énergie réprimée d'un espoir stérile se tarir en une fraction de seconde, mon corps s'est affaissé et je me suis appuyée au cadre de la porte.

« Je ne vais pas entrer. »

À nouveau j'ai regardé son visage, dont l'expression m'a tranchée comme une lame.

« Je suis venu te dire que c'est fini, a-t-il ajouté. Et je m'en vais. »

En effet, il a tourné les talons.

Par quel moyen s'y prenait-il ? Je trouvais cela incroyable, sidérant, même passé au filtre du choc effroyable qu'il venait de causer ; comment pouvait-on fonctionner de la façon dont il fonctionnait ?

« Attends, s'il te plaît, reviens, me suis-je entendue dire, le cœur soulevé par le son que rendait mon affolement, évaluant à la hâte ce qui le ferait revenir. Cinq minutes, promis, rien que cinq minutes. »

Il s'est retourné et il a repris sa position initiale, une main sur la bretelle de son sac à dos, l'autre sur la hanche. L'attitude qu'adopte un père contrarié face à un enfant qui n'a toujours pas compris pourquoi il n'a pas le droit de manger de la glace au dîner.

Et, de fait, il secouait la tête, les yeux mi-clos, comme si j'exigeais qu'il me rende une faveur immense, ridicule. Son expression suggérait qu'il avait vécu cette situation plus d'une fois et que j'étais trop stupide, ou trop rétive, pour la saisir, ou que je prenais mes rêves pour la réalité.

« Pourquoi ? ai-je demandé. S'il te plaît, entre et parle-moi. Il faut que tu me parles. Parle-moi. »

À chaque phrase je haussais le ton pendant que lui continuait à secouer la tête.

J'ai sondé son visage du regard, comme s'il existait une forme de télékinésie alimentée par le désespoir et par l'amour, qui me permettrait de trouver une brèche et de fendre sa carapace.

« Je ne vais pas entrer », a-t-il répété, et, prise dans la folie de ce qui se jouait entre nous, je l'ai vu comme le seul obstacle à renverser. Quelques jours plus tôt, lorsqu'il avait disparu des radars, j'avais eu la même conviction, l'entendre décrocher constituerait la solution à tous mes soucis. Si seulement je parvenais à le convaincre de franchir le seuil, d'entrer dans ma chambre, ma vieille chambre où rien n'avait changé – si je parvenais à le convaincre de s'asseoir sur le lit où nous avions dormi, où nous nous étions aimés, il finirait par rendre les armes.

Il allait devoir tomber ce masque surréaliste, la mémoire lui reviendrait et il se laisserait amadouer.

« S'il te plaît, entre et parle-moi, l'ai-je imploré, et avec un soupir agacé il a poussé la porte et jeté son sac par terre.

– Quoi ? »

Je ne savais par où commencer, en quels termes décrire

l'insanité de ce qui se passait entre nous, quoi exiger de lui en premier. Je n'avais pas grand-chose qui se rapprochait d'une preuve, à part la date pas si lointaine de notre dernière soirée ensemble. J'ai attrapé mon sac et j'ai cherché dedans, d'une main tâtonnante, l'écrin bleu. J'ai agité la broche sous son nez comme j'aurais brandi un talisman, comme si le bijou était capable d'éveiller quelque chose en lui.

« Tu m'as donné ça, tu m'as dit que tu m'aimais, ça remonte à une semaine ! »

Je n'avais d'autre recours que de hurler et, en parallèle, je le haïssais parce que c'était lui qui m'avait acculée à cela.

Soudain je me suis sentie écrasée par la certitude que j'avais perdu la raison. Ce qui s'était produit, du moins ce que j'avais cru voir se produire, c'était le fruit de mon esprit en surchauffe.

« Écoute, si je ne voulais pas entrer, c'est qu'il n'y a rien à discuter. Inutile de s'asseoir et d'user de la salive. C'est fini, point barre. Maintenant que tu sais, je n'ai rien à te dire.

– Pourquoi tu n'as pas voulu que je vienne chez toi ? Pourquoi tu n'as pas décroché quand je t'ai appelé ? »

Un silence, accompagné d'un regard mauvais, comme si j'étais grossière, comme si j'avais dépassé les bornes.

« Elle est là ? ai-je lâché, exprimant à voix haute ce qui m'avait polluée des journées entières. C'est pour ça que tu as débarqué ici, pour éviter que je la croise chez toi.

– Ça ne te concerne plus – ni ça ni le reste. Ça ne t'a jamais concernée, même. »

Entre deux sanglots, j'ai lancé :

« Dans ce cas, si c'est fini, dis-moi simplement au revoir. Me traiter humainement, c'est trop te demander ? Tu me dois bien ça, non ? »

Je n'étais pas sérieuse, bien entendu. Les au revoir, je n'en voulais pas, une séparation respectueuse ne présentait pas le moindre intérêt pour moi. L'idée, c'était que si j'arrivais à le faire flancher, s'il avait à mon égard les mêmes prévenances que pour une autre, s'il me touchait, le sortilège serait brisé et il m'aimerait à nouveau.

« Très bien, a-t-il rétorqué, une accusation, une moquerie au fond des yeux. Au revoir.

– Prends-moi dans tes bras », l'ai-je imploré.

Je préférerais oublier que je me suis abaissée à cela.

Il a levé les yeux au ciel, esquissé un pas dans ma direction puis il m'a mis deux tapes dans le dos, en coup de vent, comme un simple collègue de bureau.

Alors je l'ai empoigné, je me suis agrippée à lui, j'ai enfoncé ma figure dans son torse et inhalé son odeur, pantelante.

Il m'a repoussée aussi aisément qu'un insecte et a lâché un soupir avec des postillons de colère, puis il a ramassé son sac d'un geste précipité et il a ouvert la porte pour descendre la rue à pas redoublés, sans un regard en arrière, sinon il m'aurait vue pliée en deux sur le pas de la porte.

Parti. Je me suis traînée à l'intérieur et je suis allée me coucher. Lui vagabondait à la surface du globe, prenant pour des dupes ceux qui le croyaient en vie. Qu'était-il arrivé ? Je me suis assise et j'ai posé la main sur le mur frais, pour que ma tête arrête de tourner.

J'ai passé le reste de la journée dans mon lit, à pleurer et à dérouler en marmonnant la séquence des événements qui avaient abouti à cet instant. J'ai feuilleté mon journal intime pour retrouver les dates, ensuite j'ai récité la chronologie de notre histoire, le jour de notre rencontre, notre premier baiser, les disputes, les réconciliations, les dîners. J'ai scandé chaque jalon à voix haute, en boucle, du début à la fin.

5

Un de mes amis s'est donné la mort il y a plusieurs années. Une chaîne de coups de fil avait fait le tour de notre cercle. À l'époque je travaillais dans un théâtre, je n'ai pas répondu quand on m'a appelée. Quelques heures plus tard, au cours d'un déjeuner avec des collègues dans un pub, j'ai reçu un texto. Envoyé par une personne que je connaissais à peine, pour qui mon ami était aussi une vague connaissance. Je l'ai lu à toute vitesse, le portable dans la main pendant que les plats arrivaient, tout en participant de loin à la conversation.

… désolé d'être celui qui… mort à son domicile…

Je l'ai lu et relu, les yeux vissés à l'écran, sans comprendre. Puis j'ai reposé le téléphone et j'ai mangé. Une heure durant, sa mort est restée à l'arrière-plan de mon cerveau. C'est dehors, lorsque nous avons quitté le pub, que mes genoux se sont dérobés et que je me suis effondrée contre un mur en répétant : « Je crois que mon ami est mort. »

Après les funérailles nous nous sommes réunis dans son salon pour boire des coups, pleurer et débriefer sur la journée. Nous avons échangé un nombre incalculable d'anecdotes qui s'étaient produites au cours des mois précédents, en concluant systématiquement par « … et c'est la dernière fois que je l'ai vu », et nous tenions coûte que coûte à décrire le tabouret de bar sur lequel il s'était assis, ou ce concert pour lequel on avait acheté des billets et la raison derrière ; comme pour dire : Ça a eu lieu ; j'étais présent ; ça a vraiment eu lieu ?

Janvier 2013
Dublin

1

Lorsqu'il m'a quittée, je suis retournée au même bistrot qui avait servi de cadre à la dispute au sujet des poèmes.

Je comptais me soûler comme jamais je ne m'étais soûlée, pour effacer le souvenir de son visage et du dégoût qu'il avait affiché sur le pas de ma porte. J'avais à tout moment devant les yeux son expression agacée et railleuse. « Tu as cru que je t'aimais, disait-elle. Ha ! »

Mes amies se sont relayées pour m'avouer à quel point elles l'avaient toujours trouvé insupportable, qu'il n'était pas assez bien pour moi. J'ai ri, ri à gorge déployée, et je suis allée dans leur sens. Un copain m'a mis une main aux fesses, m'a attirée vers lui. Un haut-le-cœur m'a secouée quand ses lèvres humectées de whisky ont glissé sur les miennes. Je l'ai envoyé balader. Ce n'était pas ce que je cherchais. Pas du tout ce que je cherchais cette fois. Je suis rentrée.

De retour à l'appartement je me suis affalée dans le fauteuil qui avait parfois accueilli nos ébats. Un soir, un peu avant Noël, nous étions revenus tard d'une fête, éméchés et émoustillés. J'avais mis un disque, il avait à peine réussi à se dominer. Me poussant dans le fauteuil, il avait retroussé ma robe d'un geste vif et collé sa bouche sur ce bourrelet de gamine grassouillette, ma hantise, qui s'échappait de l'élastique de ma culotte.

« À genoux », avait-il ordonné.

Et je m'étais laissée glisser à ses pieds, par terre.

Je m'étais mordu la lèvre, la culotte autour des chevilles, sentant qu'il me dominait de toute sa hauteur. Il aimait arpenter la pièce pendant que j'attendais dans cette position – il aimait fumer une cigarette, s'ouvrir une bière.

Il a rapproché une chaise et s'est assis derrière moi, sans me quitter des yeux.

Plus tard, j'ai été envahie d'un trouble proche du délire face au plaisir ressenti à le voir s'en griller une pendant que je lui taillais une pipe. Une furieuse ardeur s'est propagée dans mon corps tout entier et m'a fait redoubler d'efforts pour me rendre encore plus baisable, pour ouvrir encore plus grand les yeux, plus large encore la bouche.

Je trouvais en un sens grisant d'être ainsi insultée, cette absence totale de respect, le refus de reconnaître que j'étais là, avec lui. La sensation que j'aurais pu tout aussi bien être n'importe qui, ou personne, qu'on se servait de moi pour se vider, ou me vider, l'impression d'avoir pour unique fonction de recevoir ce qu'il avait à donner. Quand il avait joui il s'était brutalement agrippé à la chaise, des deux mains, la tête rejetée en arrière, les yeux fixés au plafond. Les miens ne s'étaient pas une seconde détachés de lui.

Ce que j'aimais, c'était qu'il laisse s'écouler un jour ou deux après sa dernière douche, un petit geste de partage. Durant ses déplacements à vélo les gaz d'échappement le recouvraient d'une fine pellicule de suie, la crasse et le cambouis s'en allaient quand il se frottait contre moi. Je me remplissais les narines du parfum tiède et moite de ses cheveux, et j'enfouissais mon visage dans sa chemise en flanelle toute douce, pile à l'endroit qui conservait son odeur à la fin de sa journée de travail, fétide et aigre, pas désagréable pour autant.

Quand il avait cessé ses jérémiades à propos de ce qui l'avait agacé dans la journée ou sur le trajet du retour, il se tournait vers moi et me regardait comme s'il me voyait pour la première fois. Sans ôter ses mitaines de pouilleux, il me prenait le visage entre les mains et me couvrait les oreilles, je n'entendais plus rien et c'était très bien ainsi.

Un jour que je venais de consacrer plusieurs minutes à explorer son corps d'un nez fureteur, il a voulu savoir quelle odeur avait le sexe.

« L'odeur d'une serre », ai-je répondu, faisant revenir à ma mémoire la sensation qui me prenait après coup, alors que nous reposions sous les draps avec les effluves qui montaient, une touffeur intime qui recelait d'infinies possibilités.

2

Chaque instant de mes journées était saturé de son absence, chaque seconde moite et suffocante sous la surface, un champ de ruines. Je restais assise des heures entières le regard dans le vide, prostrée, accablée. Je me délectais de ma douleur, grâce à elle j'avais atteint l'insignifiance absolue. Je n'étais que nerfs à vif, une boîte de Petri qui grouillait. Rien d'autre en dehors de cela.

Ciaran avait mon indécision en horreur. Lorsqu'il me demandait dans quel resto je voulais dîner, cela le hérissait de me voir hausser les épaules et de m'entendre répondre que je n'avais pas d'envie particulière, que je le laissais choisir. Cela le hérissait quand je sollicitais son avis sur une tenue. Il souhaitait que je grandisse, que je sache ce que je voulais, que je sois capable d'exprimer tout haut mes envies. Il refusait que je sois cette personne en creux qui épouserait ses reliefs, et parce que j'en avais conscience, conscience qu'il m'aimerait si j'avais une identité authentique, mes échecs n'en paraissaient que plus retentissants. En proie à la panique, j'affichais de grands sourires inexpressifs et désabusés sous l'absolutisme effrayant de son regard intraitable. Je souriais, je souriais tant et plus, jusqu'aux larmes, incapable d'aboutir à une seule décision, une seule proclamation, qui parviendrait à le satisfaire, incapable d'être moi-même d'une façon convaincante.

Et voilà qu'il m'avait quittée et, à nouveau, j'étais retombée d'un niveau – de plusieurs niveaux. Aucune pensée ne me venait qui ne soit liée à lui, je n'avais envie de rien qui n'était pas lui. Les paupières closes, j'ai pensé aux sacrifices auxquels je consentirais pour qu'il me revienne. Nulle privation n'était trop dure, nul effort trop pénible. Je me sentais capable de tourner le dos à tous les gens de ma connaissance, tous, de les abandonner à leur existence qui me faisait l'effet d'être un négatif morose de celle, bien réelle, que j'allais vivre aux côtés de Ciaran. Je m'installerais avec lui n'importe où sur Terre et je ne désirerais plus rien.

Je l'ai traqué sur Internet. J'ai créé un dossier dans lequel j'ai consigné les pièces les plus importantes. Les photos sur lesquelles il apparaissait m'arrachaient des larmes, découvrir un cliché dont j'ignorais l'existence était d'une tristesse qui confinait au sublime, si bien que la vie semblait presque valoir, à nouveau, la peine d'être vécue. Découvrir des angles que je n'avais jamais vus, des postures dont je n'avais pas été témoin, car je ne l'avais pas fréquenté assez longtemps. C'était si beau, si douloureux, qu'il m'a paru impensable de ne pas les voir moi-même, un jour, de mes propres yeux.

(« Quand as-tu pressenti que vous alliez rompre, toi et Freja ? lui avais-je demandé un jour, pendant l'une des rares conversations qui avaient porté sur elle.

– C'est toujours resté flou, m'avait-il répondu. Je ne pense toujours pas à elle en ces termes-là. C'était inévitable, qu'on se quitte, mais on ne sait jamais ce que la suite va nous réserver. La vie est longue. »

La vie est longue. J'ai fait dévier ces mots de leur trajectoire, je les ai tordus pour qu'ils prennent un sens qui m'était favorable. On ne savait jamais.)

Je me suis réjouie de découvrir des photos qui nous montraient ensemble, et que je voyais pour la première fois. J'étais en train d'éplucher les pages Facebook et Insta de ses amis pour me tenir au courant quand je suis tombée sur le diaporama d'un vernissage au Project Arts Centre dans le quartier de Temple Bar. Sur un cliché je porte un T-shirt gris avec une encolure arrondie au tissu léger, je suis ravissante et toute rouge, je le mange des yeux et je ris de ce qu'il raconte, son beau visage fendu d'un sourire radieux. Il a la main posée sur mon épaule et un frisson de joie m'a parcourue quand j'ai découvert cela ici, archivé, lui qui préférait éviter tout contact physique en public.

Il y a quelque chose de singulier dans le visage d'un beau garçon – pas un mec séduisant, pas un mec attirant, pas un mec mignon, non, un très beau jeune homme. Qu'est-ce qui m'émeut tant chez eux, quand je croise chaque jour quantité de belles filles ? C'est à deux vitesses, je m'en rends compte. Un garçon doté d'un physique avenant donne l'impression de s'être frayé un chemin à travers le limon et le mortier de son genre. Ses traits exquis semblent taillés à partir des matériaux les plus bruts.

Quoi qu'il en soit, quand je voyais un spécimen plus désirable que la moyenne, je me persuadais que sa beauté reflétait sa bonté. En surface, ou sinon plus profond, il fallait creuser. Moi qui aurais tourné en ridicule ce genre de préjugé sur les filles, pleinement consciente du caractère éphémère et capricieux des appas féminins – en attendant, je me laissais leurrer par la beauté masculine.

Pas un jour ne passait sans que je le flique sur les réseaux sociaux et je lâchais un murmure ému lorsque je le découvrais dans une pose particulièrement éloquente ; pendant qu'il se rongeait les ongles dans un coin lors d'une lecture, écarlate et mal à l'aise lors du discours inaugurant la Nuit de la Culture de Dublin. J'ai remonté le fil du temps et récolté tout ce qui me passait sous le nez. J'étais amie sur Facebook avec assez de contacts à lui pour avoir une idée sur les endroits où il se rendrait la plupart des semaines, à quels vernissages il assisterait, quelles avant-premières. Je n'y mettais pas les pieds, pour ne pas prendre le risque de la croiser elle.

Un soir, après le travail, je suis entrée dans un pub où j'avais donné rendez-vous à une copine et j'ai cru apercevoir le dessus de son crâne et ses cheveux soyeux qui dépassaient d'une niche dans l'arrière-salle. J'ai pivoté sur mes talons et envoyé un texto à ma copine pour lui proposer un autre pub, puis j'ai foncé dans une ruelle qui empestait la pisse et j'ai dû presser mes phalanges sur mes tempes jusqu'à ce que la douleur abolisse le reste et que mon cœur se remette à battre à un rythme normal.

3

La perte de l'être aimé peut, idéalement, vous faire sombrer dans la folie. Je ne me contentais pas d'aimer Ciaran, j'éprouvais pour lui un amour sombre, tourmenté. Perdre une personne à qui l'on porte un amour de cette espèce peut rendre fou, mais aussi mauvais.

Lorsqu'il m'a quittée, il m'est parfois arrivé de rêver d'eux, de me réveiller en nage.

L'idée m'est venue d'aller chez lui et de taper du poing au carreau jusqu'à ce qu'ils me laissent entrer. En mars de cette année-là j'ai rêvé que je la tuais et je suis sortie étrangement calme du sommeil, en me répétant intérieurement : *Bof, on a déjà vu plus bizarre ; bof, on a déjà vu plus bizarre.*

Je m'étais introduite dans sa chambre et, postée sur le seuil, je les regardais dormir. Au clair de lune, on aurait cru deux cadavres sublimes. J'enroulais autour de mon poing sa magnifique chevelure brune à elle et je lui fracassais le crâne contre le mur – à la une, à la deux –, et comme c'était dans un rêve, j'avais assez de force en moi pour déplacer son corps tout entier d'une seule main, et d'un seul élan.

La bouche grande ouverte, la bave aux lèvres, écumante, une tache noire sur la tête de lit, un long bras fin qui se tordait et battait l'air avant de s'immobiliser.

Ciaran avait observé la scène d'un air détendu, une fois qu'elle avait cessé de respirer il avait détaché d'elle son regard pour croiser le mien, puis il s'était retourné et placé face au mur, sa position habituelle pour dormir, en s'enroulant dans la couverture.

4

Parfois, le soir, je téléphonais à Lisa, la seule personne à qui je pouvais dire la vérité, cette vérité si fondamentale et si vaste. Je sanglotais :

« J'ai besoin de lui. J'ai besoin de lui. Je n'y arrive pas. Je ne vais pas y arriver. »

Arriver à vivre, plus précisément continuer à vivre sans lui.

Et je la chérissais parce qu'elle ne prenait pas la peine de s'inscrire en faux, ni de prétendre que je pouvais me passer d'un homme, que je finirais par m'en remettre. D'instinct elle savait, elle avait toujours su, qu'elle-même était attachée à son indépendance, ce qui la distinguait de moi, mais cette différence ne rendait pas mon expérience moins réelle que la sienne. Elle avait vu de ses yeux à quel point ce besoin était concret.

Lorsqu'une fois j'ai lâché d'une voix étranglée : « Je suis seule, je suis tellement seule, j'ai peur », elle n'a pas essayé de me convaincre du contraire.

« Je sais, oui. Oui. »

5

Je me suis mise en quête d'autres personnes qui auraient vécu une expérience similaire, espérant puiser un réconfort, trouver des indices dans leur histoire. Les mots que je tapais dans la barre de recherche tournaient autour du même thème, « amour obsessionnel », « cas célèbres d'amour à sens unique », « épisodes d'obsession ». Je suis retombée sur une affaire que j'avais entendue dans un podcast des années plus tôt et qui avait eu lieu en Floride dans les années 1920, l'histoire d'un certain Carl Tanzler, un homme qui travaillait dans le milieu médical – pas médecin, cependant – et qui était tombé amoureux d'une patiente, une Américaine d'origine cubaine appelée Maria Elena Milagro de Hoyos. La jeune femme souffrait de tuberculose, une maladie qui avait emporté l'une de ses sœurs. Immédiatement Tanzler s'est toqué d'elle, mettant à sa disposition ses discutables compétences et son matériel radiologique, s'imposant dans la demeure familiale et lui administrant des traitements complémentaires. Il la comblait de cadeaux et de bijoux, la présentait comme l'amour de sa vie, comme la concrétisation d'une série de visions qui lui avaient montré un mystérieux ange aux cheveux noirs.

Elle ne lui avait rien fait miroiter. Ses proches avaient sans nul doute jugé la présence de cet homme étouffante et parasite, mais elle n'avait pas découragé ses avances, dans l'espoir que ses soins débouchent sur une guérison. Cet espoir fut brisé, elle s'est éteinte en 1931. Tanzler a couvert les frais de ses funérailles et fait construire un mausolée.

En 1933 il s'est rendu nuitamment au cimetière, il a exhumé son cadavre en décomposition qu'il a déplacé dans un chariot, embarqué à l'intérieur de sa voiture et transporté chez lui. Là, au moyen d'épingles et de fil de fer, il a fabriqué des structures rudimentaires semblables à des cages afin de maintenir son squelette qui menaçait de se disloquer, et il a emmailloté ses chairs pourrissantes avec des bandes de gaze et de la mousseline imbibées de parfum afin de couvrir les pestilences. Il a aussi fabriqué un masque, lisse et sans expression, censé reproduire les traits de la jeune femme, mais tellement éloigné de la réalité que c'était un désastre. Les voisins l'ont surpris par la fenêtre en train de danser avec une silhouette féminine.

Traduit en justice, il n'a pas été condamné et la dépouille de Maria Elena – en l'état, toute pomponnée, exhibant ces oripeaux effroyables et cet embaumement d'amateur – a été exposée dans une chambre funéraire où des milliers de curieux ont défilé, poussés par une curiosité malsaine.

Aucune paix pour elle, aucune dignité, même délivrée des griffes de son ravisseur.

La première fois que j'ai entendu parler de ce cas j'ai ressenti de la colère. Exiger la propriété d'une femme qui ne vous aime pas, même morte. Prendre ce cadavre et se l'accaparer par le biais d'une brutalité hideuse, de soins hideux, de prévenances hideuses. Il donnait l'impression de synthétiser toutes les façons dont un homme peut s'emparer d'une femme en se passant de sa permission, de faire d'elle ce qu'elle n'a jamais été, aux antipodes de sa nature profonde.

Aujourd'hui, alors que je relis cette histoire au prisme de mon chagrin débridé, je me demande si je valais mieux que lui, dans une certaine mesure. S'il m'était arrivé un jour de valoir mieux que lui. Peut-être n'avais-je encore jamais aimé à la folie. Peut-être avais-je depuis toujours cette violence en moi, la violence d'un homme. N'étais-je pas prête à tout pour abolir celui que j'avais perdu, abolir son absence ? Prête à me sacrifier moi, mais aussi lui, afin d'atteindre mon but ? À lui faire subir une volte-face complète, à le rendre doux et tendre, docile et impotent, du moment que j'arrivais à le convaincre de me revenir ?

J'ai lu une étude de cas remontant aux années 1970 qui portait sur une femme, la patiente M, qui souffrait d'érotomanie, autrement appelée syndrome de Clérambault, dans le nord de l'État de New York. Ses parents, immigrés chinois, l'avaient inscrite dans un établissement catholique. C'était une élève appliquée qui avait bénéficié d'une éducation stricte mais somme toute normale, avec des parents qui la soutenaient, des amis, deux ou trois rencards dûment supervisés avec des garçons qui se conformaient aux mêmes repères culturels. Durant sa deuxième année d'études, elle s'est mise à suivre les séminaires du professeur X – un Blanc, quadragénaire. Cet homme enseignait la théologie, il était marié, avait deux enfants, et jouait un rôle de premier plan au sein de la paroisse et de la congrégation dont la patiente M était membre.

La patiente M a entrepris d'envoyer des lettres à caractère personnel au professeur X, lui confiant les écueils qu'elle rencontrait dans ses études ou avec les membres de sa famille, dans les relations en général. Il a mordu à l'hameçon et, au début, a tâché de la réconforter et de lui donner des conseils de nature spirituelle, mais très vite la jeune femme s'est mise à lui adresser jusqu'à dix lettres par jour et le professeur s'est alarmé de leur ton excessivement familier, ainsi que des allusions étranges que faisait l'étudiante, laissant entendre qu'ils éprouvaient l'un envers l'autre des sentiments alors que lui n'en avait aucun pour elle.

La patiente M a refusé d'écouter les mises en garde de sa famille, de l'université et, au bout du compte, de la police, et elle a repris cette correspondance univoque en mettant les bouchées doubles, convaincue que ces interventions étayaient sa théorie, car elle s'était mis en tête que l'épouse était résolue à leur mettre des bâtons dans les roues. Elle a suivi le professeur à son bureau et à son domicile, jusqu'au jour où elle a été exclue définitivement de l'université. Ses lettres confirment qu'elle s'obstinait à camper sur ses positions, le professeur X l'aimait et seules les contraintes de leur religion les séparaient.

Un matin de juillet, des collègues et des amis du professeur ont eu la surprise de recevoir un faire-part annonçant ses noces avec la patiente M. Ceux qui n'étaient pas proches de lui ont conclu qu'il avait divorcé et programmé un remariage express sous le coup de la déception sentimentale, avant que le professeur les contacte et leur explique la situation ubuesque qui était la sienne. C'est à ce stade que la patiente M a été internée, à la suite de quoi son sort reste un mystère. Plusieurs semaines après son placement à l'asile, ses parents ont reçu un appel, un restaurateur chinois du quartier s'inquiétait de ne pas voir arriver les jeunes mariés et leurs invités, elle avait réservé pour trente convives.

6

Lorsque Ciaran a rompu avec moi, j'ai puisé une certaine consolation dans le caractère intolérable de la douleur. Si elle ne pouvait être tolérée, elle ne me serait pas infligée. Cela cesserait bientôt, d'une façon ou d'une autre.

J'ai repris ma vie, qui consistait principalement à me rendre au travail (deux journées entières avaient été vouées à la gueule de bois sublime qui avait suivi la séparation). J'ignore de quelle manière, mon corps a su d'instinct se préserver en vue des tâches à assumer. Je mangeais peu et bien, et lorsque montait la tentation de m'automutiler, j'étais submergée par une léthargie qui s'opposait à mes plans et je ne passais jamais à l'acte. D'ordinaire je me sentais trop lasse pour aller boire un verre avec des amies, et trop honteuse pour sortir seule. J'avais le sentiment qu'en me pliant à un ensemble de règles obscures je pourrais soudoyer la douleur, m'en délivrer.

Souvent, à la fin de la journée, quand la souffrance et l'ennui m'accablaient, je téléphonais à Lisa – elle ne le connaissait pas, elle ne le trouvait pas antipathique, mais elle était malgré tout capable d'entendre mon chagrin et cela me mettait du baume au cœur. Elle m'a envoyé un colis rempli de films et d'émissions télé gentillets et je m'endormais devant sur mon canapé, avec mes clopes et mon thé vert. Regarder ce genre de programmes apporte le même plaisir ou presque que l'alcool, à condition de le faire à dose suffisante, les vannes pas trop méchantes, l'intrigue qui ne varie jamais en dehors de menus détails et, systématiquement, le *happy end*.

De temps en temps je m'autorisais à péter un câble, je m'asseyais dans mon lit et m'adossais au mur, la tête blottie entre les genoux. Lorsque la douleur atteignait son paroxysme, je me cognais la tête contre la paroi deux fois, coup sur coup, assez fort pour déclencher une sensation précise, celle de décoller mon cerveau de ma boîte crânienne, ce qui avait le don de m'effrayer, puis de me calmer. Ces occasions-là étaient rares et j'étais la plupart du temps trop bouleversée pour éprouver quoi que ce soit d'extrême, ce qui m'arrangeait bien.

J'écoutais des chansons tristes sous la douche et je pleurais en chœur. À certains moments je me figeais soudain, je m'étudiais comme si j'étais détachée de moi-même et j'arrivais à rire de cette interprétation éculée du chagrin d'amour. Je prenais le train pour me rendre au bord de la mer, au sud de Dublin, une ou deux fois par semaine, nager et me promener entre les taillis envahis de ronces dans les environs de Shankill. Lorsqu'un jour j'ai essayé de me poster sur la jetée de Dun Laoghaire pour contempler la mer et méditer sur mon malheur, je n'ai tenu que quelques minutes avant de sentir l'embarras monter et de rebrousser chemin.

Mes émotions étaient authentiques, certes, mais elles ne trouvaient pas d'expression naturelle. À Dun Laoghaire j'avais la sensation de sortir droit d'un film, à osciller dans la brume grise, je trouvais cela presque drôle. Était-ce sincère, ce que j'éprouvais, est-ce que cela m'appartenait en propre ou s'agissait-il d'un mirage, un fantasme forgé de toutes pièces ?

7

À l'âge de quinze ans j'ai arrêté de manger et je suis devenue populaire. Populaire à mon niveau, en tout cas. Soudain les filles fabuleusement filiformes dans ma classe – celles qui avaient des Ugg et des palettes de maquillage à cent euros – ont fait de moi l'une des leurs. La jouissance que j'ai ressentie alors. Jamais je ne serais riche, mais elles m'avaient acceptée dans leurs rangs, et cela m'allait tout aussi bien. Un jour le lycée a organisé un « bal de promo », une expression qui témoigne de notre besoin désespéré de nous calquer sur les États-Unis, et à cette époque je ressemblais plus que jamais à un personnage de la série *Newport Beach*. J'ai mis des semaines à peaufiner ma tenue, qui rehaussait ma silhouette osseuse, tout en faisant croire que j'étais quelqu'un d'excentrique, grâce au tutu en tulle de ma robe.

Je suis arrivée au bal, et la soirée a été un désastre. Les garçons n'avaient pas changé, toujours aussi chiants, toujours aussi puérils. Rien à voir avec les éphèbes qu'on voyait au cinéma, incarnés par des acteurs de vingt-cinq ans, que j'aurais voulu impressionner. Le film que j'avais projeté dans ma tête, celui où j'arrivais et où les regards se braquaient sur moi pour applaudir ma beauté toute neuve, ne s'était pas concrétisé. Je suis rentrée chez moi. Je m'étais imaginé quelque chose et mon fantasme n'avait pas pris corps.

Mon arrière-grand-mère est décédée en maison de retraite. Mon père lui rendait visite plusieurs fois par semaine quand j'étais enfant et ado, cela a duré des années, et il m'est arrivé de l'accompagner. Un endroit répugnant et cauchemardesque pour une petite fille, qui empestait le désinfectant, voire pire, et je le quittais toujours avec la sensation que j'avais voulu être bonne, accomplir une bonne action, mais que ç'avait été un fiasco.

Une fois je suis sortie avant mon père, j'ai admiré le jardin sous le soleil printanier et mon regard est tombé sur une rose sur laquelle s'étaient déposées de fines gouttelettes d'eau, dont la couleur était si vibrante que les larmes me sont montées aux yeux et que j'ai embrassé une fraction de seconde le potentiel brut de la vie, et alors je me suis rappelé où je me trouvais, à qui je venais de rendre visite, et j'ai su à nouveau que l'image que je désirais voir depuis si longtemps n'avait aucun sens, aucune substance.

8

Quand il m'a quittée je n'ai pas repris contact avec lui, parce que d'une part je savais que cela ne servirait à rien, d'autre part j'étais prête à parier qu'elle aurait accès aux messages que j'enverrais. La perspective qu'ils se moquent de moi ou, pire, qu'ils secouent la tête avec une mimique de pitié m'était intolérable. Je savais que le silence était la meilleure façon de faire – même si je n'aurais su trop dire ce que je faisais ; une rectification, un retour sur la planète Terre.

Hors de question que je l'autorise à rester éternellement éloigné de moi. Voilà pourquoi j'étais incapable de faire le deuil de notre relation et, en parallèle, je pouvais m'interdire de renoncer à moi-même.

Un soir d'avril je me trouvais dans mon appartement, aussi anxieuse que par le passé, et j'avais hâte de me lancer tête baissée dans une grande soirée qui s'achèverait en apothéose. Je ne m'autorisais pas encore à me lâcher, trop craintive, trop à fleur de peau. Je ne tirais aucun plaisir à voir mes amis car, en leur compagnie, je me forçais à faire celle qui n'était pas amoureuse de Ciaran, à prétendre que j'étais en colère contre lui. En guise de compromis je me suis décidée à m'alcooliser seule, et j'étais en train de déboucher ma deuxième bouteille de vin rouge quand est passée une chanson qu'il mettait souvent, « Don't Think Twice », de Bob Dylan. Une tristesse rendue délectable par sa plénitude m'a envahie et s'est logée au creux de mon sternum. Sans trop réfléchir ni espérer de réponse, j'ai attrapé mon téléphone et je lui ai envoyé un texto :

J'écoute Bob Dylan et je pense à toi. Tu me manques.

Sa réponse est arrivée quelques heures plus tard, à ce stade j'avais bu tout ce qu'il y avait à boire chez moi et je regardais la télévision sans rien voir, allongée sur mon lit.

Tu me manques aussi.

J'ai plaqué le portable sur ma poitrine et je l'ai bercé comme j'aurais bercé un nourrisson. Agrippée à la flamme de ce que ces mots suggéraient, je me suis mise à palpiter. Une patience béate s'est emparée de moi, la certitude que je serais capable d'attendre éternellement.

9

Il ne me faudrait pas attendre aussi longtemps. Au bout de trois jours, des jours remplis de mon côté d'une retenue et d'un silence exquis, il m'a téléphoné. Et il m'a donné rendez-vous devant le muséum d'Histoire naturelle le lendemain à 14 heures.

J'ai prétexté un malaise pour quitter le bureau plus tôt et j'ai marché jusqu'à Kildare Street. À l'instant où j'ai tourné le coin je l'ai découvert là, debout, en train de tirer d'une main nerveuse un fil qui dépassait de la manche de son gilet dépenaillé, près des mêmes arbustes taillés en forme d'animaux où notre relation avait démarré.

Lorsqu'il m'a vue son visage s'est ouvert, il s'est illuminé, et mon cœur a chanté d'une voix ardente dans ma poitrine. J'avais eu raison de temporiser, de choisir la prudence, de rester enfermée.

Le sortilège avait été brisé et il n'était plus celui qui m'avait abandonnée sur le pas de ma porte.

Je me suis postée devant lui, le regard éperdu, avec un sourire qui exprimait une tolérance et une adoration infinies. Il y avait tant en moi que je voulais lui donner.

À cet instant j'étais plus heureuse que je ne l'avais jamais été, convaincue que la pureté et l'amour que j'éprouvais, et que j'avais en abondance, sautaient forcément aux yeux, à travers ma patience et mon insignifiance, mon indulgence et l'empressement que je mettais à m'humilier.

J'étais la femme. J'avais souffert. J'étais là.

« J'ai pensé qu'on pourrait repartir de zéro », a-t-il dit, puis il m'a embrassée.

J'avais gagné. Et comment m'y étais-je prise ? Oh, c'était facile, en un sens – ce n'était rien ; je n'étais rien.

Deux semaines plus tard, nous avons emménagé ensemble.

Avril 2013

1

J'ai rempli notre nouvel appartement avec une satisfaction lente, oisive. Nous avons défait nos cartons et agencé nos affaires à la perfection. Nos livres cohabitaient sans se mélanger car même moi, je ne voulais pas que les siens empiètent sur les miens. Il avait trois bibelots qu'il a posés sur le rebord de la fenêtre à côté des miens, une figurine en pierre représentant une souris, un dé à coudre et une montre de gousset, des merveilles de raffinement et de précision.

Passant le doigt dessus j'ai demandé, sans réfléchir :

« D'où elles viennent, ces petites choses ? »

Il a continué à vider une valise, un long moment s'est écoulé, puis il a répondu :

« C'est une amie qui me les a données. »

Je savais ce que cela signifiait, j'ai tourné vivement les talons et je me suis éloignée, comme brûlée par ces objets.

Je n'ai jamais su s'il se réfugiait derrière le qualificatif d'amie parce qu'il me croyait trop bête pour comprendre qu'il parlait de Freja, ou si cette tendance s'expliquait par une réticence à prononcer son nom à voix haute, comme s'il craignait de l'inviter chez nous.

Depuis notre réconciliation nous avions abordé le sujet de la rupture, en termes évasifs et voilés, sans nous appesantir dessus, pour signifier à quel point il m'avait manqué et vice versa. Nous nous tenions à carreau, lui comme moi, avec l'impression qu'une guerre inévitable avait éclaté et que le destin était intervenu pour nous remettre ensemble.

J'avais évacué les questions les plus capitales cet après-midi-là devant le muséum : C'est fini ? Elle est partie ? Tu m'aimes ? Oui, oui, oui.

Il s'apprêtait à m'en dire plus mais je l'avais fait taire d'un second baiser, ma stratégie quand des paroles cruelles menaçaient de lui échapper.

Nous avons acheté une housse de couette en flanelle bleue, une cocotte, un tapis. Aux puces un dimanche nous avons fait l'acquisition de deux tableaux que nous avons fixés au mur de la salle de bains, deux croûtes qui représentaient des chiens à la gueule fendue d'un grand sourire qui répondait au nôtre, la charmante incompétence du peintre donnant l'illusion d'une plaisanterie ou d'une histoire partagée. J'ai été parcourue d'un frisson que je ne saurais qualifier autrement que d'érotique lorsque j'ai choisi un aspirateur et une poubelle. Je me sentais fière, émue aux larmes, chaque fois que j'ouvrais la penderie, où sa garde-robe réduite à l'essentiel cohabitait avec mes vieilles robes de soirée et mes sweats brodés de sequins clinquants, entassés pêle-mêle.

2

C'était la première fois que je vivais en ménage, que je mettais ma chambre à coucher en commun avec un homme. Étrangement, nous n'avons établi aucun plan, convenu d'aucun cadre qui entérinerait la répartition des tâches, de mon côté comme du sien. Comment anticiper la fréquence à laquelle l'autre allait souhaiter baiser ? Comment décider qui dormirait du côté de la fenêtre ? Et comment justifier, par exemple, que je finisse par être celle qui se chargeait de la cuisine, sans que cela soit sujet à débat ? Qu'un domaine aussi vaste, aussi quotidien et aussi primordial que la bouffe devienne une responsabilité que j'ai volontiers endossée pour lui, et qu'il m'a cédée sans se faire prier ?

C'était la logique des choses. Je cuisinais bien, lui non. Je devais surveiller mon poids, lui non. J'avais toujours le sens du goût, pas lui – pas tout à fait, pas vraiment. Quoi qu'il en soit, dépendre d'un autre pour ce qui touchait à la nourriture m'avait toujours contrariée. La perspective de me plier aux caprices culinaires d'un autre, de manger d'une façon qui ne cadrait pas forcément avec mes autres choix de la journée, tout cela m'effraie. Lui n'avait pas ce genre de réticences, il considérait que se nourrir était un besoin vital mais d'une portée très limitée, l'essentiel étant que l'expérience ne soit pas trop désagréable.

a) Pour moi un aliment recelait un sens que je pouvais pénétrer :

b) en fonction du plaisir gustatif qu'il me procurait, et du risque qu'il me fasse grossir.

Ciaran n'avait rien à faire de tout cela. Ses jugements reposaient sur un socle purement moral. Il avait une prédilection pour l'absence de variété en toutes choses. Il aurait préféré dîner tous les jours d'un grand saladier rempli de légumes verts cuits à la vapeur, si son corps d'échalas avait pu s'en contenter.

Pour moi la nourriture était un joyeux bordel, une affaire complexe. Source de stress, certes, mais aussi de réjouissance parfois, l'occasion de s'en mettre plein la panse avant de s'en repentir, une chose avec laquelle on est aux prises, qu'on porte en offrande, et qu'on enterre.

À l'adolescence, âge auquel je m'affamais religieusement, j'ai appris à cuisiner et j'ai considéré cela comme un processus sacré. Avant je ne savais que contester ou détruire ce que d'autres me donnaient à manger – les sandwichs roulés en boule au fond du cartable, les petits déjeuners ratés, les spaghettis vomis, les cuisses de poulet emmaillotées avec du papier toilette, planquées dans ma chambre à l'arrière d'un tiroir et trahies par l'odeur.

J'ai appris à cuisiner, donc, et tout a changé. Terminé, l'écolière mal lunée qui refusait d'ouvrir grand la bouche et d'avaler comme une petite fille bien sage. Je choisissais ce que j'allais préparer et, parce que j'avais choisi les aliments, parce que j'en avais une connaissance intime, j'étais capable de manger. J'éminçais des poivrons, des carottes et des haricots verts que je faisais revenir dans un fond d'huile d'olive, je cuisais à la vapeur des pois gourmands jusqu'à ce que leur gousse coriace se fende de chaque côté et je les avalais devant la télé comme du pop-corn.

Lorsque nous avons emménagé ensemble, cela faisait des lustres que je ne m'étais pas penchée sur la nourriture d'aussi près pour ma propre consommation. Quelque chose s'était cassé en moi à l'âge adulte, lorsque je m'étais autorisée à remanger normalement et à prendre du poids. La trahison subie alors par mon ancienne version, celle qui était mince, m'infligeait une souffrance telle qu'il m'était impossible de l'affronter, par conséquent j'ai refusé de regarder la question de la nourriture en face. Afin de survivre, j'ai dû arrêter de chérir les tranches d'une pomme rose bien brillante disposées sur une assiette, j'ai dû arrêter de m'émerveiller devant leur beauté, sans quoi jamais je n'aurais pu m'arracher à leur contemplation. J'ai dû cesser de croire que l'acte de manger pouvait avoir des conséquences sur mon corps, autrement je n'aurais jamais pu avaler quoi que ce soit.

J'ai commencé à faire la cuisine pour Ciaran et l'aspect sacré de cette activité m'est revenu, dans une certaine mesure, et parce que je me mettais aux fourneaux pour un autre et non pour moi, je l'ai acceptée.

Vivre à ses côtés m'a forcée à me traiter moi-même comme un être humain, ce dont j'étais incapable seule.

Je travaillais dans une clinique dentaire, où je me chargeais des tâches administratives de base, et je passais mes pauses-déjeuner assise à mon bureau, à lire des recettes, prendre des notes et décider quoi préparer le soir pour le dîner.

Ma journée finie, je rentrais à pied, je passais par l'épicerie, la bonne, celle où nous achetions des pommes avant nos promenades, et je faisais mes emplettes. J'arpentais d'un pas traînant les rayons bien éclairés, pleins à craquer, dans une ambiance agréable et chaleureuse, effleurant l'huile d'olive hors de prix, les algues déshydratées, les variétés rares de miel.

Je passais devant la poissonnerie, récitant à voix basse le nom de créatures dont je découvrais l'existence. Le boucher me vendait une pièce de gibier et, à l'instant où il me tendait le paquet attaché avec une ficelle brune pour la touche nostalgique, le prix imprimé sur l'étiquette me nouait la gorge. Je sélectionnais chaque ingrédient du repas avec tendresse et fierté, je visualisais Ciaran en train de manger.

Jamais auparavant je n'avais fait mes courses à cet endroit, ça ne me serait pas venu à l'idée. Je me nourrissais des produits en promotion chez Lidl, associés aux conserves que j'avais dans mon placard, mais à présent je repartais sur des bases différentes et m'approvisionnais sous les hauts plafonds parmi toutes ces denrées qui attisaient ma convoitise, ma nouvelle vie en ligne de mire.

Il m'a fallu très longtemps avant que cette composante

de notre vie me reste en travers de la gorge. Beaucoup plus longtemps que les autres aspects.

En plus du sexe, je me servais de la cuisine pour me racheter – expier la faute que j'avais commise ce jour-là, quelle qu'en soit la nature.

Ciaran n'exigeait aucune compensation de ma part, il n'attendait rien de moi. C'est mon instinct qui me dictait cette stratégie. Le rituel du repas lui était consacré, avec des plats plus raffinés les jours où je lui avais fait offense.

Après, si je pouvais aussi m'envoyer en l'air avec lui, tout s'arrangeait. Quand on baisait il me pardonnait, même à son corps défendant.

3

Je me souviens du dernier repas que je lui ai préparé avant que tout bascule, l'assiette rendait tellement bien que je l'ai prise en photo – de la langouste et du crabe, lamelles roses disposées méticuleusement sur des feuilles de laitue, du citron vert pressé et du piment avec une cuillère à café d'avocat, le tout saupoudré de graines de sésame noir, et à la seconde où j'ai appuyé sur le déclencheur le portable s'est éclairé, un autre homme m'appelait.

4

Il y a eu une période – je me rends compte avec le recul qu'elle n'a guère duré, finie à peine entamée – où j'ai cru que nous avions triomphé des conditions sordides qui avaient précédé notre vie commune.

Avant les vraies disputes, lorsque le pire de ses reproches se résumait à « Pourquoi tu laisses l'éponge dans le lavabo quand tu as fini de t'en servir ? Tu veux qu'elle pourrisse ? » – et il faisait mine de me gronder, en agitant l'index, puis il me jetait l'éponge gorgée d'eau même si je me tenais à l'autre bout de la pièce.

Alors je poussais un cri strident et je m'exclamais « OUI ! » en le visant à mon tour, et je traversais le couloir à toutes jambes en hurlant, dans la chambre je riais quand je l'entendais arriver, il martelait le sol d'un pas lourd comme un méchant de dessin animé, il ouvrait la porte à la volée et se jetait sur moi, il me cueillait dans ses bras aussi aisément qu'un oreiller, il me balançait sur le lit, il me chatouillait et nous restions allongés là à gigoter ensemble jusqu'à finir essoufflés, et je collais mon nez contre le sien et nous nous endormions dans cette position.

Nous faisions la sieste tout le temps, souvent écroulés dans notre lit glacial sur un tas de pulls. L'appartement était vieux, haut de plafond, et les radiateurs émettaient un chuintement à peine audible, à défaut de chaleur. De la condensation s'écoulait le long des murs et une tache sombre qui n'annonçait rien de bon s'étalait sur la voûte de la salle de bains.

Souvent, le dîner fini et une fois que Ciaran avait expédié le travail qu'il avait rapporté à la maison, nous allions directement nous mettre au lit. D'abord nous enfilions plusieurs couches, des T-shirts en thermolactyl, un pyjama et un vieux pantalon de jogging dépareillés, en riant de notre dégaine clownesque, puis nous regardions un policier ou un film d'horreur blottis sous les couvertures.

Je ne vivais que pour ce moment, nous deux, ensemble, toujours en train de grelotter et de gesticuler dans l'espoir de nous réchauffer plus vite, cramponnés l'un à l'autre. Cet instant où nous quittions l'air glacé et laissions la journée derrière nous, en pénétrant dans notre petit palais douillet, seuls au monde.

Je déposais un baiser sur ses paupières frémissantes, à l'endroit où les veines affleuraient, et de mes lèvres je tiédissais le bout de son nez, ensuite il se penchait un peu vers l'avant, nos fronts se rencontraient et se sentaient bénis par ce contact.

Encore maintenant, je pense que si j'avais pu vivre ainsi, dans une bulle hermétique, sans amis, sans famille, sans travail à l'horizon – si la tentative de ramener mon univers entier à nos deux personnes avait été couronnée de succès, deux corps brûlants soudés dans un lit glacial –, je pourrais continuer à être heureuse.

5

Le mois de mai est arrivé et la lueur dorée de l'aurore a éclairé notre nouveau chez-nous le week-end. Nous faisions la grasse matinée, nous traînions dans l'appartement en bâillant, buvant du café et papotant jusqu'à l'heure du déjeuner, où nous descendions chercher le journal et des viennoiseries, puis nous nous installions sur le canapé, entrelacés, et nous nous cajolions l'un l'autre d'une main distraite tout en lisant.

Je voyais encore un peu mes amis, nous programmions un verre de vin après le travail ou un cinéma le dimanche, de loin en loin, mais aucun n'avait mis le pied dans notre appartement. L'amour que je leur portais était abstrait mais cette distance m'allait très bien, notre relation s'entretenait par un message épisodique, une apparition en coup de vent à une fête d'anniversaire. Devant eux j'étais gênée, et je les mettais mal à l'aise. Je savais ce qu'ils pensaient de Ciaran, je comprenais qu'ils aient cette opinion de lui. Pas envie d'endurer l'humiliation supplémentaire d'avoir à les persuader qu'il n'était pas la personne qu'ils croyaient.

En toute franchise je me moquais de ce qu'ils pensaient de lui, et l'indifférence de Ciaran m'a confortée dans cet état d'esprit.

« J'ai croisé ta copine Christina, déclarait-il au retour du travail, avec un gloussement. Elle m'a pris en grippe, hein ? »

Et je joignais mon rire au sien, je levais les yeux au plafond et j'offrais une réponse évasive et lénifiante : « Oh, tu sais comment elle est », alors je savourais la sensation sécurisante de nous savoir tous deux dressés contre un ennemi commun.

J'avais la même sensation quand il se lançait dans une diatribe contre un collègue grossier ou un automobiliste qui lui avait grillé la priorité. Au début j'avais tendance à calmer le jeu, à tempérer, parce qu'il ne servait à rien d'insulter ces gens. Pourquoi se mettre dans des rages folles pour des infractions dérisoires, aussi imparables que la météo du jour ? Ensuite j'ai réalisé que prendre son parti était ce qu'il y avait de plus prudent. Si je me ralliais à son indignation, si je formulais les mêmes griefs que lui, cela nous mettait d'office dans la même équipe. Il me considérerait comme extérieure à ce monde qui le contrariait tant et partie intégrante de son propre monde, ce petit univers que nous pourrions construire ensemble, entre les murs de notre appartement.

Au travail je me montrais compétente et efficace, parce que j'avais besoin d'un emploi correct pour maintenir le train de vie auquel j'aspirais avec Ciaran, pas parce que je souffrais d'une quelconque forme d'ambition. Du matin au soir je fournissais le minimum syndical et j'étais consternée par le peu de travail concret qui était abattu au bureau.

Il n'était pas inhabituel qu'au quotidien je consacre une heure ou deux, pas plus, aux tâches qui m'incombaient, et que je boucle ma semaine sans accumuler le moindre retard. Au bout d'un certain temps j'ai réalisé que ces compétences surhumaines jalousement cultivées pour tuer le temps étaient universelles, pas propres à ma seule personne, et que j'étais loin d'être la seule à consulter des recettes, envoyer des mails aux potes ou s'accorder des pauses-café d'une heure qualifiées de « réunions ».

Lorsque je poussais notre porte le soir, ma vraie vie démarrait, moins floue et en Technicolor. Par contraste le monde extérieur devenait terne et hors sujet et je m'y attendais, je comptais dessus.

Préparer un bon repas peut rattraper une journée foireuse. Peu importe ce qui s'est passé par ailleurs, si on a le temps de s'offrir ce petit plaisir, tout le reste disparaît. Un plaisir similaire au moment, quand on est alcoolique, où on s'assied avec une bouteille de tord-boyaux. On sait qu'une fenêtre va s'ouvrir, où la réalité qui est la nôtre va cesser de peser aussi lourd, cesser de faire souffrir.

Ma relation tout entière avec Ciaran fonctionnait ainsi – c'était un refuge, une singularité qui abolissait les autres sujets. Le plat le plus succulent, le vin le plus fin. Tant que je parvenais à relancer la machine, tant que nous arrivions à rester au diapason, le reste n'avait pas d'importance.

6

À présent je me pose des questions sur cette fureur que je mettais à accomplir des tâches domestiques à son service. Je voulais plus que tout lui présenter le fruit de mon labeur, qu'il voie combien je m'investissais dans notre ménage – et quelle joie j'y mettais. Heureuse même quand je préparais un gâteau ou un repas entier qu'il se disposait ensuite à ignorer ou à engloutir sans un remerciement. Heureuse de lui laver une de ses vestes qui puait, sans qu'il le remarque, la clope et le shit. Heureuse – à tel point que je souriais, je chantais ! – de récurer les toilettes à genoux. L'eau de Javel sentait fort, et bon, et brûlait les plis ensanglantés de mes phalanges et de mes pouces aux ongles rongés.

Je dressais le planning des repas et le collais au réfrigérateur avec des cœurs, des smileys et des étoiles crayonnés tout autour, chaque plat détaillé d'une écriture appliquée, en me projetant sur plusieurs semaines – cela me rassurait de savoir un mois à l'avance que nous aurions des boulettes d'agneau au menu, cela me procurait du plaisir de me projeter si loin avec une telle précision.

Je voulais qu'il ait besoin de moi, sans savoir si c'était bien de moi qu'il avait besoin. Je voulais qu'il vive dans un monde où le moindre de ses besoins serait anticipé, comblé. Aucun bouton ne resterait décousu, aucun col bruni par la transpiration alors qu'il lui fallait une chemise propre. C'est pour cette raison que je pouvais me passer de remerciements. Je ne pestais pas contre l'absence de compliments qui récompenseraient mes efforts. Je comptais mettre en place autour de lui un écosystème entier et il n'aurait plus aucune raison de s'inquiéter, ni de fournir le moindre effort, il n'aurait qu'à se laisser porter.

Rien de plus facile que de disparaître sous le cycle incessant des corvées nécessaires au maintien d'un intérieur propre et accueillant. Des femmes autrefois dotées d'une identité à part entière désespéraient de se voir reléguées au rang d'épouse, de maîtresse de maison, de mère – des fonctions qui mettent en avant leur capacité à aplanir les choses pour ceux qui les entourent. Sauf que je n'étais pas mère. Se mettre totalement au service d'un autre, d'un homme – dans l'ivresse enfiévrée des premiers mois de vie commune, c'était à mes yeux chargé d'érotisme, d'intimité et même de profondeur.

Après tout, de quelle identité étais-je dotée auparavant ? Quelles particularités ma fierté de jeune ménagère risquait-elle d'effacer ? Aucune n'avait perduré dans mes souvenirs après sa dissolution effective. Aucune n'était assez authentique pour que je souffre de son absence. Je disparaissais avec une sérénité absolue.

Avais-je conscience, au fond de moi, que notre dynamique était enrobée d'une pellicule d'ironie ? Est-ce que cela levait les obstacles à l'amour ? Moi, la personne que j'étais, qui allais chercher ses pantoufles, mettais un rôti au four et préparais une boisson fraîche pour le grand échalas en pardessus qui rapportait avec lui l'odeur du soir, l'odeur du dehors, de cette vraie vie dont j'étais exclue, c'était un concept grotesque qui s'accordait si mal avec mes habitudes passées que ça frôlait le non-sens.

Si j'imaginais que les temps avaient changé si radicalement, qu'après tout nous formions un couple moderne, si j'imaginais que ma soumission pouvait être déréalisée par le prisme du second degré ou de l'érotisme – oh, comme j'étais pitoyable.

Mais c'est ce que je voulais à l'époque – je me souviens de l'envie, de la voracité que cela éveillait en moi, je partais du travail plus tôt pour avoir le temps de préparer de véritables agapes au beau milieu de la semaine, transformant mon quotidien en pièce de théâtre, une mise en scène folâtre de la vie domestique dont le vacarme noyait les autres sons de cloche. Et les soirs où je me sentais lasse, où je me retenais de pleurer parce que j'avais raté un plat, que le soufflé était retombé, que j'avais cassé un saladier – ou les soirs où il me proposait son aide –, dans ces moments-là, et ils étaient rares, je me fâchais tout rouge. « Non, répondais-je, ne bouge pas, je m'en occupe. » Ce qui pouvait s'entendre aussi d'une autre façon : Non, ne bouge pas. Je m'occupe de toi.

Si Ciaran y gagnait quelque chose, l'inverse aussi était vrai. Je lui retirais son autonomie. J'assumais la totalité du loyer, je lui préparais à manger, je lui lavais ses vêtements pour qu'un jour il ne parvienne plus à se rappeler comment il s'était débrouillé sans moi, ni à imaginer comment il se débrouillerait sans moi à l'avenir.

7

Juin a marqué le troisième mois de notre vie commune et le retour des beaux jours, et j'ai constaté que j'avais commencé à étudier les femmes avec son regard, comme si j'avais pris possession de lui. Durant nos balades dans les rues de Dublin le week-end, alors que le soleil encore faiblard raccourcissait les jupes, j'ai commencé à les voir à travers ses yeux.

Jusque-là je n'avais ressenti qu'une attirance passagère pour les femmes mais, à présent, certaines me subjuguaient comme me subjuguaient les hommes séduisants. Au début cela se produisait uniquement quand j'étais en compagnie de Ciaran – nous passions à côté d'une jolie fille, je la remarquais la première, je lui coulais un regard furtif et je découvrais que lui la dévorait des yeux. Chaque fois que je le prenais en flagrant délit, je le vivais comme une trahison mais je jubilais aussi intérieurement car je connaissais ses goûts en matière de beauté féminine. Est-ce que je pensais m'en servir un jour ? Je suis incapable de le dire.

Très vite je me suis mise à reluquer les filles alors que j'étais seule. En me rendant au travail le matin, je franchissais Portobello puis le canal, je croisais en chemin d'autres employées de bureau et les femmes riches qui faisaient leur footing, et spontanément je cherchais du regard celles qui lui plairaient (et à moi aussi, désormais). L'ethnie ou la couleur de peau n'entraient pas en ligne de compte mais, si je devais identifier des attributs communs à ces femmes, ce seraient les suivants – des traits fins et délicats, peut-être un peu trop ordinaires, un peu trop conformes aux canons modernes, de grands yeux rêveurs, une fragilité et une sensualité suggérées. Une longue chevelure, des clavicules saillantes.

J'en prenais note et je les enregistrais dans ma mémoire pour les étudier, tiraillée par une lubricité brutale, assaillie par cette impuissance que je ressentais face à toutes celles qu'il trouvait désirables et qui n'étaient pas moi. Personne n'échappait à la panique qui m'animait. Un jour il a fait allusion à la fille qui lui avait fait perdre son pucelage, quinze ans plus tôt, une bombe appelée Jessica. J'ai fulminé des semaines durant. Jessica. Jessica. Je me suis demandé si je réussirais à remonter sa piste grâce à son seul prénom, à l'étudier, la comparer, la cataloguer.

Quand je collectais ces femmes croisées dans la rue, quand je les archivais à l'intérieur de mes dossiers intimes, je tentais de me protéger avec les moyens à ma disposition. De dresser l'inventaire des menaces qui existaient dans le voisinage, pour mieux m'armer. Mais son esprit avait contaminé le mien, par conséquent je désirais ces femmes de la façon dont lui les aurait désirées. La concupiscence contenue dans mon regard était passive et pleine d'assurance, comme la sienne, et mon esprit dérivait dans leur direction avec cette agressivité et cette intrusion, toutes masculines, que j'associe aux vigoureux coups de reins de la pénétration.

Mon regard se posait un temps sur elles, puis il retournait à sa cible d'origine.

8

Un samedi de juillet, un terroriste d'extrême droite a abattu trois personnes à Malmö. Déguisé en prêtre catholique il s'est introduit dans le parc de l'église Sankt Petri, où des employés de bureau déjeunaient au soleil parmi les touristes, et il a ouvert le feu.

Les victimes étaient un enfant japonais de sept ans en vacances avec ses parents et deux femmes qui travaillaient dans le quartier.

Ciaran et moi venions d'acheter le journal et des cafés, et nous étions remontés chez nous quand il a vu l'info passer sur Internet. Il est devenu blême et il s'est levé de sa chaise en marmonnant et en manipulant gauchement son téléphone. Il a quitté l'appartement à toute vitesse et il est allé dans l'entrée, où je l'ai entendu faire les cent pas, puis parler d'une voix étouffée. Impossible de comprendre ce qu'il disait. Je suis restée sans bouger, les yeux tantôt plongés dans mon café, tantôt vissés sur mes jambes nues, et le souffle court. J'ai forcé mes paupières à rester sèches et grandes ouvertes, sans ciller, jusqu'à ce que les larmes s'accumulent. Je savais que Freja s'était installée à Malmö.

Il était insensé que la jalousie s'insinue dans mon esprit, même fugacement, à un moment pareil, encore plus qu'elle me paralyse des pieds à la tête, mais j'étais amoureuse donc folle, et je me félicite de ne plus l'être, en tout cas de cette façon-là, même si j'ai perdu autre chose que la raison dans cette histoire.

Il est revenu et j'ai compris, à ses joues rougies, qu'elle était saine et sauve. Il s'est assis sans m'accorder un regard, il a déplié le journal avec un geste vif comme dans un film, le père de famille au petit déjeuner. J'ai ouvert le sachet de viennoiseries et je les ai disposées sur une assiette, mais je savais que je n'allais rien avaler ce jour-là. Une sensation s'était réveillée en moi que je n'avais pas éprouvée depuis longtemps, des années, le désir de punir quelqu'un en m'affamant.

Cela me prenait régulièrement à l'adolescence, cette envie puissante, stérile mais dévorante, dirigée vers une personne qui m'avait fait du tort. La plupart du temps un garçon qui ne répondait pas à mon amour, ou qui ne m'aimait pas de la bonne façon, mais aussi mes parents, mes profs, n'importe qui à vrai dire, qui n'était pas parvenu à m'apporter la validation dont j'avais désespérément besoin. Jamais je ne l'avais envisagé comme une réaction rationnelle ; la personne visée ignorerait toujours que je ne mangeais plus, j'en avais bien entendu conscience, et en admettant qu'elle l'apprenne, elle ne se douterait pas qu'elle avait déclenché cette décision.

Que la douleur ne sorte pas du cadre privé, cela ne la rendait que meilleure – je les forçais à me torturer, sans leur consentement.

J'ai retiré le couvercle des deux cafés et j'ai versé du lait dedans, sans réfléchir – Ciaran prenait le sien noir. « Hé », a-t-il murmuré, en manière de protestation, et je me suis rendu compte de mon erreur, j'ai attrapé le gobelet en carton, j'ai serré trop fort et j'ai renversé sur la table le liquide brûlant qui a coulé sur ses genoux et ses chaussures. L'horreur s'est emparée de mon corps, dilatant ma gorge. Il a hurlé – « Putain tu fais quoi là ? » – et il a repoussé la chaise avec un bond en arrière, en passant les mains sur son pantalon.

« Pardon, pardon », ai-je répété, puis : « Tiens », attrapant une serviette, tâchant de me rendre utile. Il m'a écartée d'un coup de pied – pas violemment, pas pour me faire mal, mais pour me virer de façon radicale, comme on vire un chien.

« Tu vas me lâcher, oui ? » a-t-il lancé, et il est allé s'enfermer dans la salle de bains.

J'ai nettoyé à quatre pattes le café renversé par terre, essoré le torchon au-dessus de l'évier. Mis de l'eau à bouillir, rempli un seau et passé la serpillière. Pendant que la bouilloire sifflait je l'ai entendu quitter l'appartement.

Par la fenêtre, j'ai regardé en contrebas et je l'ai vu émerger dans la rue, ses cheveux reflétant le soleil et donnant l'impression, un court instant, d'avoir pris feu, puis se diriger vers le canal d'un bon pas, sans aucune hésitation, sa démarche habituelle. Je l'ai suivi du regard jusqu'à ce qu'il disparaisse, après quoi je suis allée dans la chambre, j'ai allumé mon ordinateur et j'ai cherché Freja.

9

Sur une photo Freja plonge ses longs doigts arqués dans son carré ébouriffé. Elle a le regard braqué sur l'objectif, ou peut-être sur la personne qui la prend en photo, avec une intensité farouche. Elle s'appuie au dossier d'une chaise, les jambes écartées comme un homme, une pose que seules peuvent se permettre les filles minces et classieuses. Une veste masculine de couleur blanche retombe sur ses os saillants et ses petits seins parfaits.

Clic.

Sur le cliché suivant elle est assise sur la plage alors que le jour décline, elle passe les mains sur le sable pour y dessiner des formes, observant de ses yeux mi-clos le photographe, tâchant de se protéger du soleil. Elle porte une robe rouge à motif cachemire qui lui dénude l'épaule et des santiags. Son sourire dévoile des dents très blanches.

Clic.

Sur une autre photo encore elle danse dans le coin d'un bar, éclairée par la lueur d'un juke-box et d'un distributeur de cigarettes. La tête rejetée vers l'arrière, les yeux fermés, elle porte un T-shirt et un jean noirs, des vêtements bruts et classiques pour un cow-boy, qui s'accordent à la perfection avec sa silhouette. Elle a une cigarette à la bouche – elle fait penser à Patti Smith, ou à une groupie particulièrement ravissante de Charles Manson.

Clic, clic, clic.

10

Pas un jour ne passait sans que je traque Freja sur Internet – le matin quand j'arrivais au travail, ou à la pause-déjeuner, assise dans le parc avec un café. J'allais jeter un coup d'œil à son compte Facebook et son Insta et, quand j'avais du temps, je tapais son nom dans la barre Google et passais au peigne fin les résultats suggérés, j'allais où ils m'emmenaient, à la pêche aux indices.

Je cherchais ses amis, ceux qui la taguaient dans les publications, pour voir s'ils avaient posté d'autres photos d'elle (oui), quel genre de bars, quel genre de restaurants ils fréquentaient.

Je mettais surtout à profit les vendredis, quand Ciaran passait la soirée dehors et que j'avais l'appartement pour moi seule. Le vendredi il ne me demandait pas de l'accompagner, après le travail il retrouvait des amis à lui, rencontrés dans des galeries d'art, pour boire des coups, manger une pizza et échanger les derniers ragots sur des expos et sur eux-mêmes.

Au début de notre vie commune il m'est arrivé de me

joindre à son groupe mais l'ambiance était intolérablement masculine. Souvent j'étais la seule femme, j'ai pris l'habitude qu'on ne m'accorde aucune attention et qu'on me coupe la parole. De temps en temps l'un d'eux se rappelait les bases de la politesse, se tournait vers moi avec une détermination qui n'avait rien de spontané et me lançait : « Et toi, tu en penses quoi ? » comme si une conversation consistait en cela, échanger des avis. Une fois un type s'est penché vers moi, j'étais restée muette pendant une heure tandis qu'ils glosaient sur un essai publié par Hal Foster, et il m'a demandé si j'avais lu l'auteur en question.

« Non, c'est qui ?

– Un théoricien, a-t-il répondu sur un ton qui n'était pas dépourvu de bienveillance.

– La théorie, ça ne me branche pas des masses, je préfère l'action », ai-je répondu en essayant de faire de l'humour, et certains ont ri, un rire au ralenti.

La partie de moi qui appréciait qu'il m'utilise à la façon d'un accessoire se satisfaisait de rester assise à ses côtés, silencieuse et immobile, aucune exigence requise à part être attrayante, affable et amène, mais très vite l'ennui a eu raison de moi et j'ai préféré rester à la maison.

Même si j'appréhendais vaguement qu'il me trompe, au fil du temps j'en suis venue à attendre avec impatience ces soirées. Le seul moment de la semaine où je me retrouvais en tête à tête avec moi-même. Avant, la perspective d'être seule même une heure ou deux me bouleversait, et maintenant que je passais presque tout mon temps avec Ciaran en dehors du travail, mes vendredis soir en solo me laissaient le loisir de tenir Freja à l'œil et de boire.

Je rentrais vers 17 ou 18 heures avec une bouteille et un paquet de cigarettes, j'allumais mon ordinateur et je mettais un truc débile à regarder, un film cucul avec une intrigue compliquée et des entourloupes sexuelles, ou une émission de télé-réalité qui mettait en scène un troupeau d'ados blonds hypnotisés par l'écran de leur téléphone.

J'enfilais mon pyjama, autrement dit le vieux caleçon de Ciaran usé jusqu'à la trame et un T-shirt, et je me carrais dans l'angle du canapé. Là je me servais un verre, j'allumais ma première clope, j'avalais la fumée et la recrachais, totalement apaisée à cet instant. Ensuite je commençais à regarder Freja sur mon téléphone.

En général je me contentais de revoir des choses déjà vues. Elle n'actualisait pas très souvent ses pages et j'avais exploré le matériau des quatre années précédentes. Pourtant je n'arrivais pas à venir à bout de ce foutu besoin de l'étudier à la loupe, de percer une brèche en elle, de la percevoir comme lui la percevait. Je parcourais des vieux albums photo qui les montraient ensemble, elle et Ciaran.

Mon esprit se contorsionnait dans l'objectif de les étudier à la façon d'un observateur impartial. Je les examinais puis, aussi rapidement que possible, je cliquais sur une photo qui nous montrait ensemble, lui et moi, et je procédais à la comparaison. Notre couple était-il aussi bien assorti que le couple qu'il formait avec Freja ? Aussi canon ? Ciaran donnait-il l'impression d'être plus amoureux d'elle, ou de moi ?

Comme je savais que Freja me regardait, elle aussi, je me regardais moi-même. J'ai analysé des photos qui remontaient à des années. Essayé de me considérer sous le même angle qu'elle. En cours de route j'ai effacé les clichés peu flatteurs, consumée par la certitude qu'elle était sans doute déjà tombée dessus. Durant ces séances d'examen je me suis immiscée dans son cerveau, comme je m'étais immiscée dans celui de Ciaran quand nous croisions dans la rue des filles qui le faisaient bander, du moins l'imaginais-je.

À 20 ou 21 heures j'étais soûle, le programme télé marmonnait en fond sonore, je fumais à la chaîne et comme je savais que Ciaran ne rentrerait pas avant que quatre heures se soient écoulées, voire davantage, je sortais m'acheter une autre bouteille. Le regard brouillé, je m'habillais et j'en profitais pour jeter la vide. Il pourrait en trouver une le lendemain – il s'y attendait, il tolérait que je me soûle une fois par semaine. Deux bouteilles, cela déclencherait l'inquiétude et l'incompréhension, une conversation s'ensuivrait, alors je faisais voler la bouteille en éclats au fond d'une benne, joyeusement, pompette et ivre du réconfort de savoir que je n'allais pas tarder à m'envoyer la seconde.

2019, Athènes

Un jour j'ai marché sur des kilomètres et des kilomètres avec Bea, une amie d'enfance chérie entre toutes, et je lui ai lu des poèmes d'amour tirés d'un livre que j'avais acheté après avoir mis de côté mon argent de poche, à l'époque je n'avais pas encore embrassé de garçon. Bea avait une beauté saine, à l'image de Freja. Elle arborait comme Freja un hâle et une maigreur naturels. Des yeux bleus, grands et espacés, de longs membres, la douceur et la bonté incarnées. Même en ce temps-là, nous avions treize ans, elle était beaucoup plus gentille que moi. Rien d'étonnant – quand on est aussi belle, on n'a aucune raison de se montrer cruelle. Je contemplais d'un œil ô combien jaloux son charme inné, son hygiène et l'odeur de propre de ses vêtements, l'adoration que lui vouaient les garçons et la distance très comme il faut qu'elle mettait entre elle et eux. Moi, je pataugeais toujours dans la boue.

Je les envie, ces femmes qui se tiennent à distance. C'est un luxe que je n'ai jamais vraiment eu.

11

Plusieurs mois se sont écoulés et j'ai remarqué que je ne prêtais plus attention à la méchanceté gratuite qui émaillait les anecdotes de Ciaran, ce fiel que j'avais encouragé à une époque, afin de prouver que j'étais dans son camp. Ce qu'il racontait me plongeait dans l'ennui et l'abattement.

Malgré cela, je réagissais avec un enthousiasme forcené. Parfois j'étais réellement heureuse et apaisée, parfois je faisais semblant, et la frontière est devenue de plus en plus ténue. On aurait dit qu'il avait absorbé toute la négativité que contenait l'appartement et je redoutais de laisser la toxicité suinter de moi, de peur que cela casse l'équilibre.

Après le dîner nous prenions place sur le canapé en cuir poisseux et je l'écoutais gratouiller sa guitare, ou je le regardais du coin de l'œil écrire dans ses carnets, nerveuse, en feignant de lire, et je me demandais s'il composait des poèmes qui parlaient d'elle.

Quand il consultait son téléphone mon cœur se mettait à galoper, je sentais le sang fouetter mon corps épuisé, toutes mes pensées se tourner dans sa direction. Mes yeux vissés sur une zone sans mots en haut d'une page de mon livre dérivaient lentement vers l'espace qu'il occupait et je tentais de lui couler un regard de biais, si fort que cela faisait vibrer mes tempes, afin de voir si c'était avec elle qu'il communiquait.

Approchant les mains de ma bouche, j'entreprenais de me mordiller les doigts, en particulier les pouces, j'arrachais méthodiquement de fins lambeaux de peau que je laminais entre mes dents qui grinçaient avant de les avaler.

Ensuite nous allions nous coucher, dans ce lit où j'aurais voulu que notre vie se déroule, où il donnait la sensation de m'appartenir, enfin et totalement, l'aspect chaleureux de l'odeur et du moelleux d'un corps primant le reste, primant le venin.

Je savourais de façon anticipée, avec un appétit vorace, le luxe de ces week-ends où nous passerions des après-midi entiers, aux contours flous, à nous envoyer en l'air et refaire le monde jusqu'au soir, la porte verrouillée dès le vendredi pour barrer l'accès aux tracasseries extérieures et nous autoriser à devenir nous-mêmes dans l'intimité.

J'imaginais la scène, nous nous réveillions tard, nous explorions paresseusement le périmètre du lit, la voix réduite à un chuchotis, et nous prenions soin l'un de l'autre en attendant l'heure du déjeuner. Nous lisions sur le canapé, bras et jambes enchevêtrés, nous nous faisions livrer à dîner, nous buvions du vin et nous regagnions notre lit à la nuit tombée.

Nous avons vécu quelque chose d'analogue à une époque, quelque chose qui laissait croire que c'était possible.

Vécu des week-ends où l'isolement entre les murs de notre appartement ne signifiait rien d'autre que ce qu'il devait signifier – nous étions bien ensemble quand nous n'étions que tous les deux.

Ces moments-là, je ne les avais pas inventés, et ils prouvaient que ce n'était ni ma faute ni la sienne s'il déclenchait en moi une telle tristesse, un tel sentiment d'humiliation, mais bien celle du monde qui nous entourait.

Si nous n'avions pas vécu un seul de ces moments (et je reste persuadée qu'un seul aurait suffi), comment aurais-je pu avoir une telle foi dans notre couple, et aussi longtemps, semaine après semaine, mois après mois ?

12

Mon père n'a rencontré Ciaran qu'une fois, alors qu'il était venu à Dublin pour enterrer un ami. Il avait toujours quelqu'un à enterrer, même s'il n'avait pas encore la soixantaine. Il assistait aux funérailles de toutes les personnes qui appartenaient à la génération de ses parents et à la sienne, d'anciens collègues dont il avait perdu le contact depuis des décennies.

Il n'agissait pas poussé par ce sens sinistre du devoir que l'on devine parfois chez ceux qui n'ont pas grand-chose dans la vie, il n'y allait pas en traînant les pieds. Il était motivé au contraire par une générosité assumée, un désir authentique de commémorer le défunt et de faire acte de présence. Il avait toujours eu la manière pour tenir compte des autres, mon père, ce qui explique sa popularité. Il leur donne l'impression qu'ils mènent une existence unique en son genre et digne d'intérêt, ce dont les gens ordinaires ont rarement conscience même si c'est la réalité.

Il est allé vider quelques pintes après l'enterrement – celui d'un ancien camarade d'école – et il nous a retrouvés au Neary's, dans une rue qui donne sur Grafton Street. Déjà éméché, ce que j'ai deviné à l'affection qui troublait ses yeux. Il s'est montré chaleureux et démonstratif vis-à-vis de Ciaran, que j'ai trouvé d'assez bonne compagnie. Il se donnait du mal et sa froideur naturelle, dont il restait des traces, pouvait être considérée comme une marque de respect vis-à-vis de mes retrouvailles avec mon père.

Ce jour-là, Ciaran et moi étions globalement heureux, nous nous sommes donné la main et penchés l'un vers l'autre quand mon père est allé passer commande au bar. J'ai constaté que son beau visage qui ne cachait rien manifestait une attention soutenue et inhabituelle durant notre conversation. Papa lui a posé des questions sur son travail, il a répondu par des plaisanteries qui dépréciaient l'importance de ses comptes-rendus tout en suggérant à mots couverts qu'il avait un certain poids.

« Récemment mon rédac chef m'a demandé de parler d'une expo en termes un peu plus élogieux – de vieux copains, vous voyez le topo ? –, mais une fois qu'on s'engage sur cette pente, qui peut dire où elle va nous mener, pas vrai, Thomas ? »

Et mon père a opiné, avec un petit rire, comme s'il savait très bien de quoi parlait Ciaran.

Je me suis réjouie qu'il le voie sous ce jour-là. Alors que la soirée touchait à son terme j'ai mordillé distraitement une peau près de l'ongle de mon pouce et Ciaran m'a attrapée le poignet pour éloigner ma main de ma bouche sans arrêter de parler. Une réaction que, seule, je n'aurais pas remarquée et qui ne m'aurait pas fait trop plaisir, un geste intime, mais j'ai croisé le regard de mon père et j'ai laissé mes mains retomber dans mon giron avant de m'asseoir dessus.

À la sortie du pub, alors qu'il attendait le car qui le ramènerait à Waterford, mon père m'a prise dans ses bras et s'est dit ravi d'avoir fait connaissance avec Ciaran.

« Et… vous êtes toujours comme ça, prévenants l'un envers l'autre ? m'a-t-il demandé, et la pensée que nous avions donné cette impression, que nous étions capables d'une chose pareille, m'a transportée de joie, puis j'ai vu que ce n'était pas tout, il y avait aussi dans son expression une insistance discrète, la mine qu'il affichait quand j'étais adolescente et qu'il exigeait des explications de ma part sans vouloir me forcer la main.

– Oui, ai-je répondu. Toujours. »

Alors il m'a donné un baiser tiède et sec, maladroit, qui a atterri entre mon œil et ma bouche, et je suis revenue sur mes pas pour rejoindre Ciaran au pub.

Octobre 2013

1

Nous sommes allés voir un film au Screen, le vieux cinéma dans Hawkins Street, un samedi soir. Cette sortie en tête à tête, je l'avais attendue avec impatience toute la semaine, je comptais me faire belle pour l'occasion, finir par un verre après. Nous nous y sommes rendus à pied, Ciaran était détendu et d'humeur bavarde, il a ôté un bras de son pardessus et drapé la manche sur mes épaules, nous piégeant ensemble à l'intérieur, et nous nous cramponnions l'un à l'autre comme si nous participions à une course à handicap, avec les jambes attachées. Nous agacions les passants sur le trottoir et leur réaction nous faisait rire bêtement.

Le film était un thriller qui castagnait, une histoire de drogue, avec Brad Pitt, et derrière nous un groupe d'ados poussaient par moments des cris stridents et explosaient de rire quand on leur demandait de se taire. J'ai senti la bonne humeur de Ciaran s'évaporer, son corps se crisper, un paquet de nerfs à vif. À tâtons j'ai cherché sa main pour le rassurer d'une caresse et il l'a laissée posée là, tiède, indifférente, inerte sous mon exploration.

Chaque fois que les garçons lâchaient un nouveau bruit mon estomac se tordait et je ne pouvais m'empêcher de lancer à Ciaran des regards à la dérobée, jusqu'au moment où il a sifflé entre ses dents : « Arrête de me mater » et il a retiré son bras. Les yeux braqués vers l'avant, en proie à la panique, j'étais à deux doigts de lui proposer de quitter la salle, mais le chahut a cessé et je me suis dit que la soirée n'était pas encore irrémédiablement gâchée, alors ils se sont remis à hululer devant les seins d'une actrice ou une montagne de cocaïne.

« Tu veux qu'on bouge ? » ai-je chuchoté.

Il a fait la sourde oreille.

Une heure durant je suis restée ainsi, tétanisée, traversée par la conscience douloureuse de chaque seconde qui s'égrenait, guettant le hurlement suivant. Lorsque les gamins ont entrepris d'escalader les sièges qu'ils occupaient, mais aussi les autres rangées, et de se jeter de la bouffe, Ciaran s'est retourné en s'exclamant : « Ça vous dérangerait de la boucler ? » J'ai fermé les yeux de toutes mes forces tandis qu'il se faisait huer, ils ont répété ce qu'il venait de dire en singeant son accent, avec des ricanements incontrôlables. Comme d'habitude il n'a pas pu supporter qu'on se moque de lui, c'était intolérable, il s'est mis debout et a gagné la sortie, celle qui était à l'opposé de moi, pour éviter de me mêler à cette histoire, de me prendre par la main pour m'emmener avec lui ou de m'enjamber. Je l'ai suivi, me sentant tressaillir sous les vantardises victorieuses de la meute d'ados.

Il était dehors, en train d'allumer une cigarette.

« Je suis vraiment désolée, lui ai-je dit.

– Désolée de quoi ? »

Je n'en avais pas la moindre idée.

« On va boire un verre ? ai-je suggéré, glissant un bras sous son manteau pour le prendre par la taille.

– Laisse tomber, on est samedi soir… À cette heure ça va être plein de crétins partout. »

Je me suis abstenue de dire que ce samedi soir n'avait pas changé depuis le film, qu'il avait accepté de bonne grâce de sortir boire un verre avant et que nous nous étions même mis d'accord sur le bar où nous comptions nous rendre.

« Alors on pourrait se chercher à manger et du vin avant de rentrer ? Regarder quelque chose chez nous, mettre des disques ? »

Le désespoir me gagnait peu à peu, ça s'entendait à ma voix.

« Mais d'où tu sors cette idée ? On a dîné avant le ciné, pourquoi tu veux remanger ? »

Je ne voulais pas manger, ni même boire, pas particulièrement, j'avais surtout envie d'une activité à deux qui saurait faire revenir sa bonne humeur, qui donnerait un minimum de structure à la soirée et lui permettrait de finir sur une note positive, une bonne baise, effacer cet épisode et le rendre tolérable. Nous avons regagné l'appartement en silence. Je lui ai pris le bras, il ne s'est pas dérobé.

« Ça va ? ai-je demandé au bout de quelques minutes.

– Ça va très bien, a-t-il rétorqué, le regard braqué devant lui.

– D'accord ! C'était histoire de vérifier. »

À la maison il s'est changé, il a mis ses vêtements moelleux, il a sorti un livre et de quoi se rouler un joint.

« Je nous prépare du thé ?

– Comme tu veux, a-t-il répondu, affable maintenant qu'il était rentré.

– Tu en veux, toi ?

– Moi, je m'en fous.

– J'en prépare, à condition que tu en boives aussi.

– Pourquoi ?

– Est-ce que ça va ? ai-je insisté.

– Putain, je te dis que ça va ! Merde ! »

Je lui ai tourné le dos, je suis allée faire le thé. Lui s'est plongé dans son bouquin.

« C'est à cause de moi ? ai-je demandé au bout d'un moment de flottement.

– De quoi tu parles ?

– Tu as l'air fâché contre moi. »

Il a gardé les yeux fixés sur sa lecture.

« Je ne suis pas fâché contre toi. Je n'ai rien du tout contre toi.

– Pourquoi tu ne me parles pas, alors ?

– Pourquoi je devrais te parler ? Ce n'est pas parce que je ne suis pas fâché que je suis obligé de te parler. Je dois jacasser du matin au soir ou quoi ? On vit ensemble, je suis là tout le temps, je ne peux pas parler non-stop sous prétexte que tu t'ennuies et qu'il te faut une distraction. Sérieux, parfois j'ai l'impression de vivre avec une gamine de deux ans. »

J'ai hoché la tête, car il avait raison. Ensuite j'ai fondu en larmes.

« Excuse-moi, Ciaran. Excuse-moi, sincèrement.

– Tu pleures pour quoi, au juste ? C'est dément, tu t'en rends compte ? Tu pleures toute seule, sans aucune raison qui tienne la route. Tu pleures parce qu'il n'y a pas trace d'énervement chez moi.

– Pardon, pardon, oui, je sais. Seulement… s'il te plaît, est-ce que tu pourrais s'il te plaît, s'il te plaît… »

Et parce que je ne savais pas comment finir ma phrase, que je ne savais pas ce que j'implorais, j'ai poursuivi sur cette lancée, j'ai supplié et j'ai continué à supplier, encore et toujours.

2

Ma mère m'a téléphoné, elle voulait savoir à quelle date j'allais lui rendre visite à l'occasion de mon anniversaire en novembre. Chaque année je rentrais le fêter avec mes parents et nous organisions un dîner à trois, ils avaient maintenu ce rituel depuis leur divorce et ils en profitaient pour s'envoyer des tacles pas trop méchants sur un ton que j'ai appris, avec le temps, à trouver comique et réconfortant. Ça me faisait du bien de me rappeler qu'ils avaient constitué par le passé un couple, qu'ils n'avaient pas toujours été ces versions désormais immuables d'eux-mêmes, enkystées dans l'âge mûr.

Ça faisait du bien, aussi, de céder à cette partie de moi qui contemplait nos retrouvailles avec nostalgie – un scénario que je ne voulais pas forcément voir se concrétiser, mais que j'envisageais comme j'envisageais Dieu et le paradis, de façon abstraite, sans substance réelle mais sacrés. Je ne voulais pas que ma mère quitte Stíofán, ni qu'elle supplie mon père de la reprendre et s'installe avec lui ; je visais seulement un idéal familial platonique et sans aspérité. J'y songeais quand je songeais à la mort ; si je devais mourir, j'allais vouloir m'attabler avec eux une dernière fois, partager un repas en tant que cellule familiale, si c'était possible une dernière fois je quitterais ce monde apaisée et comblée.

J'ai dit à ma mère que je ne savais pas trop à quelle période je pourrais me libérer. Je m'étais mis en tête que Ciaran et moi devions partir en week-end, une expérience que nous n'avions jamais vécue à deux.

« Ça te tenterait de faire une virée quelque part ? » lui ai-je demandé au lit un soir. Je l'avais couvé d'un regard affectueux tandis qu'il feuilletait un magazine torse nu, les lunettes sur le nez, les cheveux mouillés, à s'en lécher les babines.

« Fauché comme les blés », a-t-il répondu sur un ton enjoué. Il donnait parfois l'impression de se réjouir de gagner si peu, de tirer fierté de sa capacité, bien supérieure à la moyenne, à se passer du confort moderne et du luxe.

« On n'est pas obligés de partir à l'étranger. On pourrait organiser un week-end quelque part en Irlande », ai-je ajouté, et j'ai entortillé autour de mon doigt une boucle de cheveux à la base de sa nuque, puis je l'ai relâchée avec douceur, et j'ai recommencé. Ce creux dans son sternum – je me suis penchée et j'ai fourré mon nez dedans.

Il a détaché le regard du magazine et il a souri lorsqu'il m'a vue m'agiter autour de son corps.

« Tu sais, ça m'arrive de me dire que je devrais explorer l'Irlande. C'est bête de venir s'installer dans un autre pays et de ne pas bouger de chez soi, pas vrai ? À part ici et chez mon père, je ne suis allé nulle part.

– Mais carrément ! » ai-je lâché, surexcitée à présent, gagnée par l'ivresse que déclenchait toujours la perspective d'un week-end, synonyme de maturité.

Peut-être qu'on emporterait un thermos pour le train, peut-être que je mettrais une tenue spéciale – et si j'étais du genre à porter un chapeau ?

Le lendemain au travail j'ai consulté des sites web qui proposaient des voyages à prix discount et des promos sur des séjours à l'hôtel, j'ai fini par réserver deux nuitées dans un bed & breakfast à Galway, qui coïncidaient avec le week-end de mon anniversaire. J'ai fourré dans un sac mes affaires pour nager – je m'enorgueillissais de me baigner dans l'océan quelle que soit la saison – et une robe noire que je venais d'acheter, avec un décolleté profond et des boutons en nacre à la taille. Durant l'aller j'ai éprouvé un bonheur presque douloureux en voyant Ciaran aussi joyeux.

« J'adore le train », murmurait-il sans cesse, cramponné d'une main à la fenêtre, fou d'excitation, regardant le paysage défiler, me serrant le genou de l'autre main. Je le dévorais des yeux et, quand il pivotait dans ma direction, il se mettait à loucher et souriait plus largement encore, pour tourner sa propre joie en dérision. Nous avons fait des mots croisés ensemble, nous avons bu du café et mangé des barres chocolatées, et il a eu cette remarque :

« Pourquoi le café va si bien avec tout ce qui est sucré ? »

À Galway le froid était mordant et le ciel dégagé, une

splendeur. J'ai proposé de passer par la plage tant qu'il faisait encore jour, et sur le front de mer, en chemin vers Salthill, j'ai vu que Ciaran était aux anges. Je me suis rappelée qu'il avait, en réalité, une connaissance très limitée de l'Irlande. Il consacrait son temps à s'agacer des petites misères que lui infligeait Dublin, des galères ordinaires vécues dans n'importe quelle ville, sans rapport avec un lieu spécifique.

« On devrait voyager plus souvent », a-t-il déclaré.

Au bout de la promenade, arrivée au plongeoir de Blackrock, j'ai enlevé mon sac à dos puis mon manteau, et il s'est esclaffé.

« Tu n'es pas sérieuse, tu ne vas quand même pas piquer une tête ? »

Haussant les sourcils, je me suis déshabillée, j'avais mis un bikini sous mes vêtements, et entre deux plaisanteries il a essayé de me protéger de son manteau. On se les gelait vraiment et, seule, j'aurais jeté l'éponge, mais son incrédulité m'inspirait une bravade hystérique, hors de question de faire machine arrière. Un couple âgé qui se promenait a assisté à la scène, j'ai ri de l'attention qu'ils m'accordaient et de la morsure du vent au contact de mon corps dénudé, je me suis mise à courir et j'ai sauté.

Quand je suis remontée à la surface j'ai avalé à grandes goulées un air récalcitrant et j'ai barboté en attendant que mon cœur ralentisse, puis j'ai fouetté l'eau à deux bras, quelques minutes, pour la forme. J'ai levé la tête, il me souriait depuis le plongeoir et il a crié :

« *Brava ! Brava !* »

Il m'attendait à la sortie de l'eau, il m'a enveloppée dans une serviette, puis dans mon manteau, et il a passé la langue sur mes oreilles, en léchant l'eau salée, avant de me dire :

« Tu es magnifique. »

Nous avons hélé un taxi qui nous a conduits au bed & breakfast, un peu plus à l'écart de la ville que je ne l'avais imaginé mais rien à redire une fois sur place. Nous avons pris une douche et enfilé les peignoirs moelleux, quelques minutes à peine, afin d'en savourer la nouveauté, puis nous nous sommes embrassés et nous avons retiré les peignoirs pour mieux nous agripper l'un à l'autre. Quand j'ai voulu insinuer ma main plus bas, il m'a dit :

« Non. Je veux qu'on garde ça pour tout à l'heure. Je veux que tu en aies envie toute la soirée. »

Alors ma tête s'est mise à tourner. Je me suis mordu la lèvre et j'ai pris une brusque inspiration.

Il avait emporté des vêtements de qualité et je l'ai regardé s'habiller, émue, avec une chemise bleu clair, belle et satinée, et une cravate blanche, un parangon de séduction, d'élégance et de virilité, mais en même temps d'une délicatesse déchirante, à tel point que j'aurais aimé le photographier, ou le peindre, lui demander de prendre la pose pour moi toute la soirée au lieu de sortir. On aurait pu se servir de lui pour illustrer l'excellence dans tous les domaines, comme une incarnation de l'idéal masculin.

J'avais réservé une table dans un établissement tenu par une amie de Lisa, une femme dont le charme excentrique était si intense qu'on en avait les larmes aux yeux, j'étais à peine capable de lui adresser deux mots. Le genre de personne qui organisait des dîners de gala auxquels assistait le gratin, des convives à la beauté hors du commun, dans des tourbières et des casernes abandonnées, en accommodant ce qu'elle avait cueilli dans un rayon de quinze mètres. Je lui ai parlé d'elle pendant que nous cheminions, il m'a répondu :

« Attends, son nom me dit quelque chose ; elle collabore avec un artiste qu'on a interviewé pour la revue le mois dernier. »

Je me suis sentie intelligente et fière d'avoir accompli une chose reliée à ses centres d'intérêt, et par le hasard le plus complet. Au cours du dîner il a admiré la salle sobrement meublée avec ses quelques tables. « Ça rappelle les restaurants à Copenhague », m'a-t-il dit, et il a mangé avec joie, bien que étourdiment, tout ce que proposait le menu dégustation. Si Ciaran ne mettait pas dans la nourriture le même enthousiasme que moi, m'étais-je dit en choisissant l'endroit, il serait capable d'apprécier l'esthétique de l'assiette, l'agencement ingénieux des brindilles vrillées et des aliments dont on ne soupçonnait pas qu'ils puissent se préparer en saumure, et des minuscules mollusques dont je découvrais l'existence.

Dans la rue, à la sortie du restaurant, éméchés à cause des cocktails aux algues à forte teneur en alcool, j'ai demandé :

« Quoi maintenant ?

– Allons prendre un verre. Je veux boire un coup dans un de ces vrais pubs restés dans leur jus, avec leurs alcôves et leurs banquettes à l'ancienne. »

Je l'ai emmené au Tigh Chóilí et, pendant que nous attendions qu'un serveur prenne notre commande, il est resté debout derrière moi, un bras autour de ma taille, une main me caressant les cuisses sous ma robe, ce qui me faisait rougir, me faisait tourner la tête, et c'est là que je l'ai vu. Un type que je connaissais de Waterford et avec qui j'étais sortie de façon sporadique à la fin de l'adolescence – et avec qui j'avais couché par la suite quand je rentrais pour Noël ou l'été, à l'occasion d'un festival –, ce type, donc, se chargeait du service au bar. Il s'appelait Michael, il était un peu plus âgé que moi, quelqu'un de gentil sans être non plus une flèche, qui jouait de la batterie et qui aimait lever le coude, pote avec les amis que j'avais gardés là d'où je venais, adorable avec moi.

« Michael ! » ai-je lâché, et j'ai eu le réflexe de retirer, d'un geste brusque, la main de Ciaran qui s'attardait sous ma robe.

Nous avons discuté trente secondes, pas plus – il avait posé ses valises à Galway, oui, c'était une ville qui bougeait pas mal, le temps passe plus vite comme ça, mais : je peux avoir deux pintes de Guinness ? – et je me suis retournée tout sourire vers Ciaran, le cœur battant la chamade. Je craignais de trouver sur sa figure ce que j'allais forcément trouver, tout avait été gâché en l'espace d'une minute et j'allais passer le restant de la soirée à batailler pour ressusciter la bonne ambiance et, au bout du compte, échouer. Nous sommes restés là sans parler, bousculés par la cohue, à attendre nos pintes, puis nous sommes allés à l'écart nous adosser à un mur.

« C'était qui ? a-t-il voulu savoir.

– Un ami de Waterford.

– Pourquoi tu t'es éloignée de moi quand tu l'as vu ?

– Je ne me suis pas... je...

– Mais si, si. Tu t'es écartée à la seconde où tu l'as aperçu. C'est un mec que tu te tapes ?

– Non, non, rien à voir.

– Un mec que tu t'es tapé, alors ? »

La langue nouée, j'ai piqué un fard.

« Tu es toute rouge, a-t-il fait remarquer, des accents moqueurs dans la voix. Tu te l'es tapé ?

– C'est rien, c'est pas quelqu'un d'important.

– Comment ça, rien ? C'était rien quand tu t'es envoyée en l'air avec lui ? »

J'ai posé les yeux sur lui, opinant muettement, malheureuse comme les pierres.

« Incroyable, a-t-il conclu.

– Pas la peine d'en faire une montagne, Ciaran ; toi aussi tu as couché avec d'autres filles, non ?

– Si, et pourtant on ne les croise pas dans des endroits complètement improbables, elles ne sont pas assez nombreuses pour surgir dès qu'on fout les pieds dans un bar.

– S'il te plaît.

– S'il te plaît quoi ? »

Nous sommes restés seuls avec nos verres quelques minutes dans un silence asphyxiant.

« Je m'excuse. On pourrait oublier tout ça et passer une soirée agréable, s'il te plaît ?

– Bien sûr », a-t-il répondu, mais il a refusé de m'adresser la parole ou de me regarder et, une fois notre pinte vidée, il a voulu retourner au bed & breakfast. Nous n'avons pas trouvé de taxi et le retour à pied nous a semblé interminable, nous avons coupé à travers des champs boueux, dans le noir le plus complet.

« Qu'est-ce qui t'a pris de réserver une chambre aussi loin ? On n'aurait pas pu rester en ville ? » s'est-il agacé, et j'ai essayé de ne pas me répandre une nouvelle fois en excuses, car cela n'aurait fait que mettre de l'huile sur le feu.

Finalement nous sommes montés dans notre chambre, où il s'est mis nu et a éteint sans attendre que je me sois déshabillée, je l'ai rejoint dans le lit avec précaution, alors qu'il me tournait le dos, et j'ai tendu la main pour le toucher. J'ai pétri ses épaules nouées, caressé son cou, puis je me suis rapprochée et j'ai enroulé un bras autour de ses hanches avant de le glisser sous son T-shirt.

« Arrête, a-t-il lâché, immobile. Et dors.

– Comment veux-tu que je dorme si tu es fâché contre moi ?

– Je ne suis pas fâché contre toi.

– Si tu n'es pas fâché, pourquoi je n'ai pas le droit de te toucher ?

– Pas envie que tu me touches. Pas envie, ça suffit comme raison, non ?

– Bien sûr, mais quand même, on en discute et on trouve une solution. »

Il ne m'a pas répondu, la respiration égale et profonde.

« Dis-moi simplement à quoi tu penses, là tout de suite, et on va arranger ça. »

Rien.

Il faisait comme si je n'existais pas, et cette insulte m'a frappée de plein fouet, j'ai esquissé un mouvement de recul, détaché mes mains de son corps et regagné mon côté du lit. Là je me suis mise à pleurer, pleine de reproches dirigés contre moi-même et de chagrin face au gâchis de ce week-end, sans bruit au début puis, à mesure, avec de grosses larmes et des reniflements.

J'ai senti qu'il ne dormait pas et j'ai redouté, ou espéré, des reproches parce que je chouinais et que je faisais du bruit, mais il est resté dans cette position, le dos tourné, élancé, tendu, dénué de toute expression.

3

Je ne compte plus les soirées que j'ai passées pliée en deux sur le carrelage de la salle de bains. Je ne m'enfermais pas pour me protéger de lui. Je m'y planquais quand je l'avais adjuré de me pardonner, de me répondre, de prendre acte de ma présence, et qu'il me le refusait. Cela durait parfois des heures et, pour nous punir l'un et l'autre de cette humiliation, je m'enfermais dans la salle de bains et je me mutilais.

Je l'imaginais frapper à la porte, s'inquiéter : « Qu'est-ce que tu fabriques là-dedans ? Je t'en prie, ne te fais pas de mal. »

J'aurais aimé qu'il ait le même geste qu'un de mes ex il y avait des années de cela – l'ex en question avait saisi mes avant-bras couturés de cicatrices et couverts de croûtes pour les rapprocher, à l'époque ils étaient aussi décharnés et pâles que des brindilles fossilisées, et il avait planté son regard dans le mien avant de déclarer : « Promets-moi de ne plus jamais recommencer. »

4

Ou même qu'il réagisse comme avait réagi une fois, dans un grand magasin, un employé qui s'était détourné de moi tellement je lui inspirais de dégoût.

J'avais quinze ans, par là, j'étais en virée shopping avec des copines et plus hermétique que jamais à la douleur, une forme de folie furieuse. Quoi que je fasse, rien ne semblait m'affecter.

Quand l'employé est passé à côté de nous d'un pas léger, proposant des échantillons d'un parfum de chez Marc Jacobs (lequel faisait partie intégrante, je m'en souviens, de la beauté cauchemardesque qui a régi cette période de ma vie, les icônes anorexiques de ma jeunesse qui décoraient mes murs, leurs longues jambes, le glamour à motif fleuri et vaguement malsain qui contaminait tout ce qui entrait en contact avec lui, Mischa Barton, Nicole Richie, ces filles qui mettaient du 32 et avaient le dernier sac à la mode en format XXL), mes copines ont accepté sans mot dire, n'y prêtant qu'à moitié attention, explorant le rayon de leur main restée libre, distraitement.

Je les ai imitées, présentant sans réfléchir mon poignet à cet homme, les yeux vissés sur une robe à plumes que je convoitais, lorsqu'il a voulu me parfumer il a relevé ma manche avec douceur et appuyé sur le vaporisateur, un automatisme, et il a remarqué trop tard les plaies ouvertes dans lesquelles il pulvérisait le parfum.

Il a lâché un petit cri et m'a dévisagée avec une répugnance mêlée de curiosité, alors j'ai retiré mon bras d'un geste brusque et baissé la manche pour cacher les entailles, qui brûlaient au point que j'ai senti monter une bouffée d'angoisse. J'ai continué mon tour dans les rayons, souillée par le jugement que j'avais perçu dans son regard.

5

Mais de Ciaran, rien n'est venu. Non, rien n'est venu, et je n'éprouvais plus cette rage percutante qui m'avait poussée à me mutiler par le passé. L'instinct m'avait rendue vulnérable, je m'étais mise en mode autoprotection, et l'époque où je m'entaillais de manière irréfléchie, sans redouter la douleur déclenchée chaque fois que je prenais une douche ou que je m'habillais dans les jours qui suivaient, cette époque était révolue.

Au-dedans de moi ça bouillonnait, ça se fragmentait et ça se multipliait pendant que lui était assis à cinq mètres, à regarder par la fenêtre et à fumer paisiblement, un livre sur les genoux, un horizon illimité de calme, de silence. Une grande peur enflait dans ma poitrine alors que j'étais accroupie là, recroquevillée sur moi-même, sur mon corps que je jugeais coupable de tout ce qui me tombait dessus. Dans ces moments-là j'étais persuadée que si je me faisais plus petite, encore plus petite, insignifiante, si on pouvait me ranger dans un coin, alors il m'aimerait totalement et comme il fallait aimer ; que n'importe qui – oh, tout le monde, n'ayons pas peur des mots – agirait de même.

Je le savais, cela me paraissait aussi évident, aussi indiscutable que les lois de la science, que la nature, que le fait d'avoir un corps, et je sombrais dans la folie. Ça crépitait dans mon cerveau, sa proximité et son caractère irréalisable me frustraient – parce que l'expérience m'avait appris que même l'approche pratique, à base de calories, de glucides et de séances d'abdos, n'aboutirait jamais à des os assez saillants, à une taille assez fine pour me permettre d'aller aussi loin que je souhaitais me projeter.

6

Tout bien considéré, je ne peux pas dire que les bons moments passés avec Ciaran l'emportaient sur les mauvais, et que je m'accrochais à lui pour cette raison.

Je ne connais pas sensation plus agréable que de me réveiller au beau milieu de la nuit, tendre la main et marmonner, encore plongée dans un rêve : « Je t'aime tellement », quand la personne qui dort à mes côtés se tourne alors vers moi, un mouvement mémorisé par les muscles à force d'être répété, et me répond à travers la brume de son propre sommeil : « Moi aussi je t'aime. »

À ma connaissance aucune drogue, aucune amitié, aucune expérience culinaire ne se rapproche de cette sensation.

7

Au travail on me trouvait bizarre et on me traitait avec une méfiance amicale, pourtant j'étais d'une courtoisie sans faille, appréciée ou presque de mes collègues, toujours le sourire aux lèvres, toujours prête à acquiescer et à les écouter parler de leurs rejetons, ou à endosser les tâches de ceux qui voulaient partir plus tôt.

Quand je disais non aux boîtes de chocolats et aux biscuits qui faisaient continuellement le tour des bureaux, ils louaient ma maîtrise phénoménale et se sermonnaient pour leur gourmandise. Je leur répondais d'un large sourire et je levais les yeux au plafond, pour montrer que je ne me prenais pas au sérieux, et je retournais à l'écran de mon ordinateur (où je copiais-collais de longs articles dans des fichiers de traitement de texte et des e-mails, ce qui me permettait de passer des journées entières à lire tout en donnant l'impression de travailler).

Je ne savais pas quoi dire – en quels termes leur expliquer que j'aurais préféré couler un bronze devant eux plutôt que manger une praline. Comment expliquer une chose pareille, la honte que j'éprouverais à participer aux conversations autour d'un gâteau ?

Ou que j'aimerais mieux éviter qu'ils en sachent trop à mon sujet, en dehors de mon nom, du quartier où je vivais, du fait que j'étais plus ou moins compétente au boulot ?

Je ne voulais pas d'eux, je ne voulais pas de leurs commentaires poisseux et trop familiers. J'avais peur qu'ils voient ce que je mangeais, qu'ils découvrent ce que j'ingérais, car plus ils en apprendraient à mon sujet, plus je me verrais forcée d'habiter avec sincérité le rôle que j'interprétais et plus il deviendrait ardu de discerner la différence entre moi au travail et moi à la maison.

8

De temps en temps mon amie Christina me téléphonait. Je les voyais, elle et quelques-uns de mes amis, une fois par mois, peut-être deux, toujours après le travail et jamais plus de deux heures. Quand je leur faussais compagnie je ne leur disais pas pour quel motif je devais m'éclipser, ni où, et ils ne me posaient pas non plus la question.

Elle m'a appelée un vendredi soir, je n'avais rien de prévu, je venais de rentrer, j'étais en train de préparer ma bouteille de vin, mon paquet de cigarettes, mon ordinateur portable et mon téléphone avant d'aller me pelotonner sur le canapé, boire, traquer Freja et m'infliger une émission de merde.

« Allez, c'est pas grand-chose mais il y aura tout le monde et ça serait cool que tu viennes. Ça fait combien de temps que tu n'es pas sortie, vraiment sortie ? »

Nous savions elle comme moi qu'il s'était écoulé un an, voire plus, depuis la dernière soirée que j'avais passée avec une personne autre que Ciaran.

« Viens chez moi, on peut se préparer ensemble et boire

des coups avant d'y aller. De toute façon tu es obligée, Lisa est rentrée de Berlin. »

Cette information, l'irruption de Lisa dans mes pensées, a déclenché en moi une drôle de douleur méditative.

L'impression que nous avions habité sous le même toit dans une autre vie. J'ai revu sa bouille rigolote, sa veste en cuir dont émanait une odeur de terre, cette façon qu'elle avait de bomber le torse en marchant, touchante et incongrue par rapport à son petit gabarit. J'ai pensé à la dynamique de notre cohabitation. Nous étions autonomes, capables de rester des journées entières sans nous adresser la parole, moi qui lisais sur le canapé, elle qui dessinait à la table, avec les cigarettes qui circulaient de l'une à l'autre. Et pourtant nous jouissions aussi de notre indépendance. À nous deux, nous représentions une force qui enrichissait le silence, qui faisait des pièces que nous partagions un foyer. Nous avions réalisé ensemble ce qu'avec Ciaran je n'avais jamais réalisé.

Mais il n'empêche. Je ne pouvais pas sortir. Ciaran ne pouvait pas trouver l'appartement vide à son retour ou, pire, me trouver, moi, complètement bourrée.

« N… non, ai-je répondu d'une voix chevrotante – et le soupir impatient que Christina a poussé à l'autre bout de la ligne ne m'a pas échappé.

– Alors dis-moi comment tu vas t'occuper. Je veux savoir ce que tu vas faire de ta soirée. »

Et j'ai fermé les yeux, j'ai respiré lentement et je l'ai écoutée dérouler le programme exact de sa soirée à elle, même si je le connaissais déjà.

Elles allaient boire du vin et du prosecco dans l'appartement de Christina, elles allaient se maquiller. À 22 heures viendrait le moment de descendre au pub, d'y fumer des Marlboro menthol, d'écluser des rhums-Coca, des gin-tonics ou encore des verres de blanc. Il leur suffirait de tourner le coin pour se rendre au club ouvrier et d'y rester jusqu'à la fermeture, à condition que l'endroit ne grouille pas de connards et qu'un ex ne se pointe pas avec sa dernière conquête. Elles dépenseraient sans compter pour des cocktails mal mixés.

Sur le chemin du retour elles feraient un crochet par DiFontaine's et se paieraient une part de pizza. Les employés mettraient la musique à fond et les laisseraient faire leur truc, comme un petit after, tant que l'ambiance restait bon enfant.

Ensuite, si tout le monde était partant et pas trop fatigué, elles finiraient leur soirée dans l'appartement de quelqu'un, elles s'enverraient des pilules ou des rails de coke et elles reboiraient du vin, elles écouteraient de la musique, fumeraient un million de cigarettes et s'effondreraient pêle-mêle sur le canapé, en riant et en dansant, et peut-être que certains s'embrasseraient, et elles prolongeraient la soirée jusqu'à 6 ou 7 heures du matin, et si c'était toujours la bonne ambiance l'un d'eux ferait un saut à la supérette pour se ravitailler en alcool et elles tiendraient comme ça toute la journée, ou alors elles dormiraient un peu, quelques heures, elles se lèveraient péniblement à midi pour aller chercher à manger, toutes débraillées et le mascara qui bavait, elles procéderaient à l'inventaire des conneries faites la veille, et elles se marreraient un bon coup.

Christina a arrêté de parler et il y a eu un petit déclic à l'instant où elle a raccroché.

9

Un lundi soir j'étais en train de peler des pommes de terre au-dessus de l'évier, j'allais les couper à la mandoline en fines tranches pour recouvrir le dessus d'une tourte dont j'avais trouvé la recette dans le journal le samedi. Le week-end avait été d'un calme inhabituel. À un moment, Ciaran avait arrêté de me parler ou de réagir sans que j'en connaisse la raison, et ce coup-ci cela ne m'a fait ni chaud ni froid, je suis partie lire dans la chambre. Le lendemain matin il s'est montré affable et affectueux et je me suis dit avec indifférence que le balancier de ses humeurs m'échappait totalement.

J'étais rentrée du travail fatiguée, ce lundi-là – j'avais dû assister à des réunions et prendre la parole, plus que d'habitude –, et j'avais mal au dos parce que j'étais toujours voûtée au-dessus de mon écran, les épaules crispées, je m'en rendais compte seulement à l'heure de partir et j'avais la sensation que mes muscles s'étaient scellés ensemble, qu'il faudrait un pied-de-biche pour les séparer.

Une douleur sourde s'est propagée à la base de mon dos alors que je me tenais debout devant l'évier et la fureur m'a envahie. Je ne voulais pas rester plantée là, seule, et préparer à manger pour un autre. J'avais le besoin extrême, viscéral, comme une toxicomane en manque, de m'acheter une pizza surgelée et une bouteille de vin, et de ne penser qu'à moi.

J'aspirais avec une violence effroyable au néant de cette soirée, le genre de soirées que j'avais gaspillées par dizaines autrefois, avant de reconnaître qu'elles étaient un luxe.

C'est une colère particulière, quand on s'indigne de faire une chose que personne ne vous a demandée. Et les tâches ménagères catalysent une colère empreinte d'une impuissance singulière. Elle montait en moi, cette sensation que mon sang s'altérait lentement, à mesure qu'il circulait dans mon corps.

Avec chaque lamelle retranchée à la pomme de terre je les maudissais, lui et l'appartement, tout en restant lucide, c'était moi qui avais imploré le privilège – qui m'étais mise à genoux, littéralement, pour quémander – de vivre ici avec lui, de mener cette existence même. Moi qui tenais tant à nos habitudes casanières, à la monotonie rassurante de cette routine partagée, car cela me réconfortait de savoir que j'étais celle auprès de qui il s'endormait chaque soir.

Si j'étais debout là, au-dessus de cet évier, c'est bien que je l'avais appelé de mes vœux, j'avais réclamé jusqu'à cette pomme de terre gluante, celle-là et pas une autre, qui me glissait entre les doigts.

Je l'ai entendu rentrer, il était au téléphone. Il s'est débarrassé de son sac à dos, il a suspendu son manteau et il est parti directement dans la chambre. J'ai délaissé quelques instants ma pomme de terre et j'ai tendu l'oreille. Je n'arrivais pas à distinguer ce qu'il disait mais j'ai compris, au timbre de sa voix, qu'il parlait à Freja.

Qu'avait-elle de particulier, cette voix ? Ce n'était pas un numéro de charme qu'il lui sortait, pas exactement. Sinon, cela m'aurait enhardie et j'aurais opposé mon veto à ces conversations qu'ils avaient de temps en temps.

Il employait un ton prudent, circonspect, tout en retenue. Mais, sous la surface, je décelais une douceur qu'il n'adressait qu'à moi le reste du temps, une frilosité proche de l'abdication absente de ses laïus habituels, prêts à l'emploi, qui pouvaient s'appliquer aux galeristes, aux artistes, aux journalistes ou à ses amis, en fonction.

Et c'était à la fois douloureux et fascinant à entendre, tellement c'était beau.

Je le distinguais mieux quand ses paroles ne m'étaient pas destinées, parce que je ne pouvais m'empêcher de les disséquer, de les ressasser, de surinterpréter ses propos ou d'y chercher la moindre trace de sarcasme. J'entendais sa réalité désormais dissociée de moi, et j'entendais aussi que Ciaran ne se réduisait pas à la facette froide et sévère de sa personnalité. Cette réalité-là m'emplissait de tristesse, car elle impliquait que j'étais incapable d'amener ces autres facettes à la surface ; ou, pire, que sa froideur atteignait une crête en ma présence, que cette crête ne serait jamais franchie.

Il prenait soin de ne pas faire sans cesse allusion à elle,

de se comporter comme si elle ne représentait pas grand-chose pour lui. Elle était reléguée brutalement au même rang que plusieurs amis restés au Danemark avec qui il échangeait encore de loin en loin. Ce qui parvenait à le piquer au vif et à le faire sortir de sa neutralité, c'était d'entendre des histoires sur sa vie sexuelle. Elle lâchait au détour d'une phrase qu'elle avait couché avec une de leurs connaissances communes, ou un ami racontait à Ciaran avec des accents rigolards dans la voix, et en brodant, ses exploits scabreux – elle avait été mise à la porte d'une discothèque où on l'avait surprise à genoux dans les toilettes des hommes, ou alors elle avait baisé un mec dans un parc, s'était essuyée puis était allée retrouver le mec suivant.

Il me confiait ces choses en fulminant et se demandait tout haut pourquoi elle n'arrivait pas à se ressaisir, pourquoi elle n'avait aucun amour-propre. Je ne savais jamais quoi répondre, écartelée entre l'envie d'alimenter son dégoût et l'horreur de constater que leur lien avait perduré. J'étais frappée de stupeur, aussi, à la perspective qu'elle soit là, à vivre sa vie, qu'elle couche à droite et à gauche, et qu'il ne lui retire ni son amour ni sa fascination. Moi j'étais ici, sous ce toit que nous partagions, aussi fiable et utile qu'un lavabo.

Je suis restée indécise tout au long de leur conversation, et lorsqu'il s'est mis à rire discrètement j'ai appuyé le tranchant de la lame contre mon pouce aussi longtemps que j'en ai été capable puis j'ai entamé la peau d'un geste vif. J'ai saigné dans la passoire pleine d'eau et de pommes de terre épluchées, et j'ai attendu que Ciaran émerge de la chambre, pour lui montrer que j'avais foutu le dîner en l'air.

« Pas grave, a-t-il dit avant de s'asseoir avec un livre. On n'a qu'à se faire livrer. »

Je me suis replacée face au gâchis dont j'étais responsable, furieuse, à deux doigts d'exploser tellement j'avais envie qu'il se mette en colère contre moi.

10

Ciaran n'aimait pas quand je me soûlais, je savais cela depuis toujours et je l'acceptais, comme j'acceptais son aversion pour les œufs, ou pour la littérature contemporaine – ses manies à lui. De toute façon, ça ne m'avait pas dérangé tout de suite. Car au début de notre relation, et au début de notre vie commune, je désirais en priorité lui faire plaisir et être aimée de lui. Pas seulement, mais cette ambition éclipsait toutes les autres, par conséquent les fois où j'avais envie de boire et pas Ciaran, je rangeais cette envie méthodiquement dans un dossier, et je ne m'en préoccupais plus.

Nous faisions des courses au Lidl en bas de chez nous un soir de novembre. Ciaran n'aimait pas m'accompagner et lorsqu'il venait il s'arrangeait pour m'agacer – une personne qui n'aime pas manger n'est d'aucune aide quand on lui demande son avis sur telle ou telle variété de salade – mais j'avais pris l'habitude d'insister pour qu'il vienne avec moi.

« Je vais m'ennuyer sinon », expliquais-je, mais ce que je laissais entendre, c'était : « Je veux que tu te fasses chier, toi aussi. »

Je ne voyais pas pourquoi il s'en tirerait à si bon compte.

(Il faut que je garde en tête, que je me le rabâche, qu'il n'avait jamais envie de m'accompagner, jamais, jamais – je devais le supplier.)

J'avais le planning des repas noté sur un papier, j'étais en train de cocher les ingrédients quand nous sommes passés au rayon vins et ça m'a titillée.

« Ça me tenterait bien d'avoir du vin au dîner, lui ai-je dit. Tu veux une bière, ou autre chose ? »

J'ai gardé les yeux braqués devant moi, explorant les présentoirs, pour éviter qu'il me réduise au silence d'un simple regard.

Je lançais un ballon d'essai.

Je voulais le forcer à expliquer clairement sa position.

« Non, a-t-il répondu, surpris, avec une pointe d'inquiétude – nous étions au beau milieu de la semaine, pas le week-end, où ce genre de suggestion aurait été logique de ma part. Ne prends pas de vin, on est mercredi.

– Pourquoi ? ai-je demandé, toujours sans le regarder, explorant de l'index les étiquettes des bouteilles de rioja.

– Parce que… ce n'est pas bon pour toi », a-t-il rétorqué, et lui aussi lançait un ballon d'essai.

J'ai vu cela comme une espèce de victoire.

C'était la première fois qu'il se trouvait à dire tout haut pourquoi il s'y opposait.

Je l'avais mis au pied du mur, contraint à étayer son raisonnement, à apporter un argument concret.

Je me suis retournée et je lui ai fait face, innocemment.

« Par contre ça ne te dérange pas que je fume ? »

Ciaran fumait. Ciaran était ce que ma mère qualifiait de « vrai fumeur », en d'autres termes il lui fallait sa dose de nicotine chaque jour, il était une boule de nerfs dès qu'il prenait l'avion.

Je fumais clope sur clope quand j'étais bourrée, je l'admets, mais entre deux cuites je m'en dispensais sans problème. Le tabac jouait pour moi le même rôle que l'alcool, c'était une forme de trêve par rapport aux ruminations et au quotidien, un petit écart qui mettait le point final à ma journée.

« Pourquoi ça ne pose pas problème que je fume, si ça pose problème que je boive ? ai-je poursuivi sur un ton neutre, tout en me délectant de son malaise.

– C'est... fumer, c'est mauvais pour toi, d'accord, mais l'alcool non plus ce n'est pas anodin, ça t'empêche aussi de fonctionner.

– Ce n'est pas une demi-bouteille qui va me filer la gueule de bois, ni même une bouteille entière. Ça va aller. Tu sais que j'ai un boulot pas très compliqué.

– Fais comme ça te chante », a-t-il conclu sur un ton agacé, puis il s'est dirigé vers les caisses à grandes enjambées. J'avais remporté une victoire, je le savais, même s'il allait me punir en boudant.

Au retour des courses je me suis servi un verre en m'affairant aux fourneaux et j'ai pris mon temps pour boire, une moue suffisante aux lèvres, pendant qu'il faisait comme si je n'existais pas.

Le dîner fini j'ai continué à boire et j'ai lu mon bouquin jusqu'à l'heure d'aller au lit, puis j'ai rincé avec soin la bouteille vide et je l'ai mise dans la poubelle de tri tandis qu'il m'observait depuis le canapé.

J'ai cru que cet épisode affaiblirait sa position, l'hypocrisie de quelqu'un qui fumait lui-même comme un pompier, mais au bout du compte ça l'a conforté. Il est revenu à la charge, l'impact de l'alcool sur la santé justifiant son aversion.

Il m'a envoyé par e-mail des études sur l'explosion des cas de cirrhose parmi les jeunes employées du secteur tertiaire, des graphiques détaillant le nombre de calories que contenait chaque verre selon le type d'alcool. Quand je m'attardais sur une ride naissante au coin de mes yeux dans le miroir, il se penchait par-dessus mon épaule et m'expliquait que l'alcool accélérait le vieillissement de la peau avant de planter un baiser mutin en haut de mon crâne.

Il n'a pas fallu longtemps avant que cette attitude contamine d'autres pans de notre vie. Il me grondait les matins où je prenais le bus au lieu de me rendre au travail à pied. Si je me plaignais qu'un vêtement n'était plus à ma taille, ou si je m'apitoyais sur mon sort et sur l'état de mon corps en plein coup de cafard, il m'expliquait patiemment que me convertir à un régime sans viande m'aiderait à perdre du poids – Freja était végétarienne, après tout.

Il est allé chez son dentiste se faire poser des plombages,

au retour il m'a chanté les louanges du fil dentaire et a tenté de m'y convertir.

« Pas envie », disais-je chaque matin en me libérant de sa poigne, et je tâchais de passer la porte avant qu'il mette ses chaussures et me rattrape.

Une fois, il s'est mis à hurler :

« Je m'en FOUS que tu en aies envie ou pas. Je veux juste que ça imprime, que ça finisse par imprimer : un jour tes putain de dents vont tomber et ça sera ta faute, pas la mienne. »

Par une froide matinée, un dimanche, nous nous préparions pour aller faire une balade dans le centre, un resto suivi d'un cinéma, et nous nous tenions côte à côte au-dessus du lavabo, lui se rasait, moi je me brossais les dents. Nous étions de bonne humeur, il m'adressait un clin d'œil dans le miroir chaque fois que nos regards se croisaient.

J'ai craché dans le lavabo, j'ai voulu rincer la mousse et c'est là qu'il m'a attrapé le poignet et l'a maintenu plaqué sur le robinet.

« Tu vois ?

– Q-quoi ? » ai-je lâché, effrayée.

Il s'est abîmé dans la contemplation du crachat puis, de l'index, il l'a exploré, l'a étudié à la loupe. Un fin ruban rouge vif traversait l'écume du dentifrice.

« Du sang. C'est du sang. La maladie. Voilà ce qui arrive quand on fait l'impasse sur le fil dentaire. Tu captes, maintenant ? »

Il a posé la main sur ma nuque, non sans bienveillance, et

il m'a forcée à me pencher au-dessus du crachat, lentement, il m'a presque mis le nez dedans, pour que je n'en rate rien ; à trois centimètres ; j'ai senti mon cœur se soulever.

Tu captes ?

11

À compter de ce jour je me suis mise à boire davantage en sa présence, une ou deux bières avant le dîner, je m'en étais fait une habitude, du vin en fin de semaine.

Ivre, je l'étais rarement, et ça faisait partie du jeu. Si je franchissais la ligne rouge et basculais dans l'ivrognerie alors qu'il n'avait pas bu une goutte d'alcool, j'en sortirais perdante. L'argument qu'il formulait implicitement serait avéré. Mais si j'arrivais à boire et à me tenir, sa démonstration tomberait à l'eau.

Je ne prétends pas que j'étais exempte de critiques. Je ne pratiquais aucun sport et j'étais aussi peu tonique, aussi molle, qu'au collège en cours d'EPS. Lorsqu'il me sermonnait à ce sujet (lui qui se rendait partout à vélo, qui était capable de courir sur plusieurs kilomètres), je n'avais d'autre recours que de baisser les yeux et de répondre : « Je sais, je sais. »

Mais avec l'alcool c'était différent. Si je l'avais poussé à m'attaquer de front, il n'en aurait paru que plus ridicule. Après tout j'avais un comportement irréprochable, c'en était comique. J'étais installée sur le canapé, plongée dans les suppléments du dimanche, je lui avais préparé un repas inventif et nourrissant, je m'étais servi un verre de vin qui se laissait boire, l'image du savoir-vivre, les uniques détails malvenus ou inconvenants se résumant à la rougeur provoquée par l'alcool et au frisson vaguement érotique de lui échauffer la bile.

Un soir je suis rentrée et je l'ai surpris alors qu'il vidait des bouteilles dans l'évier, j'ai ressenti une discrète délectation.

Quand j'ai réclamé une explication, il m'a répondu qu'il souhaitait instaurer de nouvelles règles sous notre toit.

Il tenait à ce que nous mettions un frein à la cigarette, je cite, par rapport à notre santé et parce que l'appartement empestait le tabac. Et comme je fumais uniquement quand je buvais, notre règlement revisité nous autorisait à fumer – et, par conséquent, à boire – un seul soir par semaine.

Un seul – à moi de choisir lequel.

« Toi aussi, dans ce cas ? ai-je voulu savoir.

– Oui, moi aussi, a-t-il répondu, et l'idée qu'il était prêt à s'infliger cette torture a fait monter dans ma gorge un rire que j'ai ravalé.

– Très bien. Bonne idée, chéri. »

Et j'ai déposé un baiser sur sa joue veloutée, frottant sa barbe naissante de la pointe de mon nez.

En général Ciaran rentrait une heure ou deux après moi et j'ai eu une révélation, ce décalage me laissait largement le temps de m'alcooliser avant son retour et je pouvais continuer en sa présence.

Par exemple, le soir où le règlement nous autorisait à boire, il était tout à fait envisageable de revenir du travail avec deux bouteilles de vin avant 17 h 30, de m'en envoyer une, de la jeter et de m'asseoir sur le canapé pour l'attendre avec un verre, soi-disant le premier de la soirée, et une cigarette déjà allumée.

La bouteille à peine entamée prouverait qu'il n'y avait pas anguille sous roche. J'étais parfaitement capable de dissimuler les manifestations de mon ébriété devant un amateur comme Ciaran, car par rapport à moi c'était un amateur.

J'ai donc mis mon plan à exécution. Les jours où je prenais du retard, la soirée virait au parcours du combattant. Je me rappelle avoir fini une bouteille de prosecco rosé en une seule gorgée hoquetante, l'œil rivé sur l'horloge, et être descendue en courant à la benne alors que le compte à rebours était enclenché.

Mais plus tard, à la fin d'un film ou d'une émission télé, lui ayant éclusé ses bières et moi, ma seconde bouteille, quand nous allions nous coucher, alors tous mes efforts en valaient la peine. Je fermais les yeux et je me laissais envahir par l'exquis vertige d'être ivre, en secret, en silence, et de n'éveiller les soupçons de personne, d'avoir su me dédoubler.

Ensuite il y a eu les samedis après-midi. J'ai commencé à m'inventer des rendez-vous avec des copines.

« Christina me propose d'aller prendre un café aujourd'hui », déclarais-je, ou encore : « Lisa est rentrée de Berlin, on va se faire un ciné et un resto. »

Il était en train d'écrire, de dessiner ou de remplir un formulaire, et c'était à peine s'il levait la tête pour me répondre.

Il m'est apparu qu'il ne m'empêchait pas de voir mes amis, malgré les hypothèses qui me traversaient parfois l'esprit, et cela m'a mise mal à l'aise. Il se souciait d'eux comme d'une guigne. Je me mettais moi-même des bâtons dans les roues.

Je me préparais, je me pomponnais, je me choisissais une petite robe, un gilet moelleux et des bottines, je mettais mon chapeau, du rouge à lèvres. Je fignolais mon maquillage, je me donnais rarement cette peine à présent, et je me rendais à pied dans une petite brasserie au pied du château de Dublin, Chez Max.

C'était notre repaire avec Lisa du temps où elle vivait à Dublin, nous venions boire des pichets de rouge, partager une soupe à l'oignon et des frites, griller des cigarettes à la chaîne.

Sur le trajet j'achetais deux journaux garnis de suppléments, je les disposais devant moi sur la table, je m'asseyais sous la lampe chauffante, je retirais mon manteau et je plaçais mes clopes à côté des journaux. Enfin j'adressais un hochement de tête aux serveurs, qui savaient déjà ce que je souhaitais commander. Je restais assise à cette place tout l'après-midi, je buvais du vin à petites gorgées, je fumais et je lisais.

J'avais droit à un traitement VIP parce que je venais souvent, seule, et que j'avais apporté un soin particulier à mon apparence. J'étais bien incapable de dire s'ils admiraient mes efforts ou s'ils les jugeaient pitoyables, mais je m'en moquais. Mes samedis après-midi, je les attendais avec impatience.

Pourquoi mes amies me servaient-elles d'alibi ? J'aurais

pu leur donner rendez-vous, elles n'avaient pas bougé de Dublin, elles étaient toujours disposées à me voir quand je lançais l'invitation.

Ce n'était pas que je n'avais pas envie de les voir. Je voulais créer un endroit en dehors de toute réalité. Créer quelque chose qu'il ignorait complètement.

12

Au fil du temps, coucher avec lui a perdu de sa saveur.

Son corps avait encore sa splendeur, il était sublime, pas la moindre imperfection. J'étais toujours capable de passer des heures à l'explorer, à m'émerveiller de sa grâce naturelle, de cet éclat de star de cinéma. Et oui, je l'admets, j'oubliais tout lorsqu'il était allongé là, endormi ou au seuil du sommeil, et qu'il me laissait enfouir mon visage entre ses cuisses fuselées et puissantes et le passer sur ses poils à la douceur démentielle. Sous mes caresses il donnait la sensation de n'avoir pas changé, il avait le goût qu'il fallait, il sentait tout aussi bon.

En parallèle je lui trouvais quelque chose d'artificiel, avec un côté poupée. Je me démenais pour réagir à son contact. Les caresses qui m'avaient fait autrefois vibrer des pieds à la tête, envahie d'une jouissance pure, me laissaient presque de marbre. Quelle sensation étrange, ses beaux doigts effilés qui m'effleuraient les tétons et le souvenir très net de l'époque où ce geste m'aurait étourdie de désir, alors qu'à présent j'y étais hermétique.

J'étais capable de mimer la passion, j'en avais appris les gestes il y a fort longtemps, mais je trouvais scandaleux qu'il ne reconnaisse pas les spasmes et les halètements d'un orgasme simulé. J'aurais tout aussi bien pu jouer la comédie depuis le début, ai-je pensé, il ne se serait rendu compte de rien, et j'ai éprouvé une fierté mêlée de frayeur face à ma solitude, au fait d'être restée une étrangère.

J'arrivais à mouiller seulement quand je lui taillais une pipe, je plaçais ses mains derrière ma tête et je l'encourageais à se servir de moi de cette façon-là. Je posais les yeux sur lui et je pouvais alors à retrouver une fraction de mes sensations passées : le pouvoir de ce rictus masculin plein de mépris, cet angle si fiable.

Il se montrait un peu brutal par moments mais je sentais que c'était par gentillesse, il savait que j'aimais ça.

Je lui avais confié un jour que cela m'excitait quand les hommes me prenaient à la hussarde, et je m'étais interrompue avant d'entrer dans les détails de mes préférences, ou du pourquoi de ces préférences, et de ce qui m'excitait là-dedans. Mais, parce que je l'avais dit une fois, il s'était mis en tête que je n'avais plus aucun secret pour lui, et ça m'embarrassait trop de remettre le sujet sur le tapis. Ça m'embarrassait de dire : Non, ça ne suffit pas.

De dire : Tu te donnes du mal, je m'en rends bien compte, sauf que c'est pire, pire de te voir réfléchir avant de me tenir dans une position ou une autre, de te voir prendre une décision et mettre à exécution ce qui, d'après toi, fonctionnerait le mieux pour moi.

Je veux que tu en aies envie, toi aussi. C'est le seul moyen de procéder. Je veux que ça te prenne de manière fluide et naturelle, comme quand on chasse une mouche, un geste enregistré par le corps.

Tu me détestes, pensais-je parfois, quand tu me vois boire, pleurer ou me mutiler, mais tu ne me détestes pas comme il faudrait.

Ton dégoût est un dégoût domestiqué. Ta répugnance – celle du mari moyen, j'en ai bien peur –, elle n'a pas le côté sexuel ni les paillettes dont tu faisais étalage à une époque, lorsque tu me dominais du regard, avant que je te tienne en bride.

2019, Athènes

Ma plus grande crainte, peut-être, c'est de me dépouiller de ma sexualité. Le sexe est un émerveillement car il y a peu de choses qui arrivent à déclencher une extase une fois atteint l'âge adulte. Une pure singularité qui ne laisse aucune place au cours ordinaire de la pensée. Tout ce que j'apprécie en particulier – le sexe, l'amour, l'alcool – fonctionne sur le même modèle.

Je sais que mes envies devraient compter. Mes désirs devraient avoir la même importance que ce que l'on pense quand on me regarde, mais ce qui me fouette le sang, tout ce qui me rend libidineuse, aussi vorace et violente qu'un homme, est relié à ma passivité. Toujours ce côté passif. L'initiative, je la prends rarement.

Plus jeune, à l'époque où je me jugeais encore hideuse, j'envisageais mon corps comme un corps que les hommes aimaient baiser, pas mater. Je m'en suis forgé une vérité par l'action de ma seule volonté en me dérobant à leurs regards. Je faisais l'amour dans le noir, après quoi je me couvrais, gamine maladroite et puérile, par conséquent ils ne m'ont jamais regardée pour de bon.

Un jour, j'avais dix-sept ans, j'ai exposé cette théorie pendant un voyage à Berlin à un homme appelé Luca. Lui était plus âgé, dans les vingt-cinq ans, et il faisait partie du même groupe de vacanciers que moi. Je le connaissais moins bien que les autres et ce qui m'a attirée chez lui, c'est son sourire narquois et arrogant, son rejet désinvolte de tout ce qui offensait son goût, bouquins, personnes, plats. Nous étions soûls, assis au bord d'un trottoir à Kreuzberg après la fermeture d'un bar, et je me suis épanchée dans un jaillissement de mots si sérieux que j'en paraissais stupide. Luca a donné l'air de compatir, offert des paroles anodines et réconfortantes.

Plus tard encore, notre groupe mis à la porte d'une autre discothèque, notre amie Sophie nous parlait de sa pratique du yoga, à quel point cela l'avait affûtée, fortifiée, quand Luca s'était tourné vers moi pour me dire : « Peut-être que toi aussi, tu devrais te mettre au yoga », avant d'afficher un sourire au ralenti, et cette cruauté tout en désinvolture m'avait frappée de stupeur, tant et si bien que j'avais versé des larmes dans mon gobelet en carton rempli de vodka.

Je m'étais éloignée d'une démarche vacillante, errant sans but jusqu'au moment où j'avais trouvé un carré d'herbe et je m'étais effondrée en me complaisant dans mon désarroi absurde. Une vieille femme burinée qui portait plusieurs manteaux malgré la douceur des petites heures de ce mois de juillet s'est assise à côté de moi et m'a tendu sa bouteille de gnôle. « À cause d'un mec ? » m'a-t-elle demandé, et j'ai fait oui de la tête, même si elle s'attendait sans doute à une histoire d'un tout autre genre. Le lendemain soir, sans surprise, je me suis envoyée en l'air avec Luca.

C'était le type d'erreur que je commettais constamment, cherchant à être validée par le regard des pires mufles, ce qui signifie sans doute que je cherchais au plus profond à confirmer mes peurs au lieu de faire l'autruche. Luca et d'autres m'ont confirmé que j'étais véritablement venue au monde pour me faire exploiter, pour me plier aux désirs les plus vils – pas pour qu'on se délecte de ma vue, ni pour être belle ou parfaite. Donc je pouvais m'appuyer sur le sexe, l'expression incontestable de la fonction que je remplissais. J'ai appris à l'apprécier, assez pour compenser cette beauté dont j'étais privée – j'ai appris à l'aimer, à compter dessus et à m'assurer que ma façon d'évoluer dans les lieux où je me rendais et où je vivais était dépourvue de risques mais pas d'agréments.

Il arrivait que cette disposition s'évapore soudainement. Je grossissais à vue d'œil, beaucoup et très vite, en proie sans doute à l'une de mes crises, aucun vêtement ne m'allait plus et je marchais les épaules voûtées, terrorisée. Il était monnaie courante que je souffre d'inexplicables poussées d'allergie qui se manifestaient par l'apparition de zébrures écarlates, étranges et rebutantes, autour des yeux et de la bouche, ce qui me donnait un air souffreteux et hébété, et me vieillissait de vingt ans. Quand cela se produisait, marcher dans les rues de Dublin devenait un enfer et toutes mes ruses, pourtant éprouvées, se délitaient en une seconde. Un homme entreprenait de me reluquer et il avait un mouvement de recul à l'instant où son regard se posait sur mon visage. Ce regard me pénétrait jusqu'à la moelle, à un point tel que j'étais à peine capable de fonctionner, et parfois je ne fonctionnais pas du tout, je restais alitée le temps de récupérer un semblant de beauté.

Je ne sais pas qui être sans le sexe. Je ne sais pas par quel moyen accéder à des façons d'exister qui m'apportent joie et soulagement. Tout est relié d'une manière ou d'une autre à la sexualité. Les chansons que j'écoute, attachées à un homme pour lequel j'ai nourri une obsession. Les films qui me brisent le cœur, des yeux magnifiques et immenses qui subjuguent l'écran, évoquant des dynamiques impossibles, une passion qui persiste et jamais ne cesse parce qu'on peut la rembobiner éternellement.

Et plus important encore, ce qui se déclenche en soi quand on arpente les rues d'une ville à l'étranger : en débarquant d'un avion, robe courte et lunettes de soleil sur le nez, une prière aspirant à l'aventure me pilonnant la poitrine, sentant qu'on me voit à nouveau, ma réalité ramenée par ces regards admiratifs et curieux ; ces échanges qui me donnent l'impression de pouvoir être celle que je veux être, n'importe qui, démarrer de nouvelles histoires, vivre mille vies.

13

Un jour, j'avais huit ou neuf ans quand c'est arrivé, je suis descendue en pleine nuit chercher de l'eau, encore perdue dans le brouillard d'un rêve. Quand j'ai poussé la porte de la cuisine j'ai découvert, éclairée par le demi-jour qui s'insinuait depuis le couloir, la petite amie de mon père endormie assise à la table, une cigarette à la main. Sa robe de chambre béait sur ses petits seins flasques et la scène tout entière m'a effrayée.

Les années suivantes j'ai repensé à elle à des moments surprenants – je me repassais en boucle une dizaine d'images tirées de mon enfance, dont celle-là, les gens avec qui l'un ou l'autre de mes parents avaient entamé une relation, des épisodes que j'étais trop jeune pour comprendre ou contextualiser, par conséquent elles sont restées en moi (ce pâtissier français sorti de la salle de bains en souriant d'une oreille à l'autre, la bite qui pendait de son caleçon, chuchotant des mots dont je n'ai gardé aucun souvenir).

Cette femme n'était ni laide ni vieille, la surprendre ainsi ne m'avait pas perturbée parce que je l'avais trouvée décatie.

Au contraire elle était attirante, mince et pleine d'entrain quand elle ne dormait pas, et cette nuit-là est restée gravée en moi pour l'unique motif que cette scène m'avait appris que la nudité féminine n'est pas toujours empreinte d'érotisme, pas toujours esthétique, et qu'elle a parfois, voyons la réalité en face, quelque chose de pathétique.

14

Un soir, aux alentours de Noël, Ciaran avait laissé son ordinateur au travail et il m'a demandé le mien pour envoyer des mails depuis sa messagerie. Un peu après j'ai découvert qu'il avait oublié de se déconnecter, et m'est revenu en mémoire ce matin où j'avais lu, debout dans sa cuisine – cela me paraissait à des années-lumière de distance –, le message interminable, dégoulinant de désespoir et d'adoration, que lui avait envoyé Freja.

J'ai senti la nausée monter et, simultanément, la prise de conscience fulgurante de mon pouvoir et des possibilités qui s'ouvraient à moi. Aucune limite dans le temps. Rien ne m'empêchait de prendre connaissance de tout ce qu'il avait dit à mon sujet, ou de ce qu'il lui avait dit à elle. Rien ne m'empêchait d'avoir le fin mot sur leurs retrouvailles et leur rupture à Noël, sur ce qui se jouait en lui quand il s'était remis avec moi, de savoir s'il voulait réellement de cette réconciliation.

Les journées qui ont suivi je me suis plongée dans leur lecture dès que j'arrivais à me libérer du temps au bureau.

Mes haut-le-cœur se sont intensifiés. Je me suis gavée de détails, jusqu'aux plus insignifiants. Je me gorgeais de lui comme une tique se gorge de sang.

Mais ce n'était que du vent, une baudruche pleine d'air qui ne m'apprenait pas grand-chose.

Cette intrusion m'a paru plus sordide que la précédente parce qu'elle était d'une banalité à pleurer. La première fois, au moins, ce que j'avais fait était proprement inacceptable.

À présent c'était d'un ennui mortel. Il y avait des moments cruels, évidemment, des passages difficiles à digérer : les écœurantes manœuvres de Freja pour me dénigrer, moi et mon physique ; ce besoin fébrile qu'avait Ciaran de sans cesse la rassurer, je ne faisais que passer dans sa vie, rien de sérieux, rien à voir avec elle.

Et alors ? songeais-je tout en déroulant le mail.

Il m'en fallait plus, plus de souffrance. Je voulais découvrir qu'ils avaient poursuivi leur liaison, qu'ils projetaient de s'enfuir ensemble, qu'ils comptaient me tuer.

Je voulais des listes qui répertoriaient les défauts de mon corps, tout ce qui me rendait ridicule, tout ce qui faisait de moi l'objet de leur pitié amusée.

Dans l'ensemble cette correspondance était banale, hautement décevante. J'avais face à moi deux imbéciles, ni plus ni moins, empêtrés dans une histoire foireuse, qui essayaient de s'en extirper comme ils pouvaient. Leur amour n'était pas maudit par le destin, il s'agissait de deux personnes piégées par leur indécision et leur dépendance réciproque, incapables de rester à distance parce qu'elles n'étaient pas arrivées à imaginer quelque chose de différent, rien de plus.

Moi qui avais consenti à tellement de sacrifices pour m'associer à ce psychodrame, je voyais à présent à quel point le rôle était mauvais, le scénario bâclé.

J'ai poursuivi ma lecture pour ne pas rester bredouille, pour justifier mes intrusions, et j'ai remonté le temps, des années en arrière, avant notre rencontre. Il lui avait envoyé une photo prise par ses soins et qui les montrait tous deux au lit, on le voyait agenouillé au-dessus d'elle, tenant sa queue au-dessus de son pubis glabre et charnu. J'ai regardé, poussée par une force horrible et irrésistible, avant de me déconnecter de sa boîte mail et de l'effacer de mon historique.

Cette nuit-là j'ai rêvé que j'étais lui, que je baisais Freja. Ce n'était pas la première fois que je couchais avec elle en rêve, ni que je les regardais s'envoyer en l'air, mais là j'étais lui, pleine de lui, remplie à ras bord, et c'était ma trique empourprée qui la frôlait.

À partir de ce jour ma jalousie allait considérablement retomber. L'émotion serait toujours là, embusquée, elle rejaillirait dès qu'il la mentionnerait ou que je la croiserais sur Internet, mais par pur réflexe. Cette émotion avait décliné, elle ne constituait plus un pan de mon identité. C'était comme si je m'étais pris des coups de ceinture pendant des années et que soudain ma chair était remplacée par autre chose, une substance inerte. La douleur n'avait pas disparu mais ce n'était plus moi qu'elle affectait, elle affectait une statue.

Janvier 2014

1

Une fois l'an, le cap des fêtes franchi, Ciaran allait rendre visite à son père Peter, qui vivait à proximité des montagnes de Wicklow.

Peter avait laissé sa famille au Danemark alors que Ciaran était âgé de sept ans. De temps en temps il faisait une réapparition à Copenhague, les cheveux hirsutes, la peau boucanée, ivre et mauvais comme une teigne, pour emmener son fils dîner.

En grandissant, Ciaran en était venu à exécrer l'inanité de ce geste occasionnel et sa haine avait rejailli sur Peter. Peut-être Peter a-t-il fini par percevoir l'aversion dont le bombardait ce bel adolescent fragile assis en face de lui, et il y a répondu par la dureté et la moquerie.

J'ai accompagné Ciaran chez son père en janvier 2014, après avoir passé Noël à Waterford. Nous avons pris le train, puis le car, et enfin un taxi pour arriver devant une fermette quasiment insalubre, glaciale, sale, envahie par les moisissures. Cela faisait plusieurs années que Peter louait ce logement, donc son train-train quotidien était incrusté dans la crasse des lieux. La cafetière et le fourneau étaient tenus propres, ainsi que le bureau où il s'installait pour rédiger d'interminables missives qui dénonçaient la gabegie inacceptable du réseau routier et des services publics, des récriminations qu'il adressait à la presse et n'étaient jamais publiées. Le reste n'existait pas à ses yeux.

Ce vieillard qui cherchait querelle à Ciaran offrait un sacré tableau. Ses traits avaient gardé la trace de sa beauté passée même si son visage, marqué de marbrures violacées, donnait l'impression d'avoir été ébouillanté. On aurait cru qu'il avait rongé son frein douze mois durant, constituant des stocks dans sa grotte pour avoir l'énergie de détruire son fils lors de sa visite. Tout, même le geste le plus anodin, était prétexte à des ricanements qui évoquaient le sketch en roue libre d'un comique complètement ravagé. Je l'ai regardé imiter la gestuelle efféminée de Ciaran quand il fumait, cela a duré si longtemps que des veines inquiétantes sont apparues à ses tempes et des taches décolorées se sont étalées sur ses joues.

Il nous a servi à dîner, de la purée de pommes de terre et des escalopes de poulet panées achetées au supermarché, et nous avons mangé autour de la cheminée, l'assiette sur les genoux. Ciaran a raconté une anecdote, un truc banal qui lui était arrivé au travail, une galerie qui s'était retrouvée à court de vin lors d'un vernissage et avait sorti d'une arrière-salle des canettes poussiéreuses de Druid Cider, et il a commencé à s'animer, il a imprimé à ses poignets une rotation légère, un geste maniéré qui lui venait quand il s'enflammait sur un sujet. Peter a posé son assiette sur le sol malpropre, il s'est penché vers l'avant en se rapprochant du feu, il a reproduit le geste de Ciaran et courbé le cou jusqu'à toucher ses genoux, la langue sortie dans une mimique grotesque – puis il s'est redressé vivement, il s'est esclaffé et son regard a croisé le mien.

Et pourtant Ciaran a continué à explorer sa purée avec sa fourchette, un sourire plaqué sur le visage. Pourtant il a refusé de craquer. C'était un marché qu'ils avaient conclu – son père pouvait déverser sur lui son fiel et sa folie par tombereaux, mais il était hors de question que Ciaran pleure, qu'il hausse le ton, qu'il quitte la pièce comme une tornade. Non, il allait serrer les dents et, en serrant les dents, il châtierait son père. Il était doué d'une aptitude surhumaine à prendre les coups sans ciller, pour que jamais son père ne connaisse de délivrance, de conclusion à la douleur. C'était en ces termes que ces deux adultes avaient appris à se connaître.

Ils ne se ressemblaient pas en apparence. Ciaran éprouvait du dégoût vis-à-vis de Peter : ses vieilles fringues et ses bottes qui puaient le moisi, les conserves et les plats cuisinés dont il se nourrissait, les bouteilles vides semées aux quatre coins de la maison sans vergogne, sans la moindre retenue. Mais je les ai observés ce soir-là, cette cohabitation forcée dans la lumière vacillante, et ce qui m'a frappée, c'est la similarité de ce qui s'exprimait sur leur visage.

Des décennies de ressentiment et de non-dits avaient sédimenté sur leurs traits désormais figés en des rictus coordonnés.

Impossible qu'ils se disent un jour je t'aime, puisqu'ils ne se l'étaient jamais dit, mais ils étaient tout aussi incapables de donner un nom à leur haine. Peut-être qu'à une époque Ciaran aurait su le formuler : « Je te déteste parce que tu m'as abandonné, parce que tu m'as laissé seul quand j'étais petit », mais il avait laissé passer l'occasion.

Et si Peter avait eu un jour l'idée de regarder son garçon dans le blanc des yeux et de lui présenter des excuses, d'expliquer qu'en ce temps-là lui-même avait été jeune, indécis, instable – s'il avait voulu un jour tendre le bras et immobiliser la main de Ciaran, celle qui triturait sans répit les fils de sa manche quand il se trouvait en présence de son père, s'il avait un jour voulu prendre cette main et déclarer : « Quand je suis parti ça ne m'a pas rendu heureux. Je n'ai jamais connu le bonheur après mon départ. C'est juste que je ne savais pas comment prendre soin de toi mais cette ignorance, je la regrette. Je regrette de ne pas l'avoir su à l'époque, je regrette de ne pas le savoir encore aujourd'hui. »

S'il avait un jour souhaité glisser ses bras sous ceux de Ciaran, le serrer contre lui et dire : « Je suis ton père. C'est comme ça et ça ne changera jamais. Je n'ai pas uniquement contribué à ta conception – toi aussi, tu as conçu une partie de moi à ta naissance, et cette partie sera éternellement tienne. »

S'il avait voulu accomplir l'une ou l'autre de ces choses – eh bien, trop tard.

Quand papa était petit, le père d'un de ses camarades de classe est décédé et il s'est convaincu que son propre père ne tarderait pas à emprunter le même chemin. À la fin de la journée il allait s'asseoir au bout de la route et il restait là, sa famille habitait un lotissement récemment sorti de terre, destiné à une classe ouvrière en pleine ascension, à attendre que son père rentre du travail. Il rongeait ses petits doigts, il tirait sur la manche de son pull d'écolier qui le démangeait et il réclamait par des prières angoissées cet instant où l'adulte apparaîtrait au coin de la rue, lui adresserait un grand sourire irrésistible et le cueillerait dans ses bras pour rentrer à la maison.

Au même âge, ou à peu près, je me suis inscrite à la chorale de la paroisse, j'attachais une valeur importante aux solos que l'on me confiait parfois et je fermais pieusement les yeux durant les plus beaux hymnes, encore croyante à l'époque. Un soir mon père devait assister à la messe, j'allais chanter un verset entier, l'heure avançait, je ne voyais mon père nulle part et j'ai senti la panique monter. Très vite je me suis mise à pleurer sans un bruit au milieu des choristes, les yeux grands ouverts pour que les fidèles ne remarquent rien. Mes larmes ont coulé librement tout au long de mon solo, ensuite l'office s'est fini et là j'ai ouvert les vannes, les poings serrés et enfoncés dans les orbites, pliée en deux, et certaine – absolument persuadée – que mon père était mort.

Alors il s'est précipité vers moi, il était là depuis le début, il y avait eu du monde sur la route d'où son retard, il m'a serrée dans ses bras tout en répétant, en boucle, qu'il était là depuis le début, même si je ne l'avais pas vu.

Quelle chance que l'essentiel de ma douleur s'explique par la crainte de perdre ce que je possède au lieu de souffrir de son absence, comme Ciaran.

2

Au bureau la fête annuelle a été programmée en mars et j'avais envie de boire. J'avais réussi à maintenir ma consommation d'alcool à un niveau plus ou moins modéré, si bien que Ciaran en était réduit à me lancer des regards agacés.

Je m'étais bien tenue pendant un bon bout de temps. À ce stade, l'émotion qui s'était emparée de moi à intervalles réguliers avant de rencontrer Ciaran, ce besoin insatiable et foudroyant de me soûler toute la nuit, m'avait de nouveau happée et semblait s'être amplifiée secrètement entre-temps.

Quelques jours avant la fête je me suis offert une nouvelle robe, taillée dans un tissu gris qui épousait mes formes, avec un nœud au milieu et des découpes encadrant le galbe souple et net où la taille s'épanouissait aux hanches. J'ai racheté du maquillage et me suis amusée avec avant que Ciaran rentre du travail. J'ai réduit mes portions pour me sentir plus légère, plus puissante.

Dans un vaste club anonyme de Harcourt Street, nous

nous sommes retrouvés à une quarantaine après le travail. Je m'étais préparée dans les toilettes avec quelques collègues parmi les plus jeunes et elles sont toutes restées bouche bée devant ma tenue, elles ont poussé des petits cris, écartelées entre admiration et moquerie. J'avais forcé la dose. J'étais habillée comme à la grande époque, quand je me rendais à une soirée où mixait un DJ célèbre, ou au concert d'un musicos que j'essayais d'attirer dans mon lit. Cette robe n'arrivait pas à contenir mon corps qui débordait avec une générosité toute sexuelle, j'avais des talons hauts, un maquillage fignolé et criard. J'ai absorbé l'attention qu'elles me donnaient, en voulant croire qu'elles me jalousaient, en souhaitant l'engloutir, ce frisson fugace de me sentir supérieure à elles.

À l'intérieur j'ai avalé à toute vitesse des verres de pinot gris frappé, les vidant d'un trait puis déambulant jusqu'à une autre table, un autre groupe, pour m'envoyer le verre suivant. J'ai discuté avec des personnes à qui je n'adressais d'ordinaire jamais la parole, j'ai surpris tout le monde, et moi la première, en me montrant drôle, sociable et intéressée par ce qu'ils avaient à raconter. Rien ne fonctionne aussi bien que l'alcool.

À 22 heures, l'heure où les chefs ont vidé les lieux, j'avais atteint cet état de voracité, de désir brut. Le rythme cardiaque véloce et allègre, la parole impulsive et infatigable. Je grillais cigarette sur cigarette et je suis passée aux alcools forts, m'engageant dans cette zone où l'on ne recherche que des breuvages transparents au goût infâme et une poudre amère qui brûle le fond de la gorge comme de l'eau de Javel, où l'on n'est plus que désir à l'état pur.

Un employé du département informatique avec qui je n'avais jamais échangé un mot s'est faufilé derrière moi pendant que je dansais et il a posé les mains sur mes hanches, au niveau des découpes. J'ai sursauté, je me suis retournée et j'ai lâché un rire, puis je me suis dérobée à son contact. Un nabot au teint rose qui transpirait à grosses gouttes, vingt ans de plus que moi. Le gel coiffant faisait luire ses cheveux.

« Tu n'as pas de mec, toi ? a-t-il voulu savoir.

– Si », ai-je répondu, surprise.

Alors il s'est penché et m'a chuchoté à l'oreille :

« Franchement, comment il a pu te laisser sortir comme ça ? »

À la suite de quoi sa main immonde s'est attardée sur mes fesses, elle s'est refermée brutalement dessus, puis il m'a lâchée et s'est éloigné à toutes jambes, sans me laisser le temps de crier ou de le repousser.

Je suis rentrée à pied, d'ordinaire il faut un quart d'heure pour remonter Rathmines Road mais cela m'a pris plus de temps à cause de mes chaussures. En marchant je n'ai pas arrêté de ressasser : *Franchement, comment il a pu te laisser sortir comme ça ? Franchement, comment il a pu te laisser sortir comme ça ? Franchement, comment il a pu te laisser sortir comme ça ?* Disséquant cette phrase, essayant de découvrir ce qu'elle signifiait, pourquoi elle m'avait tétanisée.

Lorsque j'ai poussé la porte de l'appartement il était beaucoup plus tard que prévu, Ciaran n'était pas couché et mon comportement a dû éveiller ses soupçons parce qu'il m'a hurlé dessus, il a exigé que je lui fournisse un compte-rendu de ma soirée et il m'a accusée de l'avoir trompé, une première dans notre couple.

J'ai éclaté de rire, il a attrapé mon poignet et il me l'a cogné contre la table de la cuisine, alors je me suis dit : *Casse-moi le poignet, qu'est-ce qui te retient ? Reste pas les bras ballants. Franchement, comment t'as pu me laisser sortir comme ça ?*

Ensuite il s'est ressaisi et il s'est rappelé que la meilleure méthode pour me faire souffrir, c'est de m'ignorer. Il m'a tourné le dos et il est allé se coucher, alors je me suis enfermée dans la salle de bains, j'ai retroussé ma nouvelle robe affriolante et je me suis masturbée avec des gestes honteux et furtifs, l'esprit accaparé par le nabot qui m'avait pelotée pendant la soirée, par cette façon qu'il avait eue de confirmer que j'appartenais à Ciaran. Ensuite, à l'instant où l'orgasme commençait à monter, j'ai pensé à Ciaran, qui m'avait accusée d'infidélité.

Depuis que nous nous étions mis ensemble, c'était la première fois que j'envisageais d'aller voir ailleurs. Le souffle coupé, je me suis agrippée au lavabo.

2019, Athènes

Que l'homme que j'aime me préfère à une autre femme, qu'il fixe son choix sur son corps plutôt que le mien, de façon même théorique, cela comptait à mes yeux parmi les expériences les plus pénibles qui puissent s'imaginer. Il m'était parfois intolérable de regarder un film en compagnie de Ciaran – comment me détendre durant ces deux heures où s'offrait à son regard une jeune femme plus avenante que moi ? Je me griffais les cuisses avec des gestes lents, profondément, sous la couette. Dans ma tête je tirais un trait sur le sucre, le lait, le pain, tout ce qui était susceptible de me nourrir. Je me faisais le serment de me lever le matin à 5 heures et d'enchaîner des abdos jusqu'à manquer d'air.

Je crois que la facilité avec laquelle je faisais don de moi-même est une façon de remettre cette douleur en doute, d'initier un combat intérieur. Qui se préoccupait de ce que les autres faisaient, si j'en étais capable ? Si je pouvais le prendre de vitesse, est-ce que son mépris aurait un poids réel ?

Cela me hérisse de confier mon vécu aux mains de personnes qui vont le tourner en ridicule et s'agacer de l'avilissement sordide qu'il traduit.

Ceux qui ont été victimes d'une trahison, ceux pour qui tromper son ou sa partenaire est inconcevable, ceux qui rapprochent l'adultère d'un crime qui devrait tomber sous le coup de la loi – c'est ce que pensent certains de mes amis –, ceux-là y verront une excuse égoïste et pitoyable.

Certains d'entre vous, les lecteurs éclairés, jugeront scabreuse mon humiliation volontaire. Ils diront que mes choix m'appartiennent, qu'ils ne devraient pas être réfractés par le prisme de mon désir, du besoin que j'ai de l'approbation masculine. Ils croient que ma voracité sexuelle est un droit que j'ai, et devrait être revendiquée, qu'il faudrait simplement m'extraire de la monogamie, des petits amis rigides et de leur domination paternaliste, revendiquer ma libido débridée et en jouir sans honte.

L'un n'empêche pas l'autre.

Je l'avoue, oui, j'aime m'envoyer en l'air, et cet amour ne s'applique pas uniquement à l'acte, mais aussi au nombre de mes partenaires. J'aime baiser avec quelqu'un que je connais très bien, depuis des années, quand je sais quel levier actionner pour qu'il se craquelle et s'ouvre en deux, comme j'aime baiser avec des gens dont j'ignore tout, précisément parce que j'ignore tout d'eux. Au moment de les quitter, je regrette de ne pouvoir rester et coucher avec cent fois encore, jusqu'à épuiser ce qui fait leur nouveauté, mais ce n'est pas possible, j'en ai conscience, et c'est ce qui confère un caractère sacré à cette rencontre.

Ces moments-là ont constitué la dissection la plus brutale et la plus crue de mon identité, un retour aux fondamentaux, à ce que je considère grosso modo comme le sel de l'existence, de la rencontre entre deux personnes qui ne se soucient ni l'une ni l'autre de ce que le lendemain peut réserver, du lien fortuit dont la peur est bannie.

Il n'est pas faux non plus que, en dépit du plaisir sincèrement décomplexé que je puisais dans ma voracité sexuelle, ma recherche effrénée du contact intime a parfois été dictée par le dégoût que je nourris envers moi-même. Par le besoin subit et suprême que ma beauté se trouve confirmée, parce que je souffrais de l'absence d'un homme et souhaitais me venger, de lui pour m'avoir abandonnée, de moi pour l'avoir perdu, parce que j'avais l'intention de rompre avec un petit ami bourré de qualités dont je ne me sentais pas digne.

C'est fastidieux, j'en ai conscience, de parler de ces choses-là. À l'heure actuelle le désir féminin s'invite fréquemment dans les débats et tout le monde s'accorde à dire que c'est bien, que c'est un pas en avant. Mais je suis frappée de stupeur quand j'entends des commentateurs pousser des cris d'orfraie lorsqu'il est suggéré que l'homme peut encore être à l'origine, d'une certaine façon, de ce désir.

Après tout nous devrions alimenter nos propres désirs, nous affranchir des hommes !

Bien sûr, dans l'idéal. Je ne peux que l'imaginer ; la mise en pratique m'échappe. Je paierais cher pour vivre, ne serait-ce qu'une fois, un moment où je saurais que le désir au fond de moi m'appartient complètement, indépendamment des hommes, du passif que j'entretiens avec eux, des paroles qu'ils ont eues sur moi, sur mon corps, des pensées qu'ils m'ont fourrées dans le crâne à mon insu.

Cela ne signifie pas que je les tiens pour responsables, ou que je me défausse sur eux. Pourquoi devrais-je les blâmer tout en m'exemptant de reproches, si je veux observer ce qui se passe sur cette planète ? Le pouvoir que les hommes exercent sur moi, je ne fais que le constater, je ne m'appuie pas dessus pour les haïr. Et qui suis-je, de toute façon, pour déverser ma haine sur eux ? La volonté, l'éducation, le respect de soi, j'aurais pu m'en faire une cuirasse à l'époque où nous vivons, j'aurais pu me permettre d'avoir dans ma vie un autre grand amour en dehors de celui que je leur porte ?

C'est tout à fait envisageable et pourtant je n'ai pas pris ce chemin, et ces pages contiennent mon histoire, l'histoire de cet échec.

3

Ciaran s'est rendu à Copenhague en avril pour voir sa mère. Enfin seule, je suis partie en vrille dans l'appartement. Chaque soir je mélangeais tequila et limonade et je restais vautrée dans le canapé entre 18 heures et minuit, un verre et une clope à la main.

Je feuilletais fébrilement des magazines féminins imprimés sur papier glacé, l'œil toujours rivé sur les réseaux sociaux, à checker, scroller, rafraîchir. Je me couchais ivre morte, tous les jours sans exception.

Mon esprit était une chose palpitante, papillonnante, perpétuellement en mouvement. J'ai réalisé en l'absence de Ciaran que j'avais pris l'habitude de calmer cette agitation en me servant de ce qu'il faisait lui sur le moment, peu importe quoi, me baiser, m'ignorer ou se moquer de moi. L'hystérie, le tourment étaient néfastes, mais leur absence *était*, point – elle avait une réalité. L'absence. L'immense néant de mon cœur, mon propre appétit infini et insatiable, qui m'étaient renvoyés à la figure.

Une chance que j'aie jeté mon dévolu sur un homme si distant, si épris d'une autre.

Peut-être était-ce précisément ce qui avait orienté ma décision, ce refus obstiné de m'aimer.

Aucune importance, à l'arrivée.

Jamais ce qu'il offrait ne m'aurait suffi.

J'avais porté mon choix sur un homme indifférent par nature, et je m'étais fixé pour objectif de le contraindre à m'aimer.

Objectif qui avait paru hors d'atteinte, mais que j'avais fini par concrétiser.

Cela, je l'ai mesuré à la faveur de son absence. Il m'a téléphoné, il m'a dit que je lui manquais.

« Je veux être au lit avec toi », a-t-il déclaré, et j'ai entendu le sourire qui colorait sa voix, déconcertée par l'affection qu'il exprimait, par sa franchise.

Comment avais-je réussi à briser cet homme, lui qui évoquait tant une statue, impavide et parfait ? Je me suis émerveillée du pouvoir que j'avais sur lui.

Il paraît qu'il faut être soi-même, qu'il faut être une personne forte et émancipée pour connaître l'amour.

Il paraît que la docilité et la soumission ne font qu'éloigner les hommes, que la confiance en soi les aimante. Mais si j'avais atteint mon but, c'était ma faiblesse que je devais remercier.

Il ne m'aimait pas – impossible qu'il m'aime, car quel moi y avait-il à aimer ? quel moi avait-il connu ? – et pourtant il s'était attaché à moi, il s'était mis sous mon joug.

J'avais mis en place avec un soin maniaque un environnement qui permettait de cultiver en lui une forme d'amour, à l'instar d'un scientifique manipulant les conditions de ses expériences en laboratoire.

J'avais épuisé ses réserves, érodé sa résistance intrinsèque et, cela accompli, j'en avais fini avec lui.

Mai 2014

1

Au début j'étais l'unique destinataire des frustrations que je jetais sur le papier. Je m'autorisais à confier à mon journal intime, en choisissant mes mots, que vivre avec Ciaran, avec un homme aussi négatif et froid, demandait un effort immense.

Ensuite, le hasard me mettait sur le chemin d'un homme qui attirait mon regard d'une façon particulière, qui me faisait palpiter, vibrer d'une sexualité affichée. Je n'avais pas senti une pareille effronterie s'emparer de moi depuis bien longtemps et je me suis rappelé à quel point j'aimais l'aspect public, l'impudence, de ces interactions.

J'ai pris le tramway un jour, je m'agrippais à la rampe et lorsque j'ai levé la tête j'ai découvert qu'un homme dont le pardessus vert olive témoignait d'une aisance financière délectable me fixait du regard, un regard que je lui ai retourné avec la même audace, et le reste du trajet nos yeux se sont croisés et recroisés.

Lorsque je ne le lorgnais pas je m'offrais quand même

à lui, je remuais les lèvres, je passais la langue dessus en essayant de garder l'air le plus naturel. Mon corps entier s'était embrasé, l'entrejambe en proie à une explosion de sensations.

Je prenais note de ces incidents. J'écrivais, timidement au début, puis avec une liberté croissante, ce que j'aurais aimé connaître entre les mains de ces hommes. Mon journal intime est devenu une soupape. Je rentrais du travail, je continuais à préparer les repas et à lui demander comment s'était passée sa journée, sauf que j'attendais déjà avec impatience la fin de la soirée, le moment où je serais seule avec mes pensées. Je me suis demandé s'il avait remarqué que je n'insistais plus quand il me traitait par l'indifférence ou par la méchanceté, je n'allais plus m'enfermer dans la salle de bains pour pleurer ou traverser une crise de panique.

La fréquence de nos relations sexuelles s'est réduite, mais ça s'est fait graduellement donc il n'a pas pu faire grand-chose à part râler et ça pouvait s'expliquer par la baisse légitime du désir dans le couple. Il semblait aveugle au fait qu'il y avait quelque chose de différent en moi.

J'étais convaincue de l'aimer, aucun doute dans mon esprit. L'amour avait une substance pour moi, une réalité. Cela aussi, je l'ai livré à mon journal intime. Je me jugeais responsable de la tournure que prenaient les choses, les œillades que je lançais aux hommes, mes appétits débridés. Je l'aimais, écrivais-je, mais il n'aimait pas ce que j'aimais, voilà tout. Moi, j'avais besoin d'explorer. Besoin d'expérimenter – et pourtant, je l'aimais !

J'avais une foi absolue en l'amour, même à l'époque. Il a fallu que je me colle l'étiquette d'irrécupérable traînée pour trouver une logique à tout cela.

Je repensais souvent à cette certitude que j'avais eue autrefois, la certitude forte et claire que jamais je ne le ferais souffrir. À l'époque j'étais résolue à ne pas ressembler à Freja, même de loin.

(J'essayais de ne pas incriminer Ciaran, de ne pas mettre l'infidélité de ses petites amies successives sur le compte de sa froideur pénétrante ; pourtant c'est l'excuse que j'avais trouvée, et elle me procurait un soulagement délectable.)

« Il ne faut surtout pas qu'il le découvre, écrivais-je, mon beau Ciaran, le plus bel homme au monde. Il ne faut surtout pas que je confirme ses soupçons, que je confirme que tout le monde – les femmes en particulier – est mauvais, foncièrement. Même si je lui donne raison en agissant comme j'agis, j'imagine. »

Mon esprit se clivait à nouveau.

2

En juin, coup de fil de mon père : il était hospitalisé à Waterford. Une grosseur dans la gorge le gênait quand il avalait et quand il respirait. Il était parti pour une biopsie mais les médecins avaient décidé de le garder, préoccupés par son souffle.

Cela faisait plusieurs semaines que le contact était coupé avec lui. Sa tante, qu'il adorait, était décédée l'année précédente et j'avais inventé un prétexte pour ne pas me rendre à l'enterrement. Depuis ce jour nous gardions une certaine distance tout en restant cordiaux. Je me souviens que les funérailles étaient programmées une semaine où ma relation avec Ciaran avait touché le fond, une fois encore, et je m'étais sentie coincée. Il fallait que je reste pour garder l'œil sur notre couple qui partait à vau-l'eau, m'assurer que les braises étaient en ordre, qu'elles ne présentaient aucun risque. Je préférais rester à Dublin et me disputer avec Ciaran, plutôt que rentrer au sein de ma famille.

Mon père n'a pas compris. J'ai rejeté la faute sur mon

job mais il savait que je n'étais pas investie dans ce travail, j'arrivais tard et je gardais les yeux braqués sur l'horloge. Le trajet était largement faisable dans la journée, voilà le hic. En voiture, cela n'aurait pris que deux heures ; il serait venu me chercher.

Ce n'était pas facile de mentir à mon père. Il n'était pas dupe, jamais, mais il ne pouvait se résoudre à me le dire tout net. Il savait que j'avais recours au mensonge pour me persuader qu'on pouvait passer l'éponge sur mes foirades. Et c'est ce qui a dû rendre mes affabulations encore plus choquantes, elles dissimulaient une réalité qui lui échappait totalement.

3

Après le coup de fil de mon père j'ai posé des jours de congé et je suis partie le voir. Assise à mon bureau, j'ai envoyé des mails à mon chef et réservé des billets. J'ai mis Ciaran au courant, sans lui proposer de m'accompagner.

J'étais convaincue que papa allait mourir. Ma punition, pensais-je.

Une punition pour avoir tourné le dos à ma famille ; une punition qui m'apprendrait à réclamer la présence d'un homme qui ne me voyait pas, au lieu de réclamer celle des personnes dans le regard de qui j'existais.

Toute ma vie j'avais aimé mon père d'un amour féroce.

Durant le gâchis sordide de mon adolescence et au-delà, durant le pire du pire, nous étions toujours restés proches l'un de l'autre, j'avais toujours eu besoin de lui. C'était au contact de Ciaran que j'avais changé, pas avant, et mon châtiment, ce que j'avais redouté ma vie entière, approchait à grands pas.

J'ai été happée par une prise de conscience soudaine, celle

de mon extrême solitude. Mon père représentait l'un des rares points d'ancrage que j'avais. Lorsque je perdais le fil de ma vie, il me suffisait de penser à lui et de remonter le cours des années jusqu'au commencement. Lorsque j'ignorais qui j'étais, je n'avais qu'à penser à lui et me dire : *Je suis sienne*. Sans lui, serais-je obligée d'être cette nouvelle version de moi, cette propriété-de-Ciaran, le restant de mes jours ? Qui pour me servir d'amarre désormais, pour me rendre réelle ? J'avais la sensation que j'allais partir à la dérive, tout bonnement, qu'il ne subsisterait plus rien de ce que j'appelais moi avant Ciaran.

Je me suis mis des petites claques sur les bras et les jambes et j'ai fredonné d'une voix discordante tout le long du chemin, le corps parcouru de vibrations d'angoisse ; je devais voir mon père coûte que coûte. Si je le voyais avant qu'il se produise quoi que ce soit, la situation finirait par s'arranger. Cela m'a rappelé la fois, qui remontait à des années, où Ciaran m'avait quittée et que j'avais été consumée par la certitude que la fortune me sourirait si seulement je parvenais à lui faire décrocher son téléphone, si je le forçais à me regarder dans les yeux. Cet ego grotesque, surdimensionné – la conviction que j'étais en mesure d'immobiliser et de mettre l'univers en branle par ma seule présence.

Lorsque j'ai trouvé sa chambre il m'a souri, alors j'ai éclaté en sanglots, j'ai couru m'agenouiller à son chevet et je lui ai attrapé la main en répétant : « Papa, papa, papa. » Il ne faisait pas malade, il faisait vieux. Au fond de ses yeux brillait la même flamme mais j'ai remarqué des rides qui n'étaient pas là la dernière fois. Il avait les cheveux tout blancs à présent, doux et fins comme le duvet d'un bébé. Il s'était écoulé tellement de temps, une éternité depuis la dernière fois où mes pensées n'avaient pas été monopolisées par Ciaran.

Mon emphase l'a fait rire et il m'a tapée dans le dos avec cette tendresse et cette gaucherie qui imprégnaient nos gestes quand nous exprimions physiquement notre affection.

« Tout va bien, m'a-t-il dit. Et s'il y a un problème, on va le régler et tout ira bien ensuite. »

Il parlait d'une voix lente, endolorie.

J'ai pleuré, pas parce que j'étais sceptique, mais parce que je le croyais.

Entendre ces paroles, ces paroles qu'il m'avait répétées tout au long de ma vie avec un million d'inflexions différentes, m'avait terriblement manqué. Il n'avait cessé de le dire, et je n'avais cessé de l'écouter, je n'avais cessé d'avoir foi en lui, même quand j'étais au fond du trou. Cela faisait pourtant des années que je n'avais plus entendu ces mots, je n'avais pas pris la peine d'écouter, et j'ai versé des larmes de honte, des larmes sur tout le reste, sur ce à quoi j'étais restée sourde, les sons semblables à celui-ci perdus à jamais. Mon père a toujours réussi à me tirer du pétrin, même le plus irresponsable, le plus irrationnel, il a toujours réussi à me sauver de tout hormis de moi-même.

4

Ce soir-là, après avoir été rassurée par mon père et par le médecin, après avoir reçu la promesse que la situation ne se dégraderait pas dans le courant de la nuit, j'ai été gagnée par la fébrilité, je ne tenais plus en place et j'étais incapable de rester seule avec mes pensées. J'avais besoin de compagnie et j'ai donné rendez-vous en ville à Reuben, l'un de mes ex.

Reuben avait été mon premier amour. Nous nous sommes rencontrés alors que j'avais quinze ans, lui dix-sept, et nous nous sommes abandonnés à une idylle échevelée, outrageusement indépassable. Avant que Ciaran n'entre dans ma vie, il m'a servi de mètre étalon et aucun autre garçon, aucun autre homme, ne lui est arrivé à la cheville. L'unique précurseur de Ciaran au niveau du physique.

Nous avions fait connaissance lors d'une soirée techno – un genre musical très apprécié à Waterford – et la semaine n'était pas finie que nous formions déjà un couple. Reuben était élancé, anguleux et mince comme Ciaran mais, là où Ciaran était pâle et blond, lui était hâlé et brun. Il avait les yeux noisette, doux et lumineux, les yeux d'une biche de dessins animés. Il n'avait que deux ans de plus que moi mais il paraissait beaucoup plus âgé. Il avait trois tatouages et il allait à la fac, parce qu'il avait sauté deux années.

Lorsque nous nous sommes rencontrés j'étais vierge, et nerveuse à l'idée de franchir le cap. Avant lui j'étais sortie avec des garçons qui me plaisaient beaucoup mais qui fourraient leurs mains dans mon pantalon ou sous mon T-shirt sans préavis, et sans subtilité. Je les avais rembarrés, et ils m'avaient larguée.

J'avais entamé une correspondance avec Reuben pendant qu'il étudiait à Dublin. Chaque semaine je mettais à la poste cinq pages arrachées à un bloc-notes à feuilles perforées de format A4, il faisait de même. Je lui envoyais des paroles de chansons, des extraits de poèmes, des petits dessins, et nous nous racontions aussi ce qui se passait dans notre vie, et dans notre cœur. C'était la première fois que je me livrais ainsi, en dehors de mon journal intime.

Je composais des poésies à l'époque, j'ai même remporté quelques prix. Elles présentaient des qualités certaines, parfois une sincérité authentique, souvent parce que l'expérience me manquait pour savoir que le plagiat, thématique ou stylistique, était fortement déconseillé. L'une d'elles que j'avais consacrée à Reuben a été récompensée et j'ai piqué un fard lorsque je l'ai lue à voix haute dans une bibliothèque pour enfants, parce qu'elle parlait d'intimité, du corps humain. Le corps de Reuben est le premier que j'ai connu et je l'ai profondément aimé. La première fois que j'aimais un corps masculin, et la seule où l'amour n'était pas ténébreux, ou torturé, ou gâché. Nous n'avons jamais couché ensemble.

Il était timide, réticent ou incapable de mettre des mots sur ce qui nous liait. Aucune importance – c'était aussi réel, aussi évident, que nos deux corps. Le jour de la Saint-Valentin il m'a donné une carte, nous nous étions retrouvés sur la place où nous passions la plupart de nos week-ends à zoner avec les potes, fumer, boire du café et échanger des CD.

« Attends pour la lire », m'a-t-il dit avant de m'embrasser. À peine avait-il tourné le coin que j'ai déchiré l'enveloppe et parcouru la carte à toute vitesse.

« Je suis hyper content qu'on soit bientôt en vacances ensemble, écrivait-il, du coup je vais pouvoir te voir tout le temps. Je t'aime. »

Jamais encore un garçon ne m'avait adressé ces mots-là. J'en ai gardé un souvenir très net parce que j'ai eu une réaction ô combien stéréotypée quand mon regard est passé dessus : j'ai bondi de joie, littéralement, en pleine rue, au beau milieu de Waterford, sous les yeux des passants.

Nous avons rompu six mois plus tard, par ma faute. À l'époque, déjà, j'étais malheureuse, alors que nous filions le parfait amour. Je m'automutilais et je me privais de nourriture avec zèle. Je savais qu'au début il valait mieux garder ces choses-là pour moi, ensuite j'ai peu à peu lâché du lest. J'ai commencé à lui confier ce que j'éprouvais, mon incapacité à fonctionner normalement, ces pulsions qui échappaient à mon contrôle.

Cela l'a bouleversé. Il s'est montré dur avec moi – dur par rapport à d'habitude, en tout cas.

« Tu ne peux pas te plaindre que tu te sens mal, que tu as le cafard, si tu n'essaies pas de dormir, de manger, de prendre soin de toi. »

J'ai estimé qu'il avait dépassé les bornes. Indignée qu'il ne ressorte pas de cette confession ébranlé, effrayé par ma fragilité, comme les autres avant lui. Pourquoi restait-il fermé à ma mélancolie, aussi délicate qu'excentrique ? Avec le recul je pense que c'est la première erreur que j'ai commise, et la plus grave – je n'ai pas tenu compte de son conseil. Ce n'était qu'un adolescent, il n'avait pas raison sur tout, et même sur presque rien, mais sur ce point il avait vu juste.

Je me complaisais dans l'aura de ma tristesse. À la même période je suis tombée sur un article de *Vogue*, qui sortait un baragouin de ce genre : « Cette saison, ce qu'on trouve désirable, ce sont les étoffes gothiques, les chaussettes qui arrivent aux genoux et l'eye-liner appliqué d'un trait épais, une allure qui illustre une tendance que les jeunes filles en fleur maîtrisent sur le bout des doigts : spleen et beauté vont parfois de pair. »

Nous nous sommes accrochés, encore un peu, mais dans ma tête c'était fini. J'ai rompu un an presque jour pour jour après le début de notre relation. Il est parti s'installer en Angleterre et nous nous sommes revus deux ou trois fois, à l'occasion de fêtes de Noël ou l'été.

Nous nous sommes séparés en bons termes. Chaque fois que nos chemins se croisaient, c'étaient larmes et grandes embrassades. Il est devenu ma pierre de touche, en quelque sorte, tandis que les autres aspects de ma vie partaient en vrille. Un jour, l'année de mes dix-neuf ans, nous nous sommes revus et nous sommes étreints en pleurant, en nous confessant notre amour.

« Il faut qu'on arrête de perdre notre temps, lui ai-je dit. On s'aime. J'ai fait une connerie. Mettons-nous ensemble pour de bon. »

Il a dit d'accord, ensuite j'ai pris le car, je suis rentrée à Dublin et le sujet n'est plus jamais revenu sur le tapis. Mais globalement, ça suffisait de savoir qu'il était vivant et qu'il m'aimait.

5

Nous nous sommes retrouvés sur la place à la tombée du jour. Il avait l'air en forme, un peu plus large au niveau des épaules, à présent il avait un corps de nageur, il avait intégré une équipe de natation lorsqu'il s'était installé à Montréal grâce à sa bourse de recherche.

Bronzé, encore plus tatoué qu'avant, il avait l'allure de quelqu'un que j'aurais reluqué dans un magazine, *NME* ou *Vice*, à l'adolescence. Quelqu'un que j'aurais choisi pour illustrer l'avenir auquel j'aspirais. Pas un gramme de trop, ni sur son vélo ni sur sa personne, la boucle d'oreille, cette aisance avec laquelle il habitait son corps.

Assis sur un banc, il m'a lancé un regard qui m'a pétrifiée, comme à chaque fois, parce qu'il me suffisait de poser les yeux sur lui pour ressentir ce que j'avais ressenti lors de notre première rencontre. Ça me faisait toujours l'effet d'un tour de passe-passe, un soupçon de magie, de continuer à s'apprécier toujours autant, de voir que rien n'était irrémédiablement gâché. Avec Reuben je me sentais moi à cent pour cent, encore très ancrée.

Était-ce la nature platonique de notre relation qui l'expliquait ? Difficile de ne pas croire que seul le sexe avait scellé ma condamnation, comme les filles dans *Halloween* ; difficile de ne pas croire que j'aurais pu tracer ma route sans. J'aurais pu être celle qui survit.

Nous avons poussé la porte d'un pub et nous nous sommes blottis dans un coin en nous collant l'un contre l'autre pour que nos voix ne soient pas noyées par le groupe de musique traditionnelle qui donnait un concert. Je lui ai parlé de mon père, je lui ai parlé de Ciaran, je n'avais raconté à personne ce que représentait Ciaran en dehors de mon journal intime.

Je me suis entendue vider mon sac en accéléré, en tournant à la tragédie les torts que Ciaran m'avait infligés, sans m'attarder sur mes propres transgressions, sur ma connivence enthousiaste. Aucune allusion aux développements les plus récents, à mes rages contrariées, aux intrigues sexuelles que je fantasmais de plus en plus souvent.

J'ai essayé de mettre l'accent sur le fait que je jouissais d'une parfaite santé, que je mangeais équilibré, j'essayais même de faire un peu de sport. J'ai expliqué que je dormais toujours comme un bébé, me gardant bien de lui dire que les insomnies dont je souffrais adolescente s'étaient muées en une forme de narcolepsie, que j'étais capable à présent de dormir douze heures d'affilée, voire plus, et que ça m'arrivait quand je passais la nuit seule.

Il était tard et nous avions beaucoup bu, nous nous tenions par la main.

« C'est tellement toi, a lâché Reuben.

– Tellement moi quoi ?

– Tu penses toujours que c'est toi qui souffres le plus. Que ta souffrance atteint un tel degré que ça la met à part. »

Je lui ai retourné son regard, interloquée (consciente même à ce moment que mon visage était plus agréable à regarder quand il n'exprimait rien, même là, les lèvres entrouvertes sous l'effet de la surprise, les yeux écarquillés, ravissante).

Il s'est esclaffé.

« T'inquiète. Je ne suis pas en colère. Je te connais ; je sais que tu fonctionnes comme ça. Simplement… c'est tout juste si tu m'as posé une seule question sur moi. Tu n'as pas la moindre idée de ce qui se passe dans ma vie. Ç'a toujours été plus ou moins comme ça.

– Raconte, l'ai-je encouragé en rapprochant mon visage du sien.

– Non ! Ne compte pas sur moi pour faire l'inventaire de tout ce qui va de travers dans ma vie, tu vas te l'approprier et ensuite le comparer à ta situation. »

C'était terrible, ce qu'il disait, et c'était vrai, et pourtant il affichait un grand sourire.

« Je ne sais pas comment tu t'en tires à si bon compte », a-t-il ajouté, souriant toujours et secouant la tête, alors je l'ai embrassé.

2019, Athènes

Aujourd'hui, lorsqu'il m'arrive de croiser des jeunes garçons beaux comme des dieux, mon cœur capitule devant leurs larges épaules et leur torse bien dessiné, le triangle d'or, les longs mollets à la peau hâlée et les avant-bras qui tiennent du miracle. Je projette mon désir dans leur direction comme le font les hommes que je méprise parce qu'ils agissent de même avec les filles. C'est plus fort que moi, je pose sur eux le même regard que je posais sur les garçons à l'adolescence, je repère ceux pour qui j'aurais nourri une obsession, j'essaie d'identifier ceux qui à l'inverse auraient nourri une obsession pour moi.

Il est paradoxal de se dire qu'on ne fréquentera plus jamais les personnes par qui on a été initiée à l'amour, qui ont laissé leur empreinte inévitable. Si on refuse de les considérer comme des proies, ce sont simplement quelques portes qui s'ouvrent sur le passé – les garçons qu'on a aimés à l'époque, arrivés à l'âge adulte, mais avec l'adolescent qui se devine sous la surface, qui reste visible à nos yeux. C'est auprès d'eux, uniquement auprès d'eux, qu'il est possible de se sentir aussi fascinée, aussi ouverte, aussi authentique qu'autrefois, sans avoir vieilli ni s'être enlaidie dans leur regard.

Ceux qui me donneront leur amour à l'avenir ne sauront jamais, ne sauront jamais vraiment, ne croiront jamais vraiment, que j'ai été belle jadis, une belle enfant.

6

J'ai passé trois nuits à la maison après la biopsie. Je tapais sans relâche dans la barre Google les symptômes dont souffrait mon père et j'ai trouvé un million de témoignages rassurants, un autre million qui parlaient de maladie incurable.

Quand j'ai couché avec Reuben dans sa chambre de petit garçon, j'ai eu l'impression de coucher avec un merveilleux fantôme. J'ai promené mes doigts sur des zones que j'avais oubliées et dont le souvenir m'est revenu en une fraction de seconde. J'ai touché des endroits que je ne connaissais pas, que je n'avais pas touchés la première fois et qui m'ont pourtant paru familiers.

Au début j'étais tétanisée par ses caresses, l'idée d'être moins souple, moins légère que dans l'image qu'il avait gardée de moi, cette idée me faisait frémir, mais sous ses mains mon corps a donné l'impression de s'inverser, de redevenir malléable, inaltéré. Je me suis sentie virginale, convaincue que nous pourrions corriger ensemble une décennie de faux pas.

Il a passé les mains sur mes côtes et sur mon abdomen et je n'ai pas rentré le ventre, un automatisme qui me venait encore avec Ciaran, afin de me faire passer pour plus mince que je ne l'étais.

Il n'y avait rien de spectaculaire. Tout était harmonieux et facile. Presque comique, aussi ; nous avons ri, lui et moi. Comme quand on bavarde jusque tard dans la nuit, les lampes éteintes, et qu'on essaie de ne pas laisser son rire s'enfuir avec soi.

Incroyable de noter autant de différences par rapport à Ciaran au lit. Une partie de ce qui m'avait rendue accro à son corps et à nos séances de baise, c'était la qualité de mon désir. Un désir pénétrant, désespéré, angoissé. Il était là pour écraser un contradicteur.

Il voulait que Ciaran rende les armes, soit pour qu'il m'aime totalement, qu'il m'appartienne totalement, soit pour qu'il endosse un statut de dominant d'une façon assumée, qui pouvait se mesurer. Sauf que Ciaran se contentait d'exister, passif et distant, et il me baisait comme s'il accomplissait une corvée, comme il mangeait – le plaisir n'était pas absent, mais il y avait surtout un sens aigu de la tâche à accomplir. Jamais je n'ai réussi à me rapprocher de lui, à y trouver satisfaction. Et des années durant je ne l'en ai désiré que plus intensément, j'étais prise d'une pulsion violente, qui me repoussait vers la folie.

À présent, cet aspect évacué, j'arrivais à voir la sexualité comme quelque chose de léger, pour la première fois depuis une éternité. Ce n'était pas digne d'un film, ce n'était pas sublime. J'ai retrouvé les sensations dans mon corps et il ne m'a laissé aucune frustration, le sentiment que j'avais toujours avec Ciaran. Ce corps ne donnait pas l'impression d'avoir été oublié au beau milieu du processus de création, il ne donnait pas l'impression d'une ébauche hâtive, crayonnée à la va-vite. Pas l'impression qu'on l'avait laissé en rade.

J'ai senti ce corps glisser, lisse et amical, au contact de celui de Reuben et il n'y avait pas de chair en excès, au contraire, elle était utilisée à bon escient. J'ai rempli ses mains, je l'ai rendu heureux. Ma voracité m'a surprise, comme m'ont surprise toutes les choses que j'ai eu envie de lui faire et l'impudeur avec laquelle je lui ai demandé la permission de les faire. Il était beau, c'était mon ami, j'avais follement envie de lui, et il n'était pas Ciaran.

Cette nuit-là je n'ai éprouvé aucune culpabilité.

Nous nous sommes réveillés le lendemain matin, même au sortir du sommeil il avait l'haleine suave et laiteuse, une haleine d'enfant. Nous avons échangé un grand sourire timide, puis un baiser, et nous nous sommes étirés dans le lit en bâillant, en croisant les doigts pour que ses parents soient sortis. Cette fois-ci je me suis retenue de dire que nous étions amoureux, que nous devions nous remettre ensemble.

Inutile de gaspiller de la salive. On ne pouvait rêver mieux – lui allait repartir à Montréal, j'avais ma propre terre étrangère à reconquérir. Je me cachais à moi-même le secret qu'incarnait Ciaran, je l'avais archivé avec une précision démentielle à la périphérie de ma conscience. Je le sentais en embuscade, il attendait d'entrer en éruption et de ternir l'éclat apaisé de cette matinée passée en compagnie de Reuben, mais je le tenais en échec.

7

J'ai laissé Reuben chez lui et marché jusqu'à l'hôpital pour dire au revoir à mon père, et c'est là qu'une vague d'adrénaline m'a balayée.

J'ai accéléré le pas, j'y ai mis plus de détermination et je me suis concentrée sur mon père, sur les questions que je comptais poser au médecin, en tâchant d'évacuer la panique. Arrivée au niveau d'Ardkeen Road j'ai allongé la foulée, un petit trot irrégulier – Ciaran ne se serait pas gêné pour lever les yeux au ciel en voyant ma façon de haleter, cette technique foireuse ! –, et je me suis mise à secouer violemment la tête chaque fois qu'une pensée parasite s'invitait, m'imaginant en train d'introduire ma clef dans la serrure, lui qui me regarde, qui sait ce que j'ai fait, qui le sent sur moi alors qu'il a perdu l'odorat, qui me juge répugnante en une fraction de seconde, il me croyait indigne de lui depuis le début et il avait raison.

J'ai agité la tête, secouant mon cerveau, brouillant ma vision, mais ça n'a pas aidé, alors je me suis pliée en deux au bord de la route, j'ai fermé les yeux et enfoncé les pouces à l'intérieur de mes orbites, puis j'ai appuyé mes phalanges contre mes tempes, fort, jusqu'à ce que des taches blanches et noires inondent mon champ de vision, leur clignotement saturant mes sens.

À l'hôpital mon père mangeait d'un air apathique et cela m'a émue de constater qu'il s'ennuyait. Je suis restée quelques heures à son chevet, nous avons regardé les infos et des jeux à la télé, discuté de choses et d'autres. Il a voulu savoir ce que je lisais, je n'ai pas réussi à me rappeler le titre du dernier livre que j'avais fini, alors, à la place, j'ai répété une opinion sur un roman que j'ai empruntée au supplément littéraire du journal dominical. Sa voix m'a paru plus claire que la veille. J'avais envie de le toucher, de le prendre dans mes bras ou de m'étendre à côté de lui, mais c'était proprement inconcevable.

Dans le car qui m'a ramenée à Dublin j'ai prié comme je n'avais jamais prié. J'ai marchandé avec moi-même, imploré. J'allais tirer un trait sur l'alcool, la nourriture, le plaisir. Arrêter de baver sur des inconnus, arrêter de consigner des pensées scabreuses dans mon journal intime. J'allais revenir sur ma décision, redevenir celle qui l'avait fait capituler au départ.

Ainsi mon père s'en sortirait, et Ciaran resterait à mes côtés.

Ciaran n'aurait jamais à souffrir du fait d'avoir levé le voile sur ma véritable nature – une fille qui voulait désespérément être comblée, servir à quelque chose, se plier aux besoins des autres.

Je me ferais insignifiante et inoffensive, sobre et silencieuse. J'apprendrais l'humilité et l'authentique soumission, je ne me contenterais pas d'en porter le masque.

8

Lorsque j'ai poussé la porte ce soir-là je l'ai salué et je l'ai rejoint sur le canapé, je me suis pelotonnée contre lui alors qu'il travaillait à l'ordinateur, avec son pyjama et ses lunettes. Il avait les cheveux un peu longs, ses boucles lâches sentaient la sueur, une odeur acide dont je me suis rempli les narines. J'ai jeté mon sac et mon manteau par terre, comme épuisée, et je me suis enroulée dans une couverture.

Il m'a demandé des nouvelles de mon père, j'ai répondu qu'il fallait attendre encore avant d'être fixés. J'ai posé la tête sur son épaule, le cœur battant la chamade, en espérant que ma voix n'avait pas changé, que Reuben n'avait pas laissé un cheveu, une marque quelconque qui me trahirait.

Plus tard, dans la salle de bains, j'ai vu qu'un petit bleu me pommelait la cuisse, et même s'il aurait pu venir de n'importe où, j'ai passé dessus la lame d'un couteau de cuisine, en appuyant, saisie à nouveau, momentanément, de cette détermination pure et insensée qui me prenait à l'adolescence. J'aurais gravé son nom partout dans ma chair si cela avait été possible, si cela avait pu le rendre heureux.

Maintenant que j'étais rentrée, toutes les pensées qui atténuaient la portée de ce que j'avais fait s'étaient volatilisées. À Waterford j'avais essayé de justifier ma décision après coup, en me persuadant que je connaissais Reuben depuis si longtemps que cela ne comptait guère comme une infidélité, que j'étais bouleversée et qu'il me fallait du réconfort, que j'avais bu.

Mais de retour à Dublin – de retour dans cette position que je connaissais si bien, effondrée sur le carrelage, la tête contre le réservoir des WC, les sanglots étouffés par mes genoux pour éviter une dispute – la vérité m'est apparue. J'avais couché avec Reuben parce que j'en avais envie. Parce que j'avais envie d'un homme qui n'était pas Ciaran, envie d'un homme dont l'affection et l'attention n'avaient rien d'équivoque. Envie de quelque chose qui se comprenait aisément, et je comprenais Reuben, je comprenais le sexe et j'avais eu ce que je voulais. Ciaran serait étendu dans le lit à côté de moi, il me toucherait, peut-être que son désir à lui s'amplifierait, et il ne se douterait pas que j'étais sale, que j'avais menti.

Je ne comprenais pas comment j'avais pu autant mentir alors que tout me paraissait vrai, sans la moindre contradiction interne. Je l'aimais énormément, je n'avais jamais éprouvé un amour aussi net, aussi cinglant, à l'égard d'un autre. J'étais de bonne foi lorsque je m'étais engagée à ne pas le faire souffrir, jamais, à l'aider à accorder de nouveau sa confiance aux gens.

Même là-dessus, ai-je pensé, j'avais menti – je ne voulais pas qu'il se remette à compter sur les autres, c'était moi que j'avais en tête, moi et moi seule. Je voulais être celle qui ferait voler en éclats sa carapace et atteindrait ce qu'il y avait de bon en lui, cette sainte qui lui prouverait que la gent féminine n'était pas uniquement constituée de putes et de mythomanes ; ou peut-être lui démontrer que je représentais l'exception, la seule et unique, et qu'il n'avait besoin que de moi.

Et c'est ce qui s'était produit, je l'avais fait voler en éclats. Peu importe l'attirance que j'avais eue pour Reuben, et vice versa, peu importe l'innocence de notre idylle passée, les faits étaient là. J'avais laissé un autre m'embrasser, me toucher, me plier en deux et me pénétrer, et si Ciaran le découvrait il me trouverait abjecte et me quitterait. J'ai pleuré plus fort, je me suis muselée en me mordant le poignet, mon cerveau ravagé par un incendie furieux et improductif.

Je me suis calmée, je suis allée dans notre chambre et j'ai sorti mon ordinateur. J'ai bloqué Reuben partout où c'était possible, et aussi sur mon téléphone. Mon désespoir m'avait rendue lucide et maîtresse de moi. J'étais le seul fil qui reliait ces deux hommes. La seule à pouvoir l'avouer un jour à Ciaran. Aucun risque qu'il le découvre. Il fallait simplement que je prenne des dispositions, que je range Reuben dans un coin et que je me tienne à carreau.

9

Le mois qui a suivi je me suis pliée à ces règles, j'ai agi comme si rien de tout cela ne s'était produit, comme si je pouvais le jeter aux oubliettes. Je préparais à dîner, je passais mes soirées à la maison, j'ai arrêté de boire. J'ai lu des livres et laissé tomber les émissions débiles à la télé. Quand il sortait le vendredi soir j'attendais son retour et je ne faisais rien, hormis attendre. Il semblait heureux, ni plus ni moins que d'habitude. Coucher avec lui me rendait malade et provoquait des accès de dédoublement mais je m'y astreignais, et je mettais le sexe au compte des corvées domestiques, pour désamorcer les risques.

En juillet mon père m'a appelée, pour me donner des nouvelles rassurantes de sa santé.

Non seulement il allait vivre, mais il n'avait pas été si malade que cela. Tout allait bien.

Ce soir-là j'ai appelé Ciaran, je l'ai informé que je rentrerais tard, et je me suis rendue dans un bar.

J'ai bu du vin seule jusqu'à l'ivresse, puis je me suis

pointée à une fête, où j'ai retrouvé un homme que j'avais croisé des années auparavant. Plaqués contre un mur nous nous sommes embrassés, ensuite nous sommes partis en quête d'un hôtel et nous avons baisé toute la nuit, il me tirait par les cheveux, me collait des gifles, m'étranglait, et moi je l'encourageais, continue, ne t'arrête pas, encore, encore, encore.

10

Le matin venu Noah est allé retrouver les autres membres de son groupe et ils ont taillé la route, ils avaient un ferry à prendre, ils donnaient un concert à Liverpool le soir même. Il m'a adressé un grand sourire tordu et promis de m'appeler à son retour d'ici quelques semaines, puis il m'a ébouriffé la frange, il m'a embrassée sur le front et m'a laissée seule.

J'ai pris une douche bouillante. À force d'être secoués en tous sens dans le feu de l'action, mes cheveux s'étaient emmêlés en une longue masse que j'ai divisée en touffes plus gérables, je les ai savonnés consciencieusement et ils sont redevenus normaux. Je me suis frottée partout, surtout à l'intérieur. La baise m'avait mise à vif et j'ai aggravé la situation en faisant ma toilette. Je ne savais pas quelle excuse j'allais sortir à Ciaran en rentrant. La batterie de mon téléphone avait lâché en tout début de soirée.

J'ai quitté l'hôtel et j'ai longé Fitzwilliam Square.

La fête avait eu lieu à Portobello et je m'y étais rendue avec Christina, déjà complètement soûle, sur place j'avais reconnu Noah. Il avait cette dégaine de loser irrésistible, un visage charmeur et joufflu qui suggérait un goût pour les excès et des habitudes de bâton de chaise, une dent ébréchée sur le devant, des fringues mal assorties. Il faisait vaguement penser à un surfeur qui s'était laissé aller, avec cette tignasse et ce sourire oblique, ces yeux malicieux et rieurs. Je l'ai vu qui me mangeait du regard.

Je me suis approchée :

« On se connaît ? »

Il m'a dit qu'en effet on se connaissait, et ça m'est revenu : nous nous étions rencontrés quelques années plus tôt, lors d'un concert où il partageait l'affiche avec l'un de mes ex.

« Tu es toujours avec lui ? » m'a-t-il demandé, ce à quoi j'ai répondu non.

Je n'ai cessé de revisiter l'instant précis, ce point de bascule où je suis passée de la certitude que j'aimais Ciaran, que je ne reculerais devant aucun sacrifice pour notre couple, à mon arrivée titubante devant la réception d'un hôtel sur le coup de 5 heures du matin, au bras d'un quasi-inconnu, en balançant mes belles intentions aux orties, une fois, deux fois, trois fois.

11

Vérifiant mes comptes en chemin, j'ai découvert que j'avais payé l'hôtel – en totalité, ce que je gagnais en une semaine, une micro-humiliation à ajouter aux autres et à garder en réserve.

J'avais tâché de mettre de l'ordre dans mon apparence de la façon la plus convaincante possible, un maquillage soigné et normal, mais je sentais la transpiration passer au travers de la couche de fard.

Je n'ai jamais eu aussi peur que ce matin-là, lorsque je me suis retrouvée en bas de notre immeuble, que j'ai levé les yeux et vu ses livres et ses cigarettes posés sur le rebord de la fenêtre, car je savais qu'il était à l'intérieur.

À l'instant où j'ai franchi le seuil j'ai compris que tout avait changé, et pour toujours, que ça s'était déjà produit. Envolé, le Ciaran inexpressif et distant, le Ciaran qui me forçait à jouer aux devinettes. Je l'ai trouvé affolé, les yeux rouges, tremblant des pieds à la tête. Il criait d'une façon telle qu'on aurait pu croire qu'il pleurait.

J'étais tellement préoccupée par ce que j'avais fait – la baise et l'hôtel – qu'il ne m'était pas venu à l'esprit que je n'étais pas rentrée de la nuit, tout simplement.

« T'étais où ? Mais t'étais où, putain ? hurlait-il, son indignation allant crescendo, il a attrapé mon manteau par le revers et il a tiré dessus d'un coup sec.

– Désolée », ai-je répété, et j'ai attendu qu'il se calme, attendu le moment de mentir. J'ai tenté de le rasséréner en lui touchant le poignet, il m'a repoussée. Je me suis à moitié affalée, à moitié assise sur une chaise de cuisine.

« Tu es encore bourrée ? » a-t-il lancé, et j'allais nier quand je me suis ravisée. J'ai reconnu que j'étais ivre. J'ai dit que les nouvelles données par mon père m'avaient apporté un soulagement tel que j'avais eu envie de boire ; j'avais donné rendez-vous à Christina, on s'était mis une mine, on était retournées chez elle et je m'étais assoupie sur son canapé.

Il m'a crue. Aussi improbable que cela puisse paraître, il m'a crue. Il ne décolérait pas, mais uniquement parce que j'avais bu et que j'avais découché, qu'il s'était inquiété pour moi. Il m'a simplement crue sur parole, il a gobé tout ce que j'ai dit parce que c'est la version que j'ai donnée. Lui qui m'avait menti si longtemps, au sujet de Freja et de ce qu'ils avaient vécu ensemble, partait du principe que je disais la vérité, et cela m'a estomaquée.

Je me suis déshabillée, j'ai repris une douche, je l'ai laissé seul pour qu'il s'apaise et pour me laver à fond. Après la douche je suis retournée dans la chambre, il m'a attrapée, il a balancé ma serviette et il m'a allongée en travers du lit.

« Désolée, ai-je répété, encore et toujours, tandis qu'il embrassait ma nuque et ma poitrine vide.

– Je sais », a-t-il répondu, et il a continué, il a insisté, même si je restais sans bouger et sans réagir. Ses mains se déplaçaient sur mon corps, elles me touchaient de cette façon qu'il avait de me toucher quand il avait envie de baiser. Je n'ai rien dit mais je ne me suis pas non plus dérobée à ses caresses. Il m'a doigtée, même si je ne mouillais pas.

« Je suis vraiment claquée », ai-je chuchoté, et je me suis écartée en me tortillant. Je n'aimais pas me refuser à lui, mais l'alternative n'était pas plus enviable. J'avais la sensation que mon corps, devenu radioactif, allait l'irradier.

Il m'a souri, il a posé ma tête sur le petit tas d'oreillers qu'il a réarrangé, il a déployé mes cheveux en éventail et je me suis sentie comme une poupée, ou une gisante. Il est venu s'agenouiller au-dessus de moi, il a déposé un baiser ou deux sur mon front puis, avec une délicatesse qui me faisait d'ordinaire frissonner, sur ma bouche.

« Désolée », ai-je répété, et il m'a imposé le silence. La prévenance avec laquelle il me traitait m'aurait remplie de joie il y a encore peu de temps, ce côté tendre, attentionné. Cela m'a rappelé les soins apportés par un médecin, les gestes fermes et assurés. De temps en temps je profitais de ma pause-déjeuner pour donner mon sang, parce que j'appréciais la sollicitude dont on m'entourait alors, ainsi que la facilité avec laquelle on me touchait, une facilité issue de l'expérience.

À présent j'en souffrais, de cette attention. Je voulais qu'il me pardonne mais aussi qu'il me laisse tranquille, qu'il me laisse un peu dormir, je voulais me réveiller et démarrer ma journée comme si rien de tout cela n'avait eu lieu. J'ai fermé les yeux, il n'a pas arrêté. Il s'est obstiné avec ses caresses et ses baisers puis il est descendu, par paliers.

« S'il te plaît, ai-je dit, et j'ai ajouté : J'ai pas envie » – des mots que je n'avais jamais eu à prononcer avant ce jour.

Fut un temps où il m'aurait tourné le dos avec une moue boudeuse si j'avais exprimé la moindre réticence.

Il sait, ai-je pensé, *à un niveau il sait forcément que j'ai fait quelque chose.*

« Ne te tracasse pas, a-t-il répondu en affichant toujours ce doux sourire. Tu n'as rien à faire. Je m'occupe de tout. Grâce à moi tu vas te sentir mieux. »

Et il s'est acharné, il m'a embrassée, les seins, les côtes. J'ai prié pour que les ecchymoses qui finiraient inévitablement par s'imprimer sur ma peau ne soient pas encore apparues.

J'ai essayé une fois encore de l'arrêter, je me suis tournée sur le flanc et j'ai balbutié :

« Je… je… »

Incapable d'élaborer une phrase qui traduirait ma répugnance.

« Ne t'en fais pas. »

Il m'a souri une fois de plus, comme si je me privais de plaisir par pur masochisme, comme s'il fallait qu'on me rabâche que j'avais le droit d'en prendre. Avec des gestes lents il a passé un bras sous mon genou, il m'a écarté les jambes et il a entrepris de me faire un cunnilingus.

Tout en me maintenant les mains de part et d'autre du corps.

Les yeux révulsés au maximum, j'ai tâché d'atteindre la lumière blanche pour refouler ce qui était en train de se passer. À la pensée qu'il posait sa bouche pile à l'endroit où Noah avait fourré sa bite quelques heures plus tôt, j'avais envie de pleurer de dégoût. Pourtant je ne pouvais l'interrompre sans lui dire la vérité, sans éveiller sa haine. L'idée qu'il me déteste m'était intolérable. J'avais peur de lui mais j'étais égoïste, aussi.

J'ai compté dans ma tête et, quand j'ai estimé que c'était crédible, j'ai simulé un orgasme, bandant les muscles de la face interne de mes cuisses, la zone la plus tendre, en haletant, cramponnée à sa main. J'ai creusé les reins en prenant de l'élan une, deux, trois fois, avant de m'affaisser.

« Merci », ai-je lâché, et j'ai encore dû me serrer contre lui quelques instants, puis je lui ai tourné le dos et j'ai fait semblant de dormir.

12

C'est à ce moment que j'aurais dû mettre un terme à la relation. Rétrospectivement, je trouve insensé d'avoir continué sur cette lancée mais j'étais convaincue de l'aimer, et le tromper était un symptôme de ma dépravation, je n'en démordais pas. L'amour, je ne le méritais pas mais j'en avais besoin.

L'idée de passer aux aveux était tout bonnement inenvisageable. L'idée de rompre nos attaches quotidiennes, domestiques ; l'idée de devoir me lever le matin sans lui. Ça dépassait mon entendement. Je le redoutais, mais il n'y avait pas que cela, j'étais foncièrement incapable de concevoir un monde régi par cette nouvelle réalité.

J'étais dans une très grande souffrance, entre les mensonges et les blocages, les sourires et les séances de baise où je devais faire semblant. Mais j'avais vécu avec la souffrance avant. Elle allait refluer, je le savais. On s'habitue à tout.

Mais il y avait autre chose : je ne pouvais m'imaginer inverser le récit de notre couple. Je n'ignorais pas que j'étais mauvaise, mais j'étais seule à le savoir. L'énoncer, cela impliquerait une réécriture.

La haine que nourrissaient mes amis à son égard, ouvertement ou en secret, eux qui jugeaient qu'il ne m'apportait rien de bon. Le fait qu'il ait aimé Freja, qu'il m'ait quittée pour elle. Son inconcevable froideur, la façon dont son corps tout entier exprimait le rejet lorsqu'il se détournait de moi quand je pleurais. Le ton sur lequel il me parlait, celui qui me donnait l'impression d'avoir, de nous deux, perdu la raison. Tout cela serait modifié, remanié. Quelle conflagration de mettre des mots dessus, de rendre concret le mal en moi.

Août 2014

1

J'ai gardé contact avec Noah par texto. Chaque jour je lui envoyais des photos de mon corps, lui répondait par des petites blagues, et cela faisait bien longtemps que je n'avais pas ri d'aussi bon cœur. Un jour où je chattais avec lui au bureau, il m'a dit d'aller aux toilettes, de m'enfermer et de me masturber en pensant à ce qu'on avait fait à l'hôtel. J'ai fourré mon téléphone dans mon soutien-gorge, pour éviter que mon chef me voie partir avec, et je me suis exécutée. J'ai eu un orgasme explosif en revoyant au-dessus de moi son sourire tordu, sa bite dans ma bouche. Je me suis prise en photo après coup, avec le rouge aux joues, en guise de preuve.

Je le considérais presque comme un jeu qui n'engageait à rien, une distraction acceptable parce qu'il n'habitait pas Dublin et qu'il était loin, en tournée aux États-Unis.

Je n'arrêtais pas de penser à lui, ce qui me permettait de survivre aux soirées passées dans l'appartement. Je laissais mon esprit dériver quand je préparais à manger, quand je prenais mon bain, quand Ciaran faisait sa petite affaire avec moi.

Il était prévu qu'il revienne sous nos latitudes. Il avait des dates en Écosse et en Angleterre, sa tournée s'achevait avec un concert à Londres, et il m'a demandé de venir le voir.

J'avais entretenu une ambiguïté intentionnelle sur ma situation sentimentale, je vivais en couple mais c'était compliqué, suggérant ainsi que nous n'étions peut-être pas exclusivement monogames, ou que nous avions rompu. Cela ne posait pas de problème, il s'en moquait. Notre liaison était en partie fondée sur notre complicité, deux conspirateurs conscients de se vautrer dans le stupre et la perversion, d'être attachés l'un à l'autre par nos turpitudes. Lui-même entretenait une sorte de relation à long terme, une copine qu'il voyait par à-coups et à laquelle il faisait allusion de temps à autre, sans entrer dans les détails ni s'inquiéter outre mesure.

J'ai su à l'instant où il m'a demandé de venir le voir que j'irais, le contraire aurait été inimaginable. J'avais de l'argent sur mon compte, rien pour m'en empêcher. J'ai anticipé en une fraction de seconde la navette qui me conduirait à l'aéroport, le café infect à bord de l'avion, l'excitation au moment d'arriver à la gare. Je n'ai pas traîné pour commander un billet, avant d'avoir à y penser à deux fois.

J'ai dit à Ciaran que j'accompagnais Lisa et Christina à un concert. Ça l'a un peu contrarié mais j'ai réussi à le gérer, il essayait de bien le prendre.

« Tu vas me manquer, a-t-il minaudé. C'est un week-end prolongé, je croyais qu'on allait le passer ensemble. »

J'ai souri, je l'ai embrassé et j'ai réservé une chambre d'hôtel.

C'était la première fois que j'orchestrais mon infidélité et l'organisation m'a procuré presque autant de plaisir que l'acte en lui-même, chaque élément du voyage étant doté d'une puissance enivrante. Mon réveil s'est déclenché à 5 heures, j'ai regardé son beau visage endormi et j'ai éprouvé une douleur si exquise et si dévorante qu'elle méritait à peine le nom de douleur. Je suis partie et j'ai fermé la porte, consciente de tourner une page.

Je me bougeais. Enfin, j'agissais.

Dans la navette qui m'emmenait à l'aéroport je me suis maquillée en prenant tout mon temps, et en peaufinant chaque détail, pour me rendre complètement belle.

À l'arrivée deux femmes âgées qui étaient assises à côté de moi m'ont attrapée par l'épaule et m'ont révélé qu'elles n'avaient pas raté une miette de la scène, émerveillées de voir que je ne mettais pas d'eye-liner ni de mascara à côté, terrifiées à l'idée que je me crève l'œil ! J'étais sublime, ont-elles ajouté, et que je profite bien de mes vacances, surtout. J'ai répondu d'un affable sourire et j'ai cherché les toilettes afin de vérifier ma tenue.

Dans le train qui reliait Stansted à Londres je me suis remaquillée, j'ai bu du vin, le quart de la bouteille, j'ai passé un coup de brosse dans mes cheveux et je me suis prise en photo. J'en ai publié une sur Instagram, je l'ai aussi envoyée à Ciaran.

À croquer, a-t-il répondu.

Tandis que le train entrait dans la gare de Liverpool Street, la verrière laissant entrer la lumière à flots, j'ai ressenti la même agitation qu'à l'âge de dix-huit ans, quand je m'étais installée à Dublin. Être jeune dans une grande ville, la laisser exercer son influence sur vous, vous modifier en profondeur.

Il était midi quand je suis arrivée à l'hôtel, un établissement abordable près du London Bridge, où j'ai pris un long bain et me suis démaquillée.

J'ai échangé quelques textos avec Noah, nous étions l'un et l'autre surexcités à la perspective de nous revoir. Mon cœur galopait dans ma poitrine. J'avais un sourire plaqué sur le visage. Je me suis rappelé qu'il ne fallait pas commencer à boire trop tôt. Nous nous étions fixé rendez-vous à 20 heures, dans le bar de Brixton où jouait son groupe.

À 18 heures je me suis complètement remaquillée et j'ai enfilé une robe bleue ultra-courte achetée pour l'occasion, puis je suis descendue au bar de l'hôtel et j'ai bu deux gin tonics en terrasse.

Un groupe d'Allemands, des supporters de foot bourrés, m'a accueillie par des sifflets et des clameurs, je les ai fusillés d'un regard aussi indifférent que glacial. J'étais vraiment canon. Le décalage entre ce qui se passait en moi et mon apparence donnait l'impression que je possédais un pouvoir infini.

Mon physique de bombe conférait à ce capharnaüm intime une grâce salvatrice, un glamour empreint de chaos.

Ça me fera des bons souvenirs quand je serai vieille, me suis-je dit en écrasant une énième cigarette. *Je vais graver dans ma mémoire ce que j'éprouve à cet instant, assise à la terrasse d'un hôtel, en attendant de m'envoyer en l'air avec un mec dont j'ai tellement envie que je pourrais tourner de l'œil.*

Je vais graver dans ma mémoire la sensation que ça procure d'avoir un corps qu'il est impossible de nier ou de considérer de façon ambivalente. Tout cela va me manquer, même les secrets, même les mensonges.

2

Quand je suis arrivée au bar il se trouvait dans la cour, il fumait en compagnie des membres de son groupe. Il m'a présentée, ils m'ont tous souri et dit bonjour, ils n'ont pas essayé de me mettre mal à l'aise ni lâché de rire gras, même si j'imagine qu'ils savaient tous ce que j'étais venue faire, ils connaissaient la raison de ma présence.

Ils ont regagné le bar d'un pas détendu, alors il s'est tourné vers moi, il m'a pris le visage entre ses mains rugueuses et il les a passées sur mes cheveux, puis il m'a regardée comme s'il n'en croyait pas ses yeux – mais sans se prendre au sérieux, pas en mode coincé ou lourd, plutôt comme s'il observait une plante, un animal ou un jouet digne d'intérêt, à la fois amusant et attrayant. C'était quelqu'un de simple et direct, à l'image du plaisir qu'il tirait de moi et de mon apparence.

Il m'a guidée jusqu'à sa fourgonnette, encombrée de guitares et d'emballages de fast-food, et nous avons pris place sur le siège conducteur. Nous faisions face à l'ombre d'un mur tapissé de lierre, assez à découvert pour avoir l'impression de nous lancer dans une activité absurde et dangereuse. Je me suis mise à califourchon sur lui, j'ai courbé le cou pour l'embrasser et je l'ai noyé sous ma chevelure. Je me suis fait la remarque, vaguement, que j'étais toute propre par rapport à lui. Le shampooing à la lavande de l'hôtel avait laissé son parfum frais sur moi, lui avait mariné pendant des semaines dans sa sueur mêlée de tabac.

Je me suis regardée telle que j'étais. La peau blanche et rose, je portais une robe bleue au tissu fin qui encadrait le haut de mes seins et finissait à mi-cuisse. Une glace à la fraise, sur fond de ciel bleu. Je sentais tellement bon que ça m'a paru dingue.

Lui était bruni par le soleil, l'air débraillé mais sexy après avoir vécu sur la route et carburé à l'alcool et aux burgers, avec la peau tannée et coriace d'un agriculteur. Il a défait sa fermeture éclair d'une main maladroite et sa bite a jailli du pantalon ; une légère odeur d'urine s'en est échappée, fétide, et le dégoût qui est monté en moi n'a rendu la chose que plus excitante.

Comme dans ces rêves où je couchais avec Freja, je pouvais m'autoriser à éprouver du plaisir en m'imaginant que c'était moi, et pas lui, qui mettais des coups de reins.

J'ai appuyé de toutes mes forces mon front contre le sien, j'ai essayé de sentir ce que l'on ressent quand on casse un objet, ou une personne, qu'on le fend en deux.

J'ai étudié mon corps et la fièvre de cette intrusion, la mienne comme la sienne, m'a fait bouillir les sangs.

Ç'a été l'affaire de quelques minutes, je l'ai laissé jouir en moi et nous avons regagné le bar en nous tenant par la main, moi marchant derrière, une substance tiède et visqueuse coulant le long de mes cuisses.

J'ai eu la sensation que les autres hommes posaient sur moi un regard de connaisseurs. Je me suis demandé s'ils arrivaient à percevoir ce que je venais de faire, si c'était aussi évident qu'une chienne qui avait ses chaleurs, s'ils flairaient l'odeur que Noah avait laissée sur moi et souhaitaient la masquer avec leur propre odeur.

Pourquoi dois-je en passer par là pour me sentir moi-même ?

J'étais foncièrement moi-même, je ne pensais à personne en dehors de moi, dans ces moments-là je n'étais personne à part moi.

2019, Athènes

Il m'arrive, quand je m'ennuie et que je suis seule, de nouer conversation. Je suis dans un bar, j'adresse la parole à d'autres personnes seules, j'essaie de causer un électrochoc afin qu'elles me disent quelque chose d'intéressant, ou qu'elles me laissent plantée là.

À première vue on pourrait me trouver très cruelle, avec cette façon que j'ai de m'esclaffer à la figure de ces hommes aux traits doux et tristes qui boivent dans leur coin – dans ce pays ce n'est pas normal de boire dans son coin –, de les intimider. Ils ont le teint plombé, des lunettes, une calvitie. Ils sont maladroits, maladroits du genre empoté, ils portent des T-shirts à l'effigie de groupes de black metal et des shorts mal taillés, ils flirtent comme des désespérés avec des serveuses sublimes. Ils ne me remarquent plus trop. Je ne suis plus une jeune fille en fleur.

Quand je leur adresse la parole je démarre sur une question : « Vous croyez que quelqu'un peut vous aimer ? » ; et pendant qu'ils y réfléchissent, ou tentent de m'échapper, je m'empresse d'ajouter : « Vous croyez vraiment que quelqu'un pourrait vous aimer si aucun de vos faits et gestes ne lui échappait ? » Et je les regarde grincer des dents, à croire que je viens de leur coller une gifle.

« Je ne plaisante pas. Imaginez que rien n'échappe à personne. Aucun secret, aucune émission corporelle innommable, aucune catégorie de porno que vous avez matée dans une espèce d'hébétude quand les trucs normaux n'ont plus d'impact sur vous. Pensez-y. Chaque moment humiliant, chaque accès de désespoir – vous croyez vraiment qu'on pourrait vous aimer quand même ? Qu'il y aurait quelqu'un pour vous aimer ? »

3

Je me rappelle ce que je ressentais au début, quand j'aimais Ciaran, avant qu'il me quitte une première fois au moment des fêtes de Noël, il me manquait tellement dès qu'il s'absentait. Il avait passé un long week-end à Limerick dans le cadre d'un séminaire et je ne savais pas comment m'occuper, je n'avais pas envie de m'occuper de toute façon, j'avais simplement envie de me languir de lui.

Je me rappelle que j'étais allongée dans ce meublé où je me sentais si seule, je pensais à lui et je pleurais. Pas sous l'effet de la tristesse ou de l'inquiétude, non, car je n'étais ni triste ni inquiète. Et je ne pleurais pas non plus parce que son absence me faisait souffrir, pas exactement. C'était avec une sorte de jubilation que je laissais couler mes larmes, parce que je me languissais de lui, à cause de cette modeste douleur qui se déclenchait en moi aussitôt que je me languissais d'un homme.

Ça laissait l'impression d'une douleur juste, une valeur de référence, et c'était ce qui faisait couler mes larmes

– c'était tellement bien, et tellement réconfortant. Jamais je ne connaîtrais le bonheur sans lui et savoir cela me mettait au supplice, un supplice qui m'était doux, car il pouvait se guérir, je connaissais le remède.

Un point en faveur de l'amour : ses règles sont claires, comme s'il s'agissait d'un jeu, et il comporte des formules et des maximes que l'on aura entendues dans des films, dans des chansons. Il y a des situations types, des caps à franchir. Si on perd c'est une chose, et il faut gérer cet échec, mais on peut jouer et c'est déjà beaucoup.

Je me rappelle les lendemains de notre rupture, je me réveillais en larmes, toutes les nuits je rêvais qu'il m'assurait de son amour.

Dans le rêve il disait qu'il m'aimait et je le savais sincère, d'où mes larmes.

Les mots étaient là, sur ma langue, je parvenais presque à les goûter, frais et délicieux, désaltérants, mais je devinais qu'au réveil ils auraient disparu.

Je me rappelle un jour où nous nous disputions, un genre de dispute à sens unique, j'étais assise et je le regardais.

Il m'avait mitraillée de commentaires sur ce que je préparais à manger, de critiques sur la taille de mes portions et sur ce que j'avalais, jusqu'à ce que je lui dise d'arrêter, et que je lui demande ce qui le poussait à agir ainsi tout le temps.

Aussitôt l'obturateur s'était enclenché et, le visage fermé, il avait répondu que mes complexes n'étaient pas son problème, qu'on ne pouvait pas lui demander de se plier en quatre parce que j'étais complexée. Pas plus qu'il ne pouvait surveiller ce qui sortait de sa bouche du matin au soir sous prétexte que j'avais des états d'âme.

J'ai pleuré quand j'ai vu ses traits s'altérer et j'ai répété pardon pardon pardon, mais il n'était plus là, il m'avait tourné le dos et il était allé s'asseoir près de la fenêtre pour regarder dehors et faire comme si je n'existais pas.

Son profil était éclairé par les lampadaires et par l'enseigne du fish-and-chips sur le trottoir d'en face et malgré mon agitation de plus en plus frénétique j'ai été époustouflée par sa beauté, par sa ressemblance avec un tableau ou une sculpture, alors qu'il s'était retiré en lui-même, dans cette position. Il parvenait à creuser une distance phénoménale entre nous en un claquement de doigts. Je lui enviais cette faculté à se détacher d'une situation.

Sa froideur s'était accrue par degrés au fur et à mesure de notre relation quand, de mon côté, je gardais la mienne en réserve pour la fin.

4

J'ai le souvenir d'un article qui parlait d'Ian Tomlinson, un vendeur de journaux qui a trouvé la mort pendant les manifestations anti-G20 à Londres en 2009, passé à tabac par un policier. J'étais en train de feuilleter le journal, je suis tombée sur cette info et cela m'a rendue triste. Le lendemain la presse donnait plus de détails, il vivait dans un foyer, il était alcoolique, apparemment il avait dit : « Je veux rentrer chez moi, je veux juste rentrer chez moi », pendant qu'il agonisait. J'ai lu cela dans la voiture, assise à côté de mon père qui conduisait, et je me rappelle avoir fondu en larmes. J'ai imaginé sa vie, son addiction, son quotidien dans ce foyer, le fait qu'il voulait seulement rentrer chez lui. J'ai pleuré des jours entiers.

Ado j'ai entendu une histoire qui circulait, bien avant ma naissance, dans une bourgade voisine de Waterford, une pauvresse vendait ses charmes aux types du coin et les femmes du village l'avaient tuée. Sa mort n'était peut-être pas préméditée, mais le résultat restait le même. Elles s'en sont prises à elle, elles l'ont plaquée au sol et elle n'y a pas survécu.

Un autre fait divers trouvé dans un journal. Un jeune bedeau a pris dans ses filets un chrétien d'âge mûr, bon et pieux. Cet homme n'avait jamais réussi à concilier son homosexualité avec sa foi. Le bedeau l'a convaincu qu'ils filaient le parfait amour, dans l'objectif de le manipuler et de le pousser à modifier son testament. Il a mis en scène toute une cérémonie censée célébrer leur relation, après quoi il l'a empoisonné, lentement, jusqu'à ce que sa victime se croie atteinte de démence. Persuadée, toutefois, d'avoir trouvé l'amour. « Enfin la perspective de mourir seul ne m'effraie plus », a écrit l'homme sur son lit de mort. Espérons qu'il ait rendu son dernier souffle avant de prendre la mesure de sa solitude. Espérons qu'il soit décédé convaincu d'être aimé de la façon dont il avait voulu qu'on l'aime.

Dans la gazette locale l'année de mes douze ans : une vieille dame laissait sa porte ouverte aux enfants du quartier, elle leur préparait du thé et des biscuits, naturellement des gamins plus âgés sont venus zoner, ils rapportaient des canettes de bière et fumaient du shit, la pauvre était complètement désemparée, et un jour l'un des grands l'a frappée. Les personnes âgées ont la peau aussi fine que du papier – ils ont transformé son visage en une explosion de bleus et de violets, et son expression disait : « Pourquoi ils ont fait ça ? » Oui, pourquoi ?

Ces histoires m'ont secouée mais je me suis immunisée

contre la douleur en les ressassant, en me forçant à revisiter les détails, en me les passant en boucle jusqu'à ce qu'elles se vident de leur sens.

On se détache, ou on meurt.

Septembre 2014

1

Il y en a eu d'autres par la suite, qui se sont succédé à un rythme survolté : d'abord un copain, puis un collègue, pour conclure un artiste.

Je buvais de plus en plus, Ciaran savait que j'avais changé. Ma gentillesse tenait parfois de la flagornerie, je disparaissais des nuits entières sans me justifier, je rentrais en titubant, ivre, et je m'écroulais sur le lit.

J'ai repris contact avec mes anciens amis et, comme pas mal d'années s'étaient écoulées depuis nos dernières frasques, seuls les ivrognes les plus dévoués à la cause tenaient la cadence. Ceux qui pouvaient se permettre de suivre, financièrement et physiquement, se comptaient sur les doigts de la main. Insouciants, atteints de dépression chronique, des artistes et des musiciens dotés d'un capital social qui pointeraient au chômage toute leur vie. Les personnes les plus drôles de Dublin, à condition d'avoir aussi un coup dans le nez.

Certains travaillaient encore comme DJ et comme organisateurs de soirées, et ceux qui avaient fait leur trou dans le monde de la nuit pouvaient légitimer leurs libations. Les autres légitimaient les leurs par procuration – on sortait voir les potes, le hasard faisait que les potes en question bossaient dans des bars qui n'ouvraient qu'à 23 heures et exigeaient qu'on écluse les cocktails bon marché proposés cette semaine-là, qu'on faisait suivre d'un nombre non négligeable d'allers-retours aux toilettes pour y sniffer telle ou telle substance sur une clef que quelqu'un de poli vous tenait sous le nez.

C'est comme ça que j'ai baisé le suivant, défoncée et ivre morte, contre le mur des toilettes pour handicapés dans un club de Harcourt Street. Il s'agissait de Mark, un vieil ami à moi qui fourguait des cachetons, jouait dans quatre groupes différents et m'avait emmenée au McDo les lendemains de cuite, très chastement, des années plus tôt.

Je n'ai gardé qu'un souvenir flou de ce que nous avons fait mais ce qui s'est gravé dans ma mémoire, c'est ce qui s'est passé après coup, ses potes qui nous ont regardés revenir des WC derrière la cabine du DJ avec des ricanements, et puis moi qui suis rentrée toute seule en titubant le long du canal.

2

J'avais gardé contact avec Noah. Il était irréel – ou ce qu'il signifiait pour moi était irréel, plutôt – mais miraculeux tout à la fois, il jaillissait de l'écran de mon téléphone chaque fois qu'il me faisait signe, son intelligence et son humour décalé. Je marchais toute la journée les yeux collés dessus et pas une fois je ne relevais la tête. Il prenait en photo ce qu'il mangeait et ce qu'il voyait, il me confiait ses pensées sans que j'aie à lui tirer les vers du nez.

En comparaison du glacier qu'était Ciaran, la chaleur que dégageait Noah me stupéfiait, une surcharge sensorielle, une personne qui avait abattu ses barrières. L'idée de vivre ainsi m'a semblé si merveilleuse que je me suis demandé si c'était envisageable. S'agissait-il simplement d'une question de libre arbitre ?

Sa qualité principale, c'était qu'il ne gardait pas ce qu'il avait de bon pour lui seul, justement, il le diffusait à son environnement. Grâce à lui le monde lui-même paraissait meilleur, arrivé à maturité et disposé à nous accueillir à bras ouverts, grâce à lui je me sentais drôle, fraîche et pétillante, et cela se vérifiait qu'il soit ou non à mes côtés.

3

J'ai reçu un mail de Lisa, qui nageait toujours dans le bonheur à Berlin avec sa petite amie et sa nouvelle vie qui me resterait à jamais inconnue.

Même si nous n'avions gardé qu'un contact occasionnel, je la portais toujours dans mon cœur et réciproquement. Dans son message elle me racontait qu'elle achevait le premier jet de son livre.

Ma gorge s'est nouée, chatouillée par la fierté et l'envie – écrire un livre, mon unique rêve d'enfant.

Petite, avant l'alcool, avant les hommes et avant tout le reste, seuls les livres étaient en mesure de m'absorber entièrement, je me dissolvais dedans.

J'étais séduite par l'idée de créer quelque chose qui déclencherait le même phénomène chez une autre personne. Je ne désirais rien accomplir en dehors, semblait-il.

Cela remontait bien loin, évidemment, et à présent il me semblait incompréhensible, ou presque, que l'on puisse consacrer autant de temps, autant d'énergie, à un projet dont on ignorait l'issue.

La vie me paraissait dénuée de sens, opaque et fluctuante, à un point tel que je me focalisais sur les émotions immédiates.

L'immédiateté, c'est tout ce qu'il me restait.

4

Ensuite, à l'occasion d'une autre soirée, il y a eu ce collègue moche et odieux qui m'avait pelotée lors de la petite fête organisée par ma boîte – celui qui m'avait mis la tête en vrac quand il m'avait demandé comment Ciaran avait pu me laisser sortir dans la tenue que je portais alors.

Un autre souvenir de lui, flou et purulent, et de mon consentement alcoolisé, de ma réticence initiale.

Et au bout du compte une sensation analogue au plaisir, ou à tout le moins au désir, le besoin de sentir ses répugnantes paluches partout sur mon corps, je me rappelle avoir pleuré alors qu'il avait les mains sur ma gorge, la puanteur abominable de sa conscience corrompue, le fait qu'à cause de lui j'avais la sensation d'appartenir plus pleinement à Ciaran tout en étant plus pleinement moi-même, l'intensité, la violence de cette expérience.

5

Et, pour finir, un artiste avec qui Ciaran louait un atelier, un jeune étudiant à l'air souffreteux, mignon, avec une coupe grotesque comme l'imposait la mode du moment.

J'ai débarqué là-bas un samedi en pleine nuit, leur atelier se trouvait sur les quais, au quatrième étage, j'avais bu et dansé jusqu'à 2 heures. Je voulais voir si Ciaran était dans le coin, mon téléphone ayant rendu l'âme en début de soirée, comme à l'accoutumée. J'avais oublié l'artiste, un gamin timide qui ne laissait aucun souvenir.

Quand j'ai frappé à la porte il a ouvert avec cet air frileux et contrit qu'il avait, et il m'a dit que Ciaran était parti depuis un bon moment. Il m'a proposé une bière, nous sommes allés nous asseoir sur les tables où j'avais vu Ciaran travailler, nous avons bavardé et bu jusqu'à ce qu'il soit ivre aussi, puis nous nous sommes embrassés et envoyés en l'air.

La terreur qui s'affichait sur ses traits alternait avec une violence imprévisible, il me frappait et pinçait les zones les plus sensibles, puis il se recroquevillait sur lui-même.

Après coup je me suis apitoyée, pas seulement sur mon sort comme j'en avais l'habitude, mais aussi sur le sien, pour l'avoir embringué dans cette histoire.

Apitoyée parce que quelque chose clochait chez lui, ce qui le forçait à se déchaîner puis battre en retraite, et recommencer.

6

C'est seule que je me suis réveillée le lendemain, le corps brûlé par la lumière que répandaient les hautes fenêtres de l'atelier, ma bouche desséchée cherchant l'air.

J'étais nue, recouverte d'un pan de toile goudronnée dans laquelle je me suis enroulée, j'ai pris appui sur mes coudes et, la main en visière, les yeux mi-clos, j'ai contemplé cette grandiose lumière cendrée qui vient recouvrir la Liffey au petit matin quand il fait froid.

Nous étions le 1er novembre, à Dublin, le jour de mon anniversaire. J'avais vingt-cinq ans.

J'avais l'estomac en vrac, noyé sous un déferlement d'acide. Le type m'avait frappée à la lèvre, que j'avais fendue et enflée. J'avais aussi les genoux et l'intérieur des cuisses criblés de bleus, l'entrejambe ensanglanté, et du sperme dégoulinait de mes parties intimes.

J'étais seule.

J'ai rampé au sol, une main sur mon crâne pilonné par une douleur, j'ai cherché mon sac à tâtons, j'ai récupéré mon téléphone, je l'ai mis à charger et je me suis étendue à côté comme une masse.

J'ai appuyé mon visage meurtri et brûlant au mur, dont l'odeur de peinture m'a rappelé l'école primaire.

(J'ai pensé alors à cette période-là, à mes années d'écolière et à ce que j'y avais vécu, à mon amour pour Bea, aux petits mots que nous nous échangions tout au long de la journée. Nous résistions à l'envie de nous tordre de rire, au point d'en trembler et d'en devenir écarlates, et il nous arrivait parfois d'exploser, rendant les armes devant les gribouillages, les surnoms, les bêtises et l'instituteur qui nous ordonnait de sortir dans le couloir. Je me suis rappelé la fois où je suis rentrée à la maison au beau milieu du trimestre et où j'ai adressé à Dieu une prière pour qu'il intercède en notre faveur et nous laisse assises l'une à côté de l'autre en classe – on nous avait menacées plusieurs fois de nous séparer, j'aimais tellement Bea.)

Le mur froid a apaisé les zones tuméfiées et endolories de mon visage, les endroits où ce gamin triste et étrange m'avait frappée sans prévenir.

J'aurais donné cher pour savoir comment ils arrivaient à deviner, à chaque fois, que j'étais du genre à me laisser cogner.

Même quand je gardais le silence dessus, ils détectaient par j'ignore quel moyen qu'une partie de moi l'acceptait, ou en avait envie.

Comment expliquer qu'ils me démasquaient systématiquement ?

Comment expliquer qu'il ne leur venait jamais à l'esprit de me demander de quelle façon je souhaitais souffrir, combien de temps, fort ou pas trop ?

Et, en admettant que l'un d'eux me pose la question, aurais-je su quoi répondre ?

J'ai allumé mon téléphone.

Ciaran avait essayé de me joindre des dizaines de fois, j'ai fait défiler l'historique des appels manqués d'un air absent, et Noah m'avait envoyé des messages, des textos taquins et vulgaires où il me racontait ce qu'il faisait, il disait que je lui manquais.

Noah.

Penser à lui m'a réconfortée dans les ruines du petit matin. Il était vigoureux, fort, épanoui. Il me faisait rire, il me laissait croire qu'il était possible de faire du passé table rase.

Il était intelligent mais pas pontifiant, quand il parlait il m'incitait à élaborer des idées nouvelles, des idées qui ne me seraient jamais venues spontanément.

Il savait quelle place il voulait occuper ici-bas, il accédait au bonheur en prenant du plaisir dans ce qu'il faisait. J'aurais aimé l'avoir près de moi, m'imprégner de son assurance.

J'avais envie qu'il me touche avec douceur à certains moments, avec brutalité à d'autres, et que nous sachions toujours, lui comme moi, de façon implicite, si c'était la douceur ou la brutalité qui ferait l'affaire à l'instant T.

J'ai revu ses yeux assoupis qui me considéraient avec tendresse, comme un objet de valeur qu'il convoitait et méritait, son sourire paresseux et son identité irréductible. Le connaître, même un peu, c'était éprouver la plénitude de son tempérament qui s'exprimait dans chacune de ses plaisanteries, chacun de ses baisers, chacune de ses exclamations.

C'était une personnalité foisonnante, il y avait en lui un chaos plein à craquer, une vie qui palpitait et dans laquelle jamais je ne me lasserais de faire le tri. Avec lui pas de blancs dans la conversation, pas de vides ni de points finaux.

Son image m'a apporté du réconfort, elle a calmé ma gorge irritée, épuisée par le tabac, ainsi que la douleur des coups reçus. Elle a fait retomber l'adrénaline et la peur de cette gueule de bois épouvantable. Si seulement je pouvais passer un moment à ses côtés, si seulement je pouvais lui parler et le faire sourire, les yeux fixés sur son téléphone, comme je souriais moi-même à cet instant.

Dans ses textos il m'informait qu'il posait ses valises à Londres en janvier pour plusieurs mois, là-bas il allait enregistrer avec un groupe et voir ce que l'avenir lui réservait, est-ce que ça me tentait de l'accompagner, de m'installer quelque temps avec lui ?

Est-ce que ça me tentait ?

Instantanément j'ai tout visualisé, tout ressenti en moi.

Le trajet jusqu'à l'aéroport, les bagages bouclés dans la précipitation pendant que Ciaran me hurlait dessus.

La sensation invincible d'être jeune et seule, d'ouvrir un nouveau chapitre.

L'air vif et clair, la course sur le tarmac verglacé en direction des terminaux, le plaisir brut de retrouver Noah à Londres, de jouir d'une liberté totale, affranchie de tout ce que je m'étais fait subir.

Le plaisir de voir ce qui viendrait par la suite, simplement.

Nous pourrions discuter de tout cela, et de Ciaran, de l'erreur que j'avais commise en choisissant de me mettre en couple avec lui, de la souffrance que je m'étais infligée en essayant si longtemps de l'aimer. Noah prendrait sur lui de me rassurer, la situation allait s'améliorer, il me laisserait pleurer de temps en temps, ensuite il y aurait une partie de jambes en l'air et nous serions heureux, en ménage dans un nouvel endroit, nouveaux l'un pour l'autre.

Le dimanche nous nous rendrions à Deptford et à New Cross, où vivaient ses amis, et il y aurait du poulet rôti sur la table et une bouteille de mousseux à cinq livres achetée au Sainsbury's.

Je trouverais un job dans un café ou un pub, la journée j'écrirais pendant que Noah aurait ses trucs à lui, le matin je ferais d'interminables promenades le long de la Rye à Peckham ou jusqu'au London Bridge puis je remonterais la Tamise.

Nous irions ensemble au Broadway Market et nous dégusterions les produits les plus fins avant d'acheter des olives malodorantes avec lesquelles nous ferions le tour du marché. Rien d'autre. La balade, ce serait l'intérêt de la sortie.

Lorsqu'il donnerait des concerts j'irais de temps en temps – pas à tous parce que j'aurais ma vie à moi, aussi –, je le regarderais jouer et je serais à la fois fière et excitée par l'aspect intime de cette performance publique, les traits tordus, les sourires extatiques, étranges et soudains, affichés aux moments forts.

Nous ne serions pas seuls au monde car ce n'était pas le genre de Noah, il ne pouvait être tenu en bride, à supposer que j'aie voulu exercer un contrôle sur lui. Je le chérissais pour son tempérament extraverti, pour son cœur grand ouvert, pour ses insatiables appétits. Loin de moi l'envie de le freiner.

Certains week-ends nous prendrions le train pour partir en rando toute la journée dans le Kent, parcourant le littoral sur une vingtaine de kilomètres.

(Mais ça ne te ressemble pas, dirait Ciaran s'il m'entendait. Une rando ? Et voilà l'intérêt – ce ne serait plus moi, plus du tout.)

Ou peut-être que je me trompais sur toute la ligne. Peut-être étais-je incapable de concevoir le genre de vie que nous allions mener. Une vie pour laquelle je n'avais aucun socle, aucun point de comparaison.

Je me suis abandonnée à mes réflexions quelques instants, ainsi qu'au soulagement qu'elles me procuraient.

Laisser une situation totalement nouvelle s'emparer de moi, l'unique façon d'échapper à Ciaran saine et sauve, l'exultation, jusqu'au vertige, de pouvoir laisser derrière moi une vie entière, laisser qui j'étais, en un claquement de doigts.

Sauf que je ne le connaissais pas.

Sauf qu'il n'était qu'une image parmi d'autres.

Sauf que je n'allais pas être jeune et seule – je serais jeune, oui, mais en passe de me remettre en couple.

Noah était le négatif de Ciaran, en effet, mais de mon côté je n'avais pas changé.

Je resterais toujours la même, je le savais, pourtant je crevais d'envie de croire le contraire.

Au début j'aurais la sensation de partir, portée par une euphorie nouvelle, inédite, mais cette théorie ne tarderait pas à prendre l'eau (et sans doute en un temps record – la relation que Noah entretenait avec l'alcool faisant écho à la mienne, la copine qu'il cachait quelque part et qu'il évoquait rarement, ces numéros de charme qu'il sortait aux filles qu'il croisait).

Je m'en irais poussée par le désespoir, pas par la joie, je quitterais une situation pour me ruer tête baissée dans une autre.

Non, cela ne s'achèverait pas ainsi. J'allais devoir siffler la fin moi-même.

7

J'ai quitté l'atelier et je me suis aussitôt engouffrée dans un taxi, sans me laisser le temps de remettre de l'ordre dans mon apparence ni de changer d'avis. Je ne me rappelais pas avoir éprouvé un jour une montée d'adrénaline pareille, chacune de mes cellules parcourue d'une agitation nerveuse, mon cœur martelant ma poitrine sous l'effet conjugué de l'alcool et de l'appréhension.

Deux facettes de moi étaient en panique, pour des raisons différentes.

Ma facette ordinaire, celle qui était subordonnée au caractère quotidien de Ciaran et à la promesse de n'être jamais abandonnée, voulait m'empêcher d'aller plus loin, me conseillait d'effacer les traces, de me débarbouiller, de mentir.

Et une autre facette avait pris forme en moi, si puissante et véloce qu'elle semblait par sa seule volonté propulser le taxi qui fonçait à travers les rues, un aspect qui me disait : Fuis, fuis, prends la fuite. Sors de là, aussi vite, aussi totalement que possible. Livre ta maison aux flammes, enferme-le à l'intérieur, fais une croix sur tout ça aussi rapidement que le permet la réalité.

La facette ordinaire tentait de me tranquilliser, de faire défiler à toute allure un diaporama qui montrait les bons moments partagés avec Ciaran, ceux qui atténuaient le reste. Et je les ai vus, ces moments, le soulagement de se glisser dans un lit paisible à ses côtés le soir, le soulagement de sa bonne humeur en pointillé et la façon dont il me faisait rire dans ces instants-là, le soulagement des soins dont il m'entourait quand j'étais malade.

J'ai songé alors que j'avais trouvé comment les définir, ces moments passés en sa compagnie : un réconfort. Ils m'ont toujours procuré du réconfort face à l'absence de ce que je redoutais, les choses ordinaires, intrinsèquement banales : la froideur, le fait d'ignorer jusqu'à ma présence, le dédain, la haine.

Les remontrances et le remodelage de qui j'étais, les compliments équivoques et les conseils hérissés de barbelés. La conviction qu'il avait martelée en moi que jamais, jamais je ne serais conforme à ce qu'il désirait. Souvent le plaisir n'avait rien à voir avec du plaisir à proprement parler ; c'était un palliatif à la douleur. Un simple pansement, et la jouissance éprouvée à retirer ce pansement équivalait à se faire un trou dans la jambe et sentir la plaie cicatriser.

J'avais souffert et, en un sens, sublimé la souffrance. Je l'avais magnifiée de façon telle que je la transformais en occupation à plein temps.

8

Le taxi m'a déposée sur Rathmines Road, j'en suis sortie en trébuchant et une bande de trentenaires a ri de me voir dans cet état en cette heure si matinale, sans méchanceté, sans doute parce qu'ils se revoyaient au même âge.

J'ai glissé ma clef dans la serrure mais je n'ai pas eu le temps de la tourner, la porte s'est ouverte à la volée.

Il m'a toisée, des pieds à la tête, puis il m'a tourné le dos et il a monté les marches quatre à quatre. Je l'ai suivi, le cœur palpitant comme un fou au creux de ma gorge. J'ai posé mon sac et mes affaires sur la table du salon, je me suis affalée sur le canapé.

« Je veux qu'on se sépare », ai-je déclaré.

J'étais tellement soûle, j'avais encore la tête qui tournait.

« Sans déconner ? » a-t-il rétorqué, moqueur.

Aucune surprise dans sa voix. J'ai éprouvé un soulagement soudain. Peut-être que ce ne serait qu'une formalité. Peut-être l'avait-il pressenti. Peut-être que lui aussi, il souhaitait rompre !

« Tu m'expliques pourquoi ? » a-t-il demandé, la danse glaçante du sarcasme au fond de ses yeux.

Sa question m'a prise de court. Je comptais accomplir l'acte au moment de l'énoncer, je m'étais préparée à de la colère, à une réaction choquée, à des cris.

Alors il s'est tourné vers la chambre et m'a exhortée, d'un bref signe de la main, à le suivre.

Les mouvements toujours aussi vifs, aussi fluides.

J'ai remonté le couloir de ma démarche titubante, en me rattrapant aux murs, un marteau-piqueur dans le crâne.

Je l'ai rejoint dans la chambre, il s'était assis au bord du lit.

Mes journaux intimes éparpillés autour de lui.

Disposés en éventail, dans une mise en scène théâtrale, ils occupaient entièrement l'espace.

Tout était là, noir sur blanc. Comment j'avais baisé. Avec qui.

Ce que j'éprouvais vis-à-vis de Noah.

La frustration et, au bout du compte, l'ennui que lui, Ciaran, déclenchait en moi.

Il trônait au beau milieu, un grand sourire sur la figure, un sourire terrible, incandescent, qui prenait tout son temps, il s'est tourné vers l'un des carnets et il a lu à voix haute.

« Je ne sais pas pourquoi je suis telle que je suis. Je ne sais pas pourquoi j'éprouve ce besoin d'être brutalisée, d'avoir mal, de me faire humilier. Je n'ai rien qui m'éclaire sur mes raisons. Mais c'est un fait, tout simplement, que je suis portée sur ces choses-là, et que Ciaran ne semble pas motivé à me donner ce que je veux. »

Il m'a regardée à nouveau, ses beaux traits déformés par ce rictus horrible.

« Désolée », ai-je offert, et c'était tellement hors sujet qu'il y avait presque un côté comique à l'affaire.

Je tremblais. J'avais besoin de sucre, d'eau froide, d'une douche. Besoin de m'en aller.

« Désolée », ai-je répété.

Et ça manquait tellement de conviction que je ne l'ai pas cru moi-même et j'ai éclaté en sanglots. Je suis partie m'asseoir dans un coin, je me suis fourré la tête entre les genoux et j'ai pleuré, pleuré tant et plus. D'une main je me cachais le visage, de l'autre j'essayais d'attraper Ciaran. Je lui ai touché la main, alors il s'est mis debout.

« Tu ne m'as pas dit que tu avais envie de ça. »

Encore en larmes, je n'ai pas réalisé ce qu'il disait ni ce qu'il faisait.

Il était en train de déboucler sa ceinture. Il déboutonnait son pantalon, baissait sa fermeture éclair. J'étais recroquevillée dans un coin, tout au fond de la chambre, à l'abri de la scène qui se déroulait à cet instant, à l'abri de ma honte. La figure enfouie dans un T-shirt de Ciaran pour essuyer mes larmes et respirer dedans.

Il s'est mis nu.

Il s'est agenouillé devant moi et il m'a embrassée, j'ai compris qu'il ne me haïssait pas et cela m'a procuré un plaisir inattendu. Je lui ai retourné son baiser, ivre de soulagement.

Alors il a fourré ses mains sous ma robe avec un geste rapide et brutal. J'ai lâché une exclamation de surprise.

Il m'a embrassée une nouvelle fois, doucement. Une fraction de seconde j'ai eu la sensation d'avoir expié mes péchés. Il me pardonnait.

Il a harponné ma culotte, il a tiré dessus pour me l'enlever et il m'a fait basculer dans le même mouvement.

« Hé ! » ai-je murmuré, les larmes masquant ma stupeur, ébranlée, enfin, par la bizarrerie de la situation et par son comportement.

La main appuyée sur mon bas-ventre, juste au-dessus du pubis, il m'a immobilisée. J'avais le cœur qui battait la chamade. Le contact augmentait mon malaise, tout en m'apparaissant comme nécessaire. J'ai pensé : *Si ça se limite à ça, et si ensuite je peux m'en aller, alors c'est jouable.*

Il a commencé à me mettre des coups de reins et j'ai fermé les yeux, j'ai cherché la lumière blanche, les étincelles, en faisant rouler mes globes oculaires au fond de mes orbites. À cet instant il m'a frappée.

Il a démarré par une gifle et, comme j'ai gardé les paupières closes, il m'a mis un coup de poing. Je l'ai regardé, bouche bée, sidérée.

« C'est pas ce que tu aimes ? Je croyais », a-t-il lâché.

Je me suis mise à sangloter et à me contorsionner.

Comme je refusais de rester tranquille, il m'a forcée à me mettre debout en me tirant par les cheveux et il m'a fourré son sexe dans la bouche, la main plaquée sur ma nuque pour me contraindre, et il m'a baisée dans cette position.

Là j'ai ouvert les vannes, en grand.

« Arrête de chialer, salope, a-t-il lancé et je l'ai regardé à travers mes larmes, j'ai vu à quel point il me haïssait.

« C'est pas ce que tu aimes, hein ? » a-t-il repris, sa bite au fond de ma gorge. Et lorsque j'ai pleuré de plus belle, il m'a observée avec un mépris affiché.

« C'est ça que tu aimes », ai-je entendu en boucle.

9

À la fin il a filé sous la douche.

J'ai fourré des affaires dans un sac et j'ai détalé.

J'ai passé la nuit dans un hôtel où j'ai pris un bain brûlant.

Deux semaines plus tard je quittais le pays.

Mai 2015
Athènes

1

Cela faisait six mois que j'étais installée en Grèce quand mon ami Mark a proposé de me rendre visite. Six mois que j'étais seule, une éternité, et cette solitude tranchait avec celle que j'avais connue à la fois avant et pendant ma relation avec Ciaran. Elle présentait un caractère plus permanent, plus serein, et j'envisageais de la tolérer sur la durée, voire indéfiniment. J'étais encore incapable de déterminer si je devais lutter contre cette sensation ou non.

Mon aversion récente à tout commerce humain me paraissait en un sens perverse et dangereuse, suggérant des anomalies dans le comportement qui s'étaleraient sur des dizaines d'années, et dont l'aspect irrévocable me rebutait.

Un jour j'ai réalisé que je n'avais adressé la parole à personne une semaine entière. Dans le métro un moustachu aux bras bronzés et puissants a enroulé ses doigts autour de la barre qui me servait d'appui et j'ai dû me faire violence pour ne pas me rapprocher de quelques centimètres, ne pas laisser ma joue effleurer le dos brun et lisse de sa main.

2

Mark a débarqué. Ça m'a perturbée de discuter avec une personne en chair et en os, qui plus est une personne dont je me souvenais à peine. Je cherchais mes mots et ça ne m'a pas aidée de boire, ça faisait plusieurs semaines que je n'avais pas touché à une goutte d'alcool. Quand je lui ai raconté à quoi j'occupais mes journées – à travailler, marcher, lire, écrire –, cela a renvoyé une image léthargique et indolente de mon quotidien pourtant imprégné des bouleversements causés par le deuil, par les secousses du chaos.

Il n'a cessé de répéter que j'étais formidable, bourrée de talent, magnifique, unique en mon genre.

Lorsqu'il m'arrivait, au détour d'une phrase, de suggérer que je n'avais pas été très productive ce jour-là, que je n'étais pas parvenue à grand-chose, il refusait tout net de le croire.

Je ne supporte plus les hommes qui vous caressent dans le sens du poil, surtout quand ils ne vous connaissent pas. Leurs compliments restent en suspens, nébuleux, quelque part entre eux et moi, parce qu'ils ne me concernent pas.

Je ne supporte plus de les entendre me dire ce que je suis, même et surtout quand ils pensent que je suis gentille, intelligente ou belle. De les entendre clamer que je ne présente aucun défaut, que ma paresse, ma violence ou ma cruauté sont des vues de l'esprit.

Lorsqu'ils tiennent ce genre de discours je me dissocie de mon corps encore plus que d'habitude, réceptive à l'inanité d'un inconnu qui me regarde dans les yeux et décrit ce qui ne s'y trouve pas. Ce qui me frappe, c'est le mépris qu'ils témoignent vis-à-vis de ma réalité. Ils me forcent à incarner un fantasme spécifique, peu importe lequel, celui qu'ils souhaitent projeter sur moi.

Chaque fois que cela se produit je dois me dominer pour m'interdire de leur hurler à la figure et prouver que je ne suis pas celle qu'ils croient. Dans ces moments-là ma laideur me fait jubiler et je veux qu'ils la voient. Quel que soit mon défaut, je l'assume, je le revendique même, comme partie intégrante de mon identité ; aussi loin que possible de l'image projetée sur moi par un inconnu.

« Je trouve ça génial, insistait-il, en réponse aux âneries que je débitais. Venir ici en solo, il faut du cran. »

J'ai dû prendre sur moi pour ne pas le rembarrer. Du cran, vraiment ? Je me trouvais là parce que j'étais trop stupide, et trop faible, pour supporter la compagnie d'autres personnes. J'avais eu des gens un besoin désespéré, et ce besoin m'avait détruite. La peur me retenait de reprendre ce risque car je m'étais trompée sur toute la ligne, cela s'était soldé par un désastre, donc j'avais trouvé refuge ici.

Et si j'étais ici, c'était aussi parce que rien ne m'en empêchait. J'avais pu fuir, j'avais eu cette chance. Mon compte en banque était vide mais je n'avais personne à charge. J'étais jeune, capable de m'adapter, je n'étais pas embarrassée d'obligations qu'il faudrait plusieurs semaines à liquider.

Rien de courageux là-dedans. J'avais fait preuve d'un héroïsme plus grand les soirs où je m'étais enfermée dans la salle de bains après une dispute avec Ciaran. Le lendemain de ces disputes, où je devais me lever pour me rendre au travail. Qui comprendrait un jour que la fragilité puisse être pure et inflexible à ce point ? Cela dépassait mon entendement.

Cette fragilité, dont je me suis amputée pour la lui offrir sur un plateau, je la hais et je l'aime en même temps, d'un amour qui perdure. Je ne retire rien. J'ai de l'affection pour la fille qui a fait ces choses. De l'affection parce que j'ai pitié d'elle, parce que je la comprends.

La solitude réclame-t-elle du courage ? Peut-être, en un sens. Mais il y a également du courage à demander à un homme de se mettre avec moi, même si ce n'est pas le bon, même si ce n'est pas de la bonne manière. Comment aurais-je pu demander à Ciaran de m'aimer, jour après jour, alors qu'il s'obstinait à me refuser cet amour ? Quel désespoir me poussait à m'infliger cette existence ?

Je pleure la perte de ce courage, qui est parti en fumée ; si cette disparition est temporaire ou permanente, je l'ignore encore.

Ce soir-là Mark m'a embrassée, je ne l'ai pas repoussé. C'était ce qu'il y avait de plus facile, l'unique option. La perspective de lui dire non, et de la conversation que ce non déclencherait, m'emplissait de lassitude. J'ai repensé au nombre de fois où j'avais fait ce calcul dans ma vie, à la façon dont réagiraient les hommes s'ils savaient cela, s'ils s'en préoccupaient.

Dans ma chambre, ses flatteries m'agaçaient tellement qu'au début nos baisers m'ont procuré un soulagement. Il s'interrompait sans cesse et se détachait de moi pour me dévisager et secouer la tête, à peine, sous le coup de – de quoi ? – de l'éblouissement ? Puis il souriait et repartait à l'assaut. Chaque fois que cela se produisait je me sentais sombrer, j'aurais donné cher pour que ça s'arrête. Parfois il lâchait un petit rire, incrédule face à la tournure des choses. Tout cela manquait terriblement de spontanéité.

Cette comédie a duré un bon moment, j'ai fini par le repousser et annoncé que j'allais me brosser les dents et enfiler mon pyjama. J'avais l'espoir qu'il comprenne que nous n'allions pas coucher ensemble. L'espoir de me mettre au lit et de dormir.

Je suis revenue de la salle de bains, j'ai éteint la lampe, grimpé dans le lit et je lui ai tourné le dos en lançant un « Bonne nuit ! » trop enjoué, trop catégorique. Il était derrière moi, torse nu, il s'est rapproché petit à petit puis il a collé son corps contre le mien et il a projeté son bras en travers de mon buste. Là, il a entrepris de me caresser les côtes avec des gestes lents, le visage enfoui dans mes cheveux, la bouche s'insinuant vers mon cou. Il a déposé un baiser au niveau du lobe, en susurrant à mon oreille. Je suis restée sans bouger, en priant pour que le message passe, pour qu'il lâche l'affaire. Il m'a attrapée par le menton, il m'a tiré la tête vers l'arrière, sans ménagement, et s'est remis à m'embrasser. Je lui ai rendu son baiser.

Ensuite il a fait courir ses mains sur mes seins et les a glissées sous mon T-shirt, alors je l'ai retenu par le poignet.

« Je suis fatiguée, j'ai pas envie. Désolée. »

Il s'est allongé sur le dos. Je l'ai observé ainsi : il m'implorait, les yeux écarquillés. Je me suis positionnée sur le flanc et, le bras sur la tête, je me suis enroulée dans la couverture.

Quelques minutes plus tard il s'était replaqué contre moi, son corps épousant délicatement le mien. Je n'ai pas réagi. *Je peux dormir comme ça*, me suis-je dit, *je peux gérer*. C'est là qu'il a commencé à bander et, doucement au début, puis de façon plus insistante, à essayer de me pénétrer par-derrière. Le visage toujours plongé dans mes cheveux, à m'importuner de ses baisers.

« Pas envie », me suis-je forcée à répéter, alors qu'en temps normal je me serais retournée et j'aurais cédé. J'aurais aimé savoir s'il se doutait que c'était une torture pour moi de le repousser, s'il savait que la capitulation était inscrite dans chaque cellule de mon corps.

« Oh, pourquoi ? » m'a-t-il objecté sur le ton d'un gamin à qui on vient de retirer le droit de jouer à la console.

Que répondre à cela ?

Pourquoi t'envoyer promener, Mark, alors qu'il y en a eu d'autres avant, tellement d'autres, toi y compris ?

Pourquoi en avais-je eu envie par le passé, et plus maintenant ?

Pourquoi tes gloussements et tes sourires me donnent-ils la nausée ?

Ce n'est pas que mon corps compte plus à mes yeux aujourd'hui qu'autrefois, c'est juste que ma haine envers toi s'est amplifiée.

Cela me contrarie que tu m'exploites pour ton plaisir personnel.

Pour citer le comique John Belushi : « Je donne du plaisir à tout un tas de monde. Pourquoi moi, je n'aurais pas droit à un peu de plaisir ? »

À mon avis tu ne le mérites pas. Ne va pas croire que tu me mérites.

Je trouve ta petite comédie, cette farce de l'amitié et du désir, pitoyable et fastidieuse.

Il a repris son manège, des bisous dans le cou, des caresses sur tout le corps. Je suis restée le dos tourné, très raide. Les yeux grands ouverts braqués devant moi, le regard dans le vide.

« Pourquoi ? » a-t-il insisté, alors je me suis retournée et j'ai vu qu'il me souriait. Un vrai sourire, embarrassé et heureux, d'une oreille à l'autre.

Il a continué à me toucher et je me suis résolue à lui donner ce qu'il fallait pour qu'il arrête d'avoir envie de coucher avec moi, autrement dit à coucher avec lui.

J'ai émis des grognements sonores et rauques que seul un imbécile aurait pu prendre pour des bruits de plaisir sexuel. Je me suis concentrée dessus, j'ai expulsé la haine et la révulsion qui m'habitaient, par petites doses. Je l'ai senti accélérer, ça m'a fait mal, alors je me suis cambrée et je lui ai griffé les cuisses, de toutes mes forces.

Une fois encore, seul un imbécile aurait pu confondre ce comportement avec une manifestation de lâcher-prise, de jouissance. Ses petits geignements m'écœuraient.

Les yeux rivés au plafond, je l'ai adjuré en mon for intérieur d'en finir, des larmes de frustration brûlant le coin de mes paupières. Je me suis servie de mon corps comme d'un piston, en passant à la vitesse supérieure, et je l'ai imploré dans ma tête de conclure, *vas-y, vas-y, vas-y*. Au bout du bout je me suis détachée de lui et j'ai pensé : *Plus jamais plus jamais plus jamais.*

Je donne du plaisir à tout un tas de monde. Pourquoi moi, je n'aurais pas droit à un peu de plaisir ?

Je me suis dit, et ce n'était pas la première fois, que les cajoleries qu'il avait employées avec moi devraient être proscrites aux hommes. C'était déjà impossible, ou presque, d'envoyer bouler un mec, ô combien délicat d'accepter la possibilité d'avoir mal, de déplaire ou de se faire hurler dessus. Cela exige une énergie folle de dire non quand on nous a martelé qu'il faut dire oui, se montrer accommodante, rendre le mâle heureux.

Une fois que ce non a été formulé, ces cajoleries deviennent intolérables. Même si l'homme reste poli et doux, elles l'emportent sur l'intention clairement exprimée. Elles affirment : Tu n'as pas ton mot à dire. C'est mon désir qui prime et je ne veux pas que les scrupules m'étouffent si je te force la main. Peut-être devrais-tu réexaminer la question, tiens ?

Parvenir à ses fins en cajolant l'autre, c'est lâche, et violent. Quand on change en oui le non de quelqu'un de cette façon, on lui vole ce qui lui appartient.

Rien ne me tentait moins que de coucher avec Mark, et pourtant j'ai couché avec lui.

Assise à côté de lui dans le lit, j'ai observé mes cuisses. Post coitum, comme à chaque fois, mon corps m'a paru différent, comme s'il avait gagné en cohérence. Lui a enroulé son bras autour de mes épaules et il m'a parlé de son boulot, des groupes dans lesquels il jouait, il m'a raconté des anecdotes, des ragots sur ses collègues. Je l'ai trouvé plus facile à écouter, moins crispant. J'ai pu joindre mon rire au sien sans que cela me fasse trop souffrir.

3

Lorsque je couche avec des hommes qui ne me plaisent pas, des types qui m'agacent, qui me font peur ou me dégoûtent, parce que c'est plus simple comme ça, je m'abaisse à leur niveau. Je m'avilis en leur permettant d'obtenir ce qui leur a tapé dans l'œil.

Coucher avec eux me dégrade, ma réticence initiale et ma capitulation ultime me dégradent. Une fois humiliée je ne peux pas prétendre être meilleure qu'eux. Par conséquent ils deviennent plus tolérables à mes yeux.

Je les hais moins après coup, car je me suis rendue aussi pathétique qu'eux.

4

Le dimanche matin je me suis réveillée de bonne heure et je suis sortie sur le balcon lire mes mails et fumer une cigarette. C'était une belle journée. Les premiers frimas se devinaient sous ce soleil qui brillait dans un ciel dégagé.

Athènes m'avait fait ce cadeau, déjà : je lui savais gré de chaque journée passée ici. Être en vie me rendait plus heureuse que ne pas l'être. La seconde option me paraissait extravagante. Il faudrait être fou pour ne pas vivre aussi longtemps que possible en Grèce.

Ça me dirait bien d'aller nager aujourd'hui, ai-je pensé.

Aussitôt Mark réveillé je l'ai poussé hors de l'appartement afin de ne pas rater les heures les plus chaudes de l'après-midi. La plage la plus proche était à une heure de chez moi, j'ai vérifié qu'il avait pris un livre avant de fermer la porte.

Assis dans le tram, nous avons gardé un silence sans animosité et je me suis laissé gagner par la pitié parce que je nourrissais pour lui une haine féroce.

Nous sommes arrivés à la plage et, tandis que je me mettais

en maillot, il m'a avoué qu'il ne nageait pas très bien ; il se débrouillait, mais il n'aimait pas trop s'éloigner de la plage.

« OK, d'accord, pas de souci », ai-je répondu sur un ton brusque, sans me préoccuper davantage de ses limites et de ses compétences.

J'ai marché jusqu'à la mer, nagé, fait la planche et regardé le ciel, étirant mes membres à la surface de l'eau fraîche, avant de m'aventurer trop loin.

J'étais heureuse, car l'océan me rend toujours heureuse, mon corps me paraît naturel, tout à moi, faisant ce pour quoi il a été conçu. En apesanteur, mais pas sans substance. Dans l'eau je n'ai aucun doute sur la place qu'il occupe. Je me sens en phase avec l'élément aquatique, les bourrelets qui me font horreur le reste du temps me paraissent lissés, normaux, mon physique disgracieux devient soudain puissant.

Mark m'a rejointe en barbotant, suffoquant et grimaçant sous l'effet du froid. Il m'a souri en claquant des dents, puis il s'est peu à peu rapproché de moi. Il a mis une bonne minute pour trouver le courage d'entrer dans l'eau. Ensuite il a pataugé dans ma direction, il m'a attrapée par la taille et manœuvrée afin que je me retrouve les jambes enroulées autour de son torse. Je me suis soumise à cette position quelques instants et je l'ai laissé m'embrasser, puis je me suis arc-boutée et, d'une ruade, je me suis libérée.

Après avoir mis une certaine distance entre lui et moi, j'ai jeté un coup d'œil par-dessus mon épaule.

À le voir là, qui se tortillait dans la houle, manquant d'assurance et mal à l'aise, j'ai compris que certaines faiblesses sont intolérables chez les autres – chez ceux que l'on n'aime pas, du moins.

Je me suis rappelé toutes ces fois où Ciaran avait exigé de moi certaines choses que je jugeais rébarbatives, qui ne me tentaient pas le moins du monde, des activités physiques comme du vélo, du footing. Je m'y opposais et je justifiais ces défauts, des défauts qui constituaient mon identité aussi formellement, aussi indiscutablement que mon visage.

« Ça ne t'ennuie pas, quand même ? » concluais-je avec une moue ironique, faussement guillerette, admettant mes propres limites ; j'étais persuadée qu'il m'aimerait en dépit de ces limites.

« Bien sûr que non, ça ne m'ennuie pas », répondait-il, et pour l'essentiel je le croyais. Mais nous sortions de ces conversations avec dans la bouche un goût de non-dit, un mot dur qu'il ravalait, un soupçon de nausée.

Je comprenais Ciaran, maintenant que j'avais Mark sous les yeux. Quand une personne a besoin de vous, même un peu – besoin de votre affection ou de votre amour –, le spectacle de sa faiblesse devient source à la fois d'inquiétude et de répugnance. C'est moche, mais c'est ainsi.

Injuste, également, et voilà pourtant où nous en sommes. L'amour nous rend indifférents à ces aspects-là, il les rend même sympathiques. Dès lors que les sentiments sont absents, ces aspects nous obnubilent. L'humanité de la personne en question se révèle trop tôt, avant que l'amour, par conséquent le pardon, soit possible.

J'ai compris ainsi que Ciaran ne m'avait pas aimée. Il ne

m'aimait pas comme il aurait fallu, d'un amour relié à mon identité la plus intime.

Cela n'excusait pas ce que je lui avais infligé, ce que nous nous étions infligé l'un à l'autre. Mais ça le rendait tolérable. Assez pour que je puisse vivre avec.

J'ai nagé aussi loin que mon corps le permettait, sans m'arrêter pour prendre de l'air, si loin que je n'arrivais plus à voir les visages ni lire les expressions, si loin qu'on ne pouvait pas suivre ma trace, avant de remonter à la surface. Je me suis félicitée d'avoir semé Mark et j'ai nagé encore. Nagé jusqu'à l'épuisement, les bras et les jambes brisés de fatigue, si bien que j'ai eu du mal à revenir, les hôtels, les parasols et les touristes mélangés en une joyeuse confusion.

Quand j'ai regagné la plage, Mark était assis sur la serviette, le nez dans son livre, un agacement mal réprimé affiché sur ses traits.

« Je ne te voyais plus… je me suis inquiété. »

Je me suis laissée tomber de toute ma hauteur, puis je me suis étirée et tortillée en laissant le sable rentrer dans tous les recoins peu accessibles de mon corps.

« C'est bon, ai-je répondu. Pas la peine. »

5

Alors il est parti, en prenant les clefs de l'appartement.

Près de moi deux hommes âgés, des jumeaux, faisaient bronzette et changeaient de position en même temps sur leur serviette pour s'assurer un hâle uniforme. Ils se sont mis debout ensemble et se sont postés face au soleil qui déclinait, les paupières closes, main dans la main, sans échanger un mot.

Je les ai trouvés drôles et touchants, parfaitement à l'aise l'un avec l'autre, et la joie m'a envahie.

Balayant les environs d'un regard circulaire, j'ai vu le stand de hot dogs, ma bière plantée dans le sable, mes cigarettes grecques qui râpaient la gorge, les livres que j'avais rachetés quelques jours plus tôt à une femme sur son perron, et là encore la joie s'est emparée de moi.

Une joie telle que, très vite, je me suis retrouvée à pleurer, émue aux larmes par la chance qui m'avait été offerte en m'installant ici, la chance de jouir enfin de la solitude, même quand la douleur était là.

Il n'existait dans la langue aucun mot, ou au contraire il y en avait trop, pour définir certains des phénomènes que je sentais se produire en moi – ces phénomènes étaient d'une simplicité telle qu'il semblait puéril même de les envisager, mais j'avais longtemps, très longtemps, été incapable de les envisager. Ce ciel d'un orange crémeux, par exemple, qui semblait me fendre le cœur en deux, l'ouvrir, le libérer comme à l'époque de mon adolescence.

Autrefois j'avais soif d'apprendre, et cela m'est revenu à cet instant. Je me suis revue dans la bibliothèque de Waterford, entourée de dictionnaires et d'encyclopédies, j'étais capable d'y passer des journées entières, à assouvir ma curiosité parce que je voulais savoir ces choses, je le voulais réellement, pas pour en parler autour de moi ni modifier ma personnalité.

J'ai revu la mine agacée de Mark et son angoisse parce qu'il n'arrivait plus à me suivre des yeux alors que je fendais les flots, que je faisais la planche et savourais l'odeur de mon parfum qui sortait de l'eau.

J'ai revu toute l'inquiétude que j'avais pu déclencher chez Ciaran et chez d'autres, sous tant de formes différentes, avec ma relation à la nourriture, l'automutilation, les larmes et le sexe, cette mise en scène grandiloquente de ma rage et de ma souffrance, la colère élevée au rang de performance artistique, la colère vis-à-vis de ce qu'ils m'avaient fait, ou de ce qu'ils ne s'étaient pas donné la peine de me faire.

J'ai repensé au fait que, longtemps, ma vie et ma tête avaient été pleines de ces certitudes, de ce besoin désespéré qu'un homme m'aime, de l'idée que son adoration ou son désir musselleraient définitivement ce qu'il y avait de mauvais en moi.

J'avais cru que l'amour d'un homme suffirait à me combler, l'emportant sur l'envie de boire, de manger, de m'automutiler ou d'infliger quoi que ce soit à mon corps. J'avais cru que cet amour se substituerait à ces pulsions.

Sauf qu'à présent je me trouvais là, en plein dedans, sans personne pour me mettre sur la voie.

Puisque l'amour et le sexe ne m'accapareraient plus, vers quoi tourner mes pensées désormais ? C'était l'objectif que je me fixais pour la suite, trouver comment remplir ce vide.

En attendant, rien ne pressait. Chaque chose en son temps.

Remerciements

À la phénoménale Harriet Moore, très chère agente et amie : jamais je n'aurais écrit ce livre sans toi, et je te serai éternellement reconnaissante d'avoir témoigné une foi inébranlable vis-à-vis de ce travail maladroit et imprévisible aux divers stades de sa conception. Nous sommes nombreux à t'aimer et à t'admirer.

Pour leurs conseils avisés et le cap qu'ils m'ont fixé, avec bienveillance et générosité, je remercie l'équipe de Jonathan Cape, en particulier Michal Shavit et Ana Fletcher, ainsi que l'inégalable Jean Garnett chez Little Brown.

Merci aux amis qui m'ont offert leur soutien durant l'écriture de ce livre, les uns en me prêtant cinquante livres, les autres en me payant à dîner, d'autres encore en me divertissant par leur simple présence : Stan Cross, Francisco Garcia, Josh Baines et Charles Olafare, amateurs de Taddy comme moi, et à mes copines amatrices de Pink IPA, Lolly Adefope, Heather McIntosh et Thea Everett, qui papotent avec moi du matin au soir et me font hurler de rire. Merci à Crispin Best, Mat Riviere et Rachel Benson pour leur amitié indéfectible lorsque j'ai débarqué à Londres, et par la suite : je vous adore, et je chéris chaque moment passé avec vous.

Merci à tous ceux qui m'ont donné leur maison, ou leur chat, à garder, et grâce à qui j'ai pu avancer sur mon roman dans un environnement souvent idyllique, surtout Tommy et Kate Farrell, et Sophie Jung.

Merci à toi, Jesse Darling, pour cette période de colocation brève mais fructueuse à Londres, et pour ton éclairage salutaire sur le concept d'une domesticité positive, sans l'aspect sacrificiel.

Merci à Joseph Noonan Ganley, Fiona Byrne, Chris Timms, Frank Wasser et Alice Rekab pour votre hospitalité et vos invitations à mon arrivée à Londres, pour les patates au four et les soirées de Noël à Camberwell, et pour avoir accepté de parler boutique avec moi, à une époque où mon roman se réduisait à un premier jet dont je n'étais pas fière.

Mes adorables Linda Stupart et Tom, je vous admire tellement, l'amour que vous vous portez me sert d'inspiration. Retournons à Ischia.

Merci à Roy Claire Potter, accro à la nicotine et à bien d'autres choses encore, l'une des écrivaines et des artistes les plus phénoménales qu'il m'ait été donné de rencontrer.

Merci à Isadora Epstein, ancienne coloc et amie hors pair, pour toutes ces années passées à rire et bavarder, et pour ton soutien avant et après mon départ de Dublin – tu es génialissime. Merci à Oisin Murphy Hall et à Liz Ni Mhairtin pour votre amitié sans faille au fil des années, vous qui m'ouvrez votre porte quand je reviens à Dublin et qui me faites marrer comme personne. Merci à ma chère Fiona Hallinan pour ces treize années d'amitié, de pêche et de séances de natation – tu m'émerveilles. Et à Shane Morrissey, que j'adore détester.

À Sean Goucher, mon ancien collègue préféré, maintenant et pour toujours.

Merci à mes frères, les fabuleux Gavan et Luke Flinter, pour votre soutien, votre amour et ces conversations hautement divertissantes, parfois imbibées de whisky, durant les fêtes de fin d'année.

À Simon Childs : merci pour ton amour spontané et généreux, grâce à toi parler d'un amour totalement à l'opposé m'a été moins pénible. Tu auras toujours une place dans mon cœur et j'espère que nous garderons contact tout au long de notre vie.

À ma meilleure amie, Doireann Larkin : je t'adore et je ne trouve pas les mots pour exprimer ma reconnaissance pour l'aide que tu m'as apportée quand je suis arrivée à Londres – merci pour les tickets de métro, pour les Tupperware et le vin quand j'étais en galère, et merci pour ces soirées interminables passées sur ton canapé à nous raconter les mêmes histoires que ces quinze dernières années, et à y prendre toujours autant de plaisir.

Merci à mes formidables beaux-parents, Ger Kenny et Trudi Hartley.

Et, nécessairement, merci à mes parents Jim Nolan et Sue Larkin, qui sont restés à mes côtés alors que je mettais ma vie en pièces, maintes et maintes fois, et que je ramassais les morceaux ensuite. Sans votre patience, votre amour et vos encouragements, jamais je n'aurais atteint l'autre rive. Merci mille fois, je vous aime.

RÉALISATION : NORD COMPO À VILLENEUVE-D'ASCQ
ACHEVÉ D'IMPRIMER SUR ROTO-PAGE
PAR L'IMPRIMERIE FLOCH À MAYENNE
DÉPÔT LÉGAL : AOÛT 2023. N° 1939-02 (102875)
IMPRIMÉ EN FRANCE